이 남자를 조심하세요

이 남자를 조심하세요

초판 1쇄 발행   2020년 6월 1일
초판 2쇄 발행   2020년 7월 7일

지은이 | 황정근

펴낸곳 | 물레
등록 | 제406-2006-00007호
주소 | 경기도 파주시 광인사길 217
전화 | 031-955-7580
전송 | 031-955-0910
전자우편 | thspub@daum.net
홈페이지 | www.thaehaksa.com

편집 | 조윤형 최형필 김성천
디자인 | 이윤경 이보아
마케팅 | 안찬웅
경영지원 | 정충만
인쇄·제책 | 영신사

ⓒ 황정근, 2020. Printed in Korea.

값 15,000원

ISBN 978-89-88653-65-4   03810

정치가 법을 만날 때 –
정치법·선거법 전문가 황정근 변호사의
삶과 법 이야기

이 남자를 조심하세요

황정근 지음

물레 books

타협과 저항의 이항대립 사이에서
어떤 치열한 시대적 도모를 해야 하는 것인가

아내는 늘 제게 묻습니다.

"여보, 국가는 당신이 맨날 국가 걱정하는 거, 알기나
해?"

그것은 조소도 비아냥거림도 아닙니다. 약간의 장난기가
발동한 물음입니다. 하지만 대답을 원하는 질문도 아닙니다.

아내는, 하루 종일 일하다 밤늦게 가족이 자는 시간, 유령
처럼 쓰윽 현관문을 열고 들어와 이불을 뒤집어쓰고 웅크리
고 자다 아침이면 차려주는 밥을 먹고 연기처럼 사라지는 남
자를 나라에 뺏긴 것 같아 약간은 서운했을 겁니다. 하루 종
일 일에 파묻혀 살다 밤 10시 가까이 퇴근해서는 제 방에 들
어가 대한민국이 가지고 있는 갖가지 무기에 대한 유튜브를
검색하고 대한민국의 정치와 외교·안보와 경제에 대한 책들
을 샅샅이 찾아 읽는 남자가 실제 이 집에 살기라도 하나 의

심이 들 겁니다.

'영장실질심사제도' 시행(1997)을 준비하면서 쓴 글을 모아『인신구속과 인권』(1999)이란 책을 묶은 적이 있었더랬지요. 서울고등법원 수석부에서 선거 사건 전담을 하면서 모아둔 자료를 가지고『선거부정방지법』(2001)을, 언론에 기고한 칼럼을 모아『정의의 수레바퀴는 잠들지 않는다』(2013)와『새·달·밝·깨』(2015)를 엮은 적이 있었더랬지요. 이제 내가 살아온 인생 이야기를 책으로 내겠다고 하면 아내는 그 예의 장난기 가득한 표정으로 "이젠 하다 하다 별짓을 다 하네" 하며 킬킬댈 겁니다.

저의 관심은 늘 '법의 지배와 인권 보장의 확산'에 맞춰져 있었습니다. 법과 정치의 영역에서 제도의 개선과 입법 방향을 적극 제시하며 살아왔습니다. 비판보다는 대안을 제시하고, 비난보다는 전망을 찾아보려 글을 써왔습니다. 저의 누리소통망(SNS) 페이스북에도 같은 흐름으로 글을 올립니다. '나는 이렇게 생각한다'로 글을 시작하곤 하죠.

책을 묶으면서 늘 공부가 부족하고 독서가 부족하다는 걸 느낍니다.
어느 날 책을 읽다 뒤통수를 맞는 듯한 충격을 받은 적이 있었지요. 잘 알려진 『논어(論語)』의 「학이(學而)」편입니다. "인부지이불온(人不知而不慍)." "사람들이 나를 알아주지 않더라도 화내지 않는다면." 그다음이 궁금해 황급히 글자를 따라 읽었겠지요. "불역군자호(不亦君子乎)." "이 또한 군자가 아니겠는가."

순간 공자의 마음이 읽힙니다. 어린 나이에 조실부모한 공자는 35세가 되도록 변변한 관직에 오르지 못했었지요. 노나라에서 뜻을 펼 수 없어 제나라 임금을 찾아가 자신을 등용해달라고 했습니다. 하지만 제나라 재상 안영의 반대로 뜻을 이루지 못합니다. 52세가 되고 나서야 재상의 직책에 오르지만 이내 관직에 염증을 느낍니다. 전국을 유랑하며 제자를 키워내는 일에 전념하게 됩니다.

「학이」에 나온 공자의 전언, "인부지이불온(人不知而不慍)"은 결국 자기를 알아주지 않는 세상에다 대고 스스로를 위로하기 위해 만든 말이 아닐까 하는 생각이 들더군요. 때는 춘추전국시대. 노나라는 권력 다툼이 심하고 나라 안팎은 양호의 난으로 어지럽기만 했던 거겠지요. 그 어지러움 속에서 자신의 나라인 노나라를 떠나 제나라까지 가서 자신을 등용해달라고 간청했던 것입니다. 그러나 그 뜻을 이루기는 쉽지가 않았던 것이겠지요.

결국 삶이란 모든 것이 '인정 투쟁'의 과정이 아니겠습니까. 예전부터 사법개혁에 대한 제 나름의 제안을 해왔습니다. 정치 선진화에 대한 수많은 의견을 제안해왔습니다. 그러면서 나 스스로 공자처럼 날 좀 알아달라고 간청한 것은 아닌가 하는 생각이 들더군요. 날 좀 등용해달라는. 그런 미묘한 제 심리가 읽혀지기도 했습니다. 그쯤까지 생각이 미치자 그즈음에서 대충 길을 잃은 듯한 느낌이 들더군요.

지금까지 삶의 흔적을 자서전처럼 묶어보려는 것이 처음 이 책의 목적이었습니다. 길이 끝나는 곳에서 다시 길은 시작된다고 했던가요? 내가 생각하는 민주주의와 법치주의가 무엇인지, 정의는 무엇인지, 내가 걸어왔던 길에 거울을 대보고 되짚어보면서 잃어버린 길을 다시 찾아볼까 합니다.

하여, 지금까지 읽고 쓰고 재판하고 변론하고 강의한 나의 모든 행적은 이제부터 시작될 새로운 일의 준비 과정이었음을, 새롭게 펼쳐질 미지의 길에 대한 예비 과정이었음을 알게 되더군요. 두근거리는 마음으로 책을 묶습니다.

"불휘 기픈 남근 ᄇᆞᄅᄆᆡ 아니 뮐씨 곶 됴코 여름 하ᄂᆞ니."

세종대왕은 장영실을 등용했지만 식물에 대해서는 무지했습니다. 나무를 흔들리지 않게 하는 것은 뿌리의 깊이가 아니라 뿌리의 넓이입니다. 뿌리 깊은 나무가 아니라 '뿌리 넓은 나무'. 굵고 튼튼한 나무를 지탱하고 있는 것은 땅 아래 넓게 펴지는 뿌리의 힘이지요. 뿌리는 수직으로 깊게가 아니라 수평으로 넓게 퍼지면서 흙을 움켜쥐고 있습니다. 넓게, 그러나 악착같은 손아귀의 힘으로 대지를 움켜쥐고 대기의 바람을 견뎌내는 것입니다.

넓고 든든한 뿌리의 견딤을 보며 삶을 배웁니다. 좀 더 넓게 세상을 껴안아야 된다는 것도 알게 됩니다. 그 힘으로 제가 꿈꾸는 '누구에게나 행복한 세상'의 길을 걸어가려 합니다.

제 인생의 풍경을 펼치는 것에 마치 속옷의 찢어진 솔기 안을 보여주는 듯한 부끄러움을 느낍니다. 쓰는 과정에서 소설가 김용희의 각색이 있었다는 것을 밝히지 않을 수 없습니다. 부디 혜량해주시길.

다시는 책을 쓰지 않겠다고, 책을 내면 손에 장을 지지겠다고 하면서도 뿌득뿌득 책을 내는 저의 미련에, 저도 기가 막힙니다. 저의 미련에 혀를 차면서도 격려해주는 가족에게 감사를 드립니다. 평생 선비의 도와 도량을 말씀하며 내 인생의 전환점마다 등대처럼 서 계시던 아버지, 돌아가신 아버지를 그리워하며 기도 속에서 아버지를 만나시는 어머니께 이 책을 바칩니다.

인간은 다른 사람과의 관계 속에서 살아가는 존재입니다. '휘정(彙征)'이라는 말이 있지요. 여럿이 함께 나아간다는 뜻입니다. 『주역』 「태괘(泰卦) 초구(初九)」에 나오는 말입니다. "잔디 풀을 뽑아서 그 유(類)로써 함께 가니 길하다(拔茅茹 以其彙征 吉)." 군자가 등용되면 혼자서만 가는 것이 아니라 그 동료들까지 나아간다는 뜻입니다. 선비들은 자신의 주위에 있는 군자를 천거하여 함께 일하도록 돕는 것을 영예로 여겼으며, 심지어는 의무로까지 생각했습니다. 저도 늘 제 곁에 있는 여러분과 함께 가려고 합니다.

부족한 글을 교정·교열하고 예쁘게 편집해준 태학사 직원 선생님께 더없는 감사를 드립니다.

2020년 봄날
광화문 사무실에서 황정근 쓰다

차례

　"피청구인 대통령 박근혜를 파면한다."

　2017년 3월 11일 11시 21분. 헌법재판소 이정미 재판장이 결정을 선고했다. 방청석에서 웅성거리는 소리가 터져 나왔다. 예상대로 8 대 0 만장일치로 파면이 결정되었다.

　순간 눈물이 왈칵 쏟아지려 했다. 가슴 깊은 곳에서 뜨거운 것이 꿈틀거렸다. 알지 못하는 거대한 뜨거운 물줄기가 가슴 밑바닥을 휘몰아쳤다. 순간 지난 시간들이 머릿속에 풍경처럼 떠올랐다. 코끝이 시큰해지려는 찰나 어금니를 깨물었다.

　이곳은 법정이 아닌가. 그것도 헌법재판소 대심판정. 수많은 국내외 기자와 방송국 카메라맨, 시민들이 함께 있는 자리였다.

대심판정 소추위원석에 국회 소추위원단 권성동, 김관영, 박주민, 손금주, 이정미, 이춘석, 장제원 의원 등과 함께 있었다.

대통령 탄핵과 파면은 엄청난 정치적 지진이다. 탄핵 재판은 과거에 대한 심판이다. 하지만 미래를 향한 경종이기도 하다. 나는 한국 정치의 지진 속 진앙지에 서 있는 느낌이었다.

우리 국민은 이후에 이를 잘 극복할 힘을 가지고 있을까? 대한민국의 미래를 향한 촛불이 될 수 있을까? 대한민국의 미래는 이 재판을 어떻게 기억할까?

2017년 2월 27일 오후 2시 최종 변론에서 나는 피청구인을 부득이 파면해달라고 재판관들에게 요청했다. 나는 대통령 탄핵 사건 국회 소추위원 대리인단 총괄팀장이었다.

2016년 12월 9일 국회 본회의에서 대통령 탄핵안이 재적 299명 중 234명 찬성, 찬성률 81퍼센트로 가결되었다. 1주일 후, 나는 국회 측 대리인단에 우연히 들어가게 되었다. 새로운 역사, 변혁의 한 기점에 서게 되리라고는 생각지도 못했다.

당시 여당 소속 의원이 나를 추천했다. 여당에서는 탄핵 찬성파와 반대파가 갈려 있었다. 탄핵심판 청구 사건에서 청구인은 국회다. 검사 격인 소추위원은 법제사법위원회 위원장이 맡게 되어 있다. 당시 법사위원장으로 소추위원인 권성동 의원은 검사 출신 강남일 전문위원과 판사 출신 강병훈 전문위원의 도움을 받아 대리인단을 꾸리기 시작했다. 법조계의 의견도 두루두루 수렴하였다고 한다.

내가 국회 대리인단 총괄팀장이 됐다고 하니 야당에서 나에 대한 비난이 빗발치듯 쏟아졌다. 여당에서 추천한 변호사니 탄핵을 성사시키기는커녕 오히려 일을 망칠 게 뻔하다는 추측이었다. 고양이에게 생선 가게를 맡기는 격이라는 거였다. TV 뉴스에서는 내가 이 재판에 시간 끌기를 하며 핵심을 흐려놓을 심산이라며 추측성 비난을 쏟아냈다.

인터넷에서도 난리였다. "권성동과 황정근이라고? 탄핵 코미디가 탄생했군." 악성 댓글은 줄을 이었다.

비아냥거림과 야유가 쇄도하는 가운데 생각했다. 이것이 대한민국 민주화 역사에서 얼마나 중요한 사건인가를. 그리고 다시 생각했다. 과연 나는 이 일을 감당할 능력이 될까. 대한민국 역사와 국민에게 부끄럽지 않게 성실히 일을 감당해낼 수 있을까, 하고.

그 일을 맡고부터 광화문에 있는 조그만 내 사무실에서 밤늦게까지 사건을 검토했다. 사건 기록의 분량은 5만여 쪽이 었다. 사건 기록을 사무실에 다 쌓을 수가 없어 창고에까지 쌓아 올렸다. 천장에 닿을 지경이었다.

다 읽을 수 있을까. 그것을 한 번씩 훑어보는 것만 해도 며 칠이 걸렸다.

사무실 바로 옆 광화문광장은 들끓고 있었다. 촛불과 횃 불을 든 국민들은 이 나라의 '국가 원수'를 바꾸기를 원했다. 시위대는 경복궁역 근처에 있는 내 사무실 건물 앞까지 가득 했다. 퇴근을 해 전철역으로 가려면 시위대를 뚫고 지나가야 만 했다.

연일 이어지는 집회의 거대한 물결이었다. 지축을 흔드는 함성을 들으며 나는 내 조그만 고치 같은 사무실에서 사건 기록을 넘기고 변론문을 썼다. 오피스텔을 얻어 사무실로 쓰 고 있었는데, 관리실에서는 퇴근 시간이 지나면 난방을 껐 다. 토요일, 일요일엔 더욱 추웠다. 밤이 되면 온열기로 공기 를 데웠지만 춥기가 이를 데가 없었다. 차가운 바람은 창문 을 거칠게 흔들어댔다. 역사의 판결을 재촉하는 듯했다.

내가 있는 사무실 복도에는 초짜 기자들이 소위 '뻗치기' 를 하며 대기하고 있었다.

굵직굵직한 정치적 이슈가 발생하거나 대중의 관심사인 스캔들이 터지면 기자들이 당사자 집이나 사무실 앞에 진을 치는데, 이것을 '뻗치기'라 한다. 뻗치기는 취재 대상을 무작정 기다리는 전통적인 취재 방법이다. 엄청난 지구력과 인내력이 필요하다. 밤을 새우는 경우도 허다하다고 했다. 기약 없는 기다림이었다. 언론계에서 기약 없는 뻗치기 경험을 통해 비로소 기자다운 기자로 성장한다고는 하는데, 하필 내 사무실 앞 복도에 뻗치기로 대기하는 기자들 중 새파란 어린 여기자가 있었다. D일보 기자였다. 그 기자는 다른 기자들이 가고도 끝까지 남아 있었다. 사무실도 추운데 복도는 훨씬 더 추웠다. 영하의 기온이었다.

　자정 가까이까지 복도 바닥에 쪼그리고 앉아 나를 기다리는 것을 보니 마음이 몹시 안쓰러웠다.
　"그냥 가세요, 기자님. 여기 정말 추워요."
　내가 어쩔 수 없이 복도로 나가 말했다.
　어린 여기자는 추위에 오들오들 떨며 말했다.
　"데스크가 인터뷰 따오기 전에는 절대로 신문사로 돌아오지 말랬어요. 그러니, 변호사님……."
　"그래도 저, 인터뷰 안 합니다."
　내가 잘라 말했다.

데스크는 일부러 어린 여기자에게 '뻗치기'를 시켰는지 모르겠다. 하지만 그렇다고 함부로 내가 언론에 나선다는 건 대단히 위험한 일이었다. 내가 할 일이 아니라고 여겼다. 나는 국회 소추위원의 법률 대리인일 뿐이다. 대리인으로서 변호사 일을 담당할 뿐이다. 어디까지나 주인공은 국회의원 9인으로 구성된 소추위원단이다. 입장을 표명해야 한다면 소추위원단이 직접 나서는 것이 맞다. 매번 재판을 마친 후 헌법재판소 회견실에서 브리핑을 할 때도 나는 배석했다가 소추위원단이 대신 답변을 해달라고 요청하면 나섰을 뿐 일체의 인터뷰나 방송 출연을 하지 않았다.

이 역사적인 재판에 변호사로서의 영예를 얻을 수 있는 일생일대의 기회라며 언론에 직접 나서야 한다는 동료도 있었다. 하지만 그것은 변호사의 본분을 망각하고 자신의 영달에 마음을 두는 것일 뿐이다. 언론과의 대면을 최대한 자제하며 이 사건의 진실을 밝혀 역사의 심판을 받게 하는 것, 그것이 나의 임무라 여겼다.

창문 밖 시위대의 함성이 다시 한번 커다란 물결을 이루며 지나갔다. 다시 눈을 크게 떴다. 나는 이 일을 해내야만 한다. 추운 사무실 책상 위에서 기록을 넘겼다. 준비 서면과 변론문을 썼다. 손이 시려왔다.

3개월 사이 내 몸무게는 5킬로나 빠져 있었다. 92일 동안 설날 차례 지내느라 하루만 쉬고 매일 밤늦게까지 사무실에서 일을 한 대가였다. 저녁을 함께 먹을 사람이 없을 때는 컵라면으로 저녁을 때우기도 했다.

밤 12시 가까이 되어 전철역에서 내려 집으로 올라치면 겨울바람이 매서웠다.

어느 날이었다. 그날도 밤늦게까지 일을 하다 전철역에서 집으로 걸어가고 있을 때였다. 전화가 울렸다. 받았다. 오랫동안 알고 지내던『문화일보』이현미 기자였다.

"변호사님, 괜찮으세요?"

뜬금없는 질문이었다. 내가 무슨 말인가 물었다.

"얼마 전 태극기부대가 집회를 가졌는데요, 변호사님. 집회에서 어떤 사람이 무대 위에 올라가 황정근 변호사 내가 칼로 찔러 죽이겠다, 그랬대요."

군복을 입은 어떤 남자였다고 했다. 나는 헛웃음이 나왔다.

"아니, 그러면 좋게요. 이 재판을 이길 수 있게 되는 거잖아요. 역사적 사건을 만드는 거니까."

내가 껄껄거리며 반농담처럼 말했다. 이 기자는 그래도 조심하라며 전화를 끊었다.

전화를 끊고 나니 인적도 없는 추운 밤거리가 눈에 들어왔다. 전철역에서 우리 집은 한참을 걸어가야 있었다. 갑자기

오싹해졌다. 집이 아득해 보였다. 누군가 튀어나와 정말 날 죽일 수도 있겠다는 생각이 들자 나는 발걸음을 재촉하기 시작했다.

집에 돌아와 아내에게 이 말을 전했다. 그러자 아내는 갑자기 인터넷 검색을 하겠다며 컴퓨터 방으로 급히 들어갔다. 무슨 일인가 싶어 컴퓨터 방으로 따라 들어갔다.

아내가 얼마 안 있으면 내 생일이라 선물을 고르려고 한다는 거였다. 아니, 남편이 괴한에게 칼을 맞을 수도 있다는데 갑자기 생일선물을 고른다니. 좀 황당했다.

그러더니 스크린을 보며 아내가 말했다.

"흠, 23만 원이면 되겠네."

"무슨 말이야?"

"방탄조끼."

"뭐? 방탄조끼?"

"당신 매일 밤늦게 다니는데 정말 칼 맞으면 어떡해? 생일도 다가오고, 잘 됐지, 뭐. 내가 방탄조끼 생일 선물로 쏠게."

참, 어이없었다. 우리는 함께 웃었다.

이후 그 기자의 말이 무슨 주문(呪文)처럼 뇌리에 남았다.

'변호사님을 칼로 찌르겠대요, 칼로 찌르겠대요, 칼로 찌르……'

기자에겐 껄껄껄 웃으며 대꾸했지만 그 말이 내 마음속에 어떤 공포를 심어둔 게 분명했다. 사무실에서 밤늦게 일하다 집에 가기 위해 현관문을 열고 복도로 나서야 할 때 나는 자꾸만 주춤거렸다. 어떤 미친놈이 어둠 속 복도에 숨어서 칼을 들고 서 있다가 나를 찌를 수도 있겠다 생각했다.

머리끝이 쭈뼛 서곤 했다.

아내 말대로 방탄조끼라도 살걸 그랬나, 하는 생각을 하다 실없이 웃었다.

하지만 이 모든 것이 실감 나는 현실이고 두려움일 수도 있겠단 생각을 했다. 아내도 웃으며 말했지만 많이 걱정하고 있을 게 뻔했다. 그런 생각이 들자 어떤 일이 있어도 이 일을 잘 마무리 지어야겠다는 생각이 들었다.

어떤 정치적 이념, 보수와 진보, 이념적 다툼으로 탄핵 사건을 맡은 것은 아니었다. 나는 정치 사건을 주로 변론하는 변호사다. 사실관계와 법리에 의해 의뢰인을 옹호하고 진실을 밝히고 그의 권리를 되찾아주는 것, 그것이 직업으로서 변호사의 할 일이다. 그로 인해 우리 사회에 진실과 정의의 푯대를 세울 수만 있다면 그것으로 내 역할은 다한 것이다.

내가 선거법, 정치관계법 전문 변호사라 해서 진보 쪽 정치인이냐 보수 쪽 정치인이냐를 가려서 사건을 맡지는 않는다.

탄핵 사건 후 한번은 자유한국당 김진태 의원을 변호한 적이 있다.

진보 쪽 성향의 신문기자가 전화를 했다.

"황 변호사님은 대통령 탄핵 사건 대리인단장 아니었습니까? 그런데 어떻게 극보수 국회의원을 변호할 수 있어요? 황 변호사님은 그쪽인가요?"

질문은 극히 공격적이었다. 내가 차분한 목소리로 말했다.

"하하, 여보시오 기자님, 지금은 김진태 의원을 변호하지만 전에는 조희연 서울시 교육감을 변호했어요. 그러면 제가 작년에는 진보 쪽이고 올해는 보수 쪽인가요? 진보 정치인을 변호하면 진보가 되고 보수 정치인을 변호하면 보수가 됩니까?"

"……."

기자는 아무 말이 없었다.

"기자님, 전쟁이 났을 때 국군이 다쳤건 인민군이 다쳤건 치료를 하는 것이 군의관 아닙니까? 군의관이 인민군이 다쳤다고 그냥 지나쳐야 하겠습니까?"

"……."

"어떤 사람도 이념과 상관없이 변호를 받을 이유는 있습니다. 자신의 법적 권리에 대하여 법적 보호가 필요하다는 거죠. 그것이 변호사의 역할입니다."

20대 국회의원 중 더불어민주당 박재호·유동수 의원을 변호했고, 자유한국당 권성동·김진태·박성중·이철규 의원을 변호했다. 민주당 이재명 경기도지사를 변호했고, 무소속 원희룡 제주지사를 변호했다. 민주당 이재수 춘천시장과 한국당 박일호 밀양시장을 변호했다. 그 외 다수의 정치인들, 기관장들을 변호했다.

법이 이념의 노예가 되어서는 안 된다. 나 자신의 정치적 신념과 무관하게 의뢰인 각자의 진실을 논거와 법리를 통해 밝히고 주장하는 것이 변호사의 역할이다. 모두가 비난하는 파렴치한 사람도 그를 위한 변호를 해야 할 이유가 민주법치국가에서는 있기 때문이다.

한국 사회는 오랫동안 보수와 진보의 충돌 속에 있었다. 그 불협화음은 점점 더 극단화되고 있다. 양자의 충돌 속에서 정치 사건은 훨씬 뜨거운 감자가 되기 십상이다.

나는 법을 상식이라고 생각한다. 누구나 수긍하고 이해 가능한 상식.
나는 법을 밥이라 생각한다. 언제나 우리 곁에서 건강을 지켜줄 한 그릇의 밥.

정치적 이념이나 왜곡된 선입견이 아닌, 누구나 받아들일 수 있는 상식으로서의 법을 지키기 위해 나는 오늘도 내 길을 걷는다.

1 어둠 속 별을 찾아서: 봇짐을 싸다

잘려진 손가락

경상북도 예천군 하리면(지금은 은풍면) 송월리 월감마을은 시골 중에 상시골이다. 중학교 2학년 때 서울로 전학을 왔다. 중3 방학 때 예천 집에 돌아와보니 그제야 호롱불이 전깃불로 변해 있었다. 초등학교 내내 호롱불 밑에서 책을 읽었다. 책을 읽다 머리카락을 태워먹기도 했다. 할머니는 기름을 아껴야 한다고 빨리 자라고 했다. 하지만 호롱불을 끌 순 없었다. 아버지가 계시는 사랑방에는 책이 많았다. 그래봤자 박종화의 역사소설이나 시사잡지가 다긴 했다. 초등학생이 읽을 만한 책들은 아니었다.

서울로 전학을 가서 보니 서울 애들은 세계명작전집이라고 『죄와 벌』, 『소공녀』, 『괴도 루팡』 등을 읽고 있었다. 빨간 커버로 된 '계몽사 전집' 50권짜리도 있었다. 서울 친구를 부러워했다.

시골집에 있는 책들을 닥치는 대로 읽다 보니 나중에 읽을 게 없었다. 그래서 아버지가 보는 신문까지 죄다 읽었다. 신문은 한자투성이었지만.

집 뒤에는 커다란 감나무가 있었다. 나무를 하도 잘 타서 어른들은 나를 날다람쥐라 불렀다. 커다란 나무줄기를 타고 올라가 감나무 위에서 책을 읽곤 했다. 할아버지에게 배운 천자문이었다. 책을 읽다 졸다가 나무에서 떨어지기도 했다. 머리를 다치기도 했다. 그 이후 어머니는 다시는 감나무에 올라가지 말라고 당부를 했다. 그래도 어머니 몰래 나무를 탔다. 개구리, 메뚜기, 뱀을 잡아 구워 먹기도 했다. 감자와 고구마를 돌무더기에 구워 먹은 기억은 지금도 생생하다.

초등학교 때 아버지와 어머니는 집안일을 시켰다. 시골에서는 어느 집에서든 다 그렇게 했다. 시골 일이란 모두 다 사람 손이 가야만 하는 고된 일투성이니까. 집안의 식솔이면 누구든 일을 하나라도 거들어야 했다.

"근아, 소 풀 좀 뜯기고 오니라."

학교에서 돌아와 책을 읽을라치면 어머니가 그렇게 말하곤 했다. 나는 읽던 책을 덮기가 싫었지만 어쩔 수 없이 소를 끌고 뒷산으로 갔다. 초등학교 2학년 때부터 나보다 키가 큰 소를 몰고 다녔다. 소 등에 타고 다녔다.

집에서 가까운 산등성이는 이미 다른 집 소가 풀을 뜯어 먹어 돌부리만 그득했다. 소 풀을 먹이려면 한참 산 위까지 끌고 올라가야만 했다.

한참을 위로 올라가니 풀이 가득했다. 소고삐를 풀어놓고 풀밭에 누웠다. 소는 풀을 맛나게도 뜯어 먹었다. 팔베개를 하고 하늘을 쳐다봤다. 햇빛이 눈부셔 손바닥으로 해를 가렸다. 하늘에는 흰 구름이 둥실거리고 있었다. 그러자 햇빛을 가린 손가락이 눈에 들어왔다. 내 왼손 집게손가락이다. 낫 자국이 난 채로 휘어져 있다. 얼마 전 소 풀을 베려고 낫질을 하다 집게손가락을 반쯤 자르고 만 것이다. 손가락 한 마디 가 잘린 듯 간당간당 매달려 있는 것을 병원에도 안 가고 그 냥 뒀더니 아물면서 이렇게 굽어진 것이다. 다친 손가락은 휘어져 제대로 펴지질 않았다. 이대로 손가락 불구가 되는 건가.

서글퍼졌다. 학교에서 돌아와 집에서 책을 제대로 읽을 수 도 없다. 집안일을 거들어야 하니까. 농사일에는 언제나 일 손이 부족하기 마련이니까. 하모니카라도 있어 불기라도 하 면 마음이 진정될 터였다. 그러나 하모니카도 내겐 없었다.

5학년이 되었을 때 학교 음악실에 들어가 하모니카 하나를 가지고 나왔다. 권재경 선생님이 담임이자 음악실 담당이었다. 선생님은 하모니카를 주머니에 넣고 나오는 나를 보고도 그냥 눈감아주었다. 좀 불다가 갖다 놓으면 된다고 생각했으리라.

'어떻게 하면 풀을 베지 않고 살 수 있을까. 어떻게 하면 농사일을 하지 않고 살 수 있을까.'

파란 하늘을 올려다보며 팔베개를 하고 생각했다. 공부밖에 없다. 이 힘겨운 농사일에서 탈출하는 길은 공부밖에.

어릴 때부터 할아버지와 아버지는 내게 법관이 되라고 했다. 아버지는 안동고등학교를 나와 성균관대학에 합격하셨지만 돈이 없어 대학을 포기하고 입대하고 말았다. 전매청을 다니다 국민재건운동본부 하리면 요원을 거쳐 면사무소 서기를 하셨다. 말년에는 농사를 지으셨다. 할아버지와 아버지가 내게 법관이 되라고 한 것은 가난한 집안에서 가성비 좋은 출셋길이 법관밖에 없었기 때문이리라. 의대는 돈이 많이 든다. 장사를 하는 데도 자본금이 들어가는 거라 여겼다. 선비의 길이니 뭐니 해도 돈 하나 안 들이고 출세하는 입신양명의 길은 사법고시에 합격하는 것이다.

더군다나 우리 형제는 7남매였다. 그리고 나는 장남에다 장손. 장남을 어떤 방식으로든 법관을 만드는 것이 기울어진 집안을 일으켜 세우는 유일한 희망이라 여겼던 것이다.

덕분에 나는 초등학교 6학년 2학기 때 면 단위 은풍초등학교에서 읍내 예천동부초등학교로 전학을 갔다. 명문 예천중학교에 진학하기 위해서였다.

출사가 시작된 것이다.

여학교 앞에서 여학생을 기다리며

출사라 했지만 읍내에서 하숙은 녹록지 않았다. 나는 매 주말이면 읍내에서 하리면 송월리까지 비포장 신작로를 달렸다. 집으로 가야 했다. 주말을 보내고 일요일 오후 막차를 타고 다시 읍내 하숙집으로 돌아갔다. 갈 땐 하얀 옥양목 자루를 하나 가득 등에 짊어지고 갔다. 자루 안에는 쌀 한 말이 담겨 있었다. 하숙비였다. 하숙비 대신에 큰 쌀자루를 들고 읍내 하숙집으로 돌아와야 했던 키 작은 소년. 그것은 이제 세상과 부닥치며 살아가야 할 광야와 같은 삶의 시작이었다. 버스 좌석이 없을 때 쌀자루에 앉아서 가기도 했다.

"정근아, 니 여기서 뭐 하노?"

나는 얼굴이 홍당무처럼 빨개졌다. 도둑질하다 들킨 사람처럼 온몸이 오그라들었다. 이미 나는 중학생이 되어 있었다. 코털이 나고 사타구니에 털이 올라오기 시작했다. 읍내 예천동부초등학교를 졸업하고 예천중학교에 들어갔다. 2학년이 되던 해. 까만 중학교 교복에 '中'이라고 큰 글씨가 쓰인 까만 교모를 쓰고 여중 교문 앞에서 친구와 얼씬거리고 서 있었던 거다.

"예?"

"그래, 니…… 여기서 뭐하는 기고?"

"아니시더. 기냥……."

"아니긴, 뭐가 아니고. 니…… 여기서 누구 기다리는…… 기재?"

얼굴이 새빨갛게 되어 당황하는 모습을 보고 선생님은 대번에 눈치를 채고 말았다. 은풍초등학교 때 담임선생님을 여기서 보게 되리라고는 생각도 못 했다.

예천중학교 2학년에 올라가서 나는 서서히 학업에 회의를 느끼고 있었다. 성적도 계속 떨어지고 있었다. 이유는 간단했다. 초등학교 시절 부반장을 하던 여학생을 마음에 두고 있었는데 그 여자애가 예천여중에 다닌다는 이야기를 듣고 그 여중 앞을 매일 찾아간 것이다. 정문 앞에 서서 그 여자애가 언제 나오나 살피면서 까만 운동화로 흙을 헤집고 있었다. 그날도 친구에게 여중에 가자고 꾀어 같이 갔던 터였다.

선생님은 대번에 내가 이성에 눈을 뜨게 됐다는 걸 알아차렸다. 아마도 내가 이성에 대해선 조숙했었나 보다. 그래도 나 같은 숙맥이 여중 앞까지 찾아갈 정도로 대범했다니. 부끄러움을 잘 타면서도 내 속에 뜨거운 정열과 호기심이 있었던 게 분명했다.

　선생님은 화를 내지 않고 차근차근 나를 타이르기 시작했다. 초등학교 때 공부 잘하는 모범생이던 내가 이런 꼴로 선생님을 만나게 되다니. 그런 자신이 너무 창피했다. 훈계를 듣는 동안 내 속에 겹겹이 쌓여 있던 외로움, 공부에 대한 회의, 알 수 없는 삶에 대한 막연한 저항감 같은 것들이 한꺼번에 내 안에서 휘몰아쳤다.
　약간의 눈물을 훔쳤던가. 기억이 나질 않는다.
　그렇게 하숙집으로 돌아왔다.
　다시는 여중 앞을 찾아가지 않았다.

　그때 선생님을 여중 앞에서 만나지 않았다면. 그랬다면 내 삶은 조금은 달라졌을까. 대학까지 합격했지만 가난한 살림에 학업을 포기할 수밖에 없었고, 반골 기질 때문에 군청 공무원 생활도 제대로 못 하고 매번 상사와 멱살잡이를 하다 사표를 낼 수밖에 없었고, 결국엔 힘겨운 농사로 말년을 보내야만 했던 아버지가, 그래서 자신의 꿈을 대신 아들에게 꾸게 하고 싶어 하던 아버지의 대리자로서의 내가, 과연 모범생의 삶을 벗어날 수 있을까.

그것은 똑바로 난 철도의 레일 같은 삶에서 길이 아닌 길로 이탈하는 삶과 같은 것이리라. 면 소재지도 아니고 읍도 아닌 깡촌 시골, 하리면 송월리 월감마을의 시골 소년. 7남매의 장남.

내 삶은 내가 선택도 하기 전에 이미 정해져 있었던 것인지 모른다.

운명이란 단어는 늘 인간에게 가혹한 법이다.

하지만 어쩌면 그것이 삶을 이끄는 힘인지 모른다.

이상한 도시, 서울

서울 연희중학교로 전학을 온 것은 예천중학교 2학년 때였다. 사람은 모름지기 서울에 가야 한다고 고집하는 아버지의 교육열 때문이었다. 그 교육열은 할아버지의 유언이었다. 서울에서는 사투리도 낯설었다. 사람들도 낯설었다. 가장 낯선 것은 도로와 길이었다. 플라타너스가 줄지어 서 있는 신작로, 하나의 길만 나 있던 시골과 달라도 많이 달랐다.

서울은 수많은 길이 얽혀 있었다. 번화하고 번잡했다. 버스는 제 노선으로 이리저리 달려가다 어딘가에 나를 툭 하고 내려놓고 가는 것이다. 그곳은 언제나 낯설고 이상한 곳이었다. 이곳은 어디지? 내가 내린 이 정류장은? 나는 녹번동 친척 집으로 오는 버스에서 늘 내리는 정류장을 지나쳤다. 어디가 어딘지 알 수가 없었다. 녹번동 고개를 넘어 홍은동으로 접어들 때 아차 하곤 했다.

이 수많은 길 중에서 나는 나의 길을 찾아야 하겠지.
하지만 내 나이 열다섯 살. 깡촌 시골에서 이제 막 서울로 상경한 소년에게 미로와 같은 도심에서 길을 찾는 것은 아직은 무리였다.

"의이, 7번. 니가 황정근이와 같은 집 방향이니까 같이 집에 가도록!"
담임 서현주 선생님은 같은 동네 사는 반 친구 은중이를 나와 동행하도록 붙여주었다. 그제야 나는 집을 찾아가게 되었다. 그 아이는 외로운 서울에서 첫 서울 친구가 되었다.

서울 녹번동 친척 집은 누나와 나를 자신의 집에 거둬주는 대신 시골 예천 아버지에게 돈과 쌀을 하숙비로 받았다. 하지만 누나는 타향살이 아닌 타향살이를 했다. 특히 친척은 누나에게 빨래, 설거지, 청소, 애 보기 등 온갖 집안일을 시켰다. 세 학년 위의 누나는 그 집 식모나 다름없었다. 누나는 당시 여상(女商)을 다니고 있었다. 학교를 끝내고 집으로 와서는 집안일을 도맡아 했다. 누나는 내 도시락까지 싸야 했다. 도시락 반찬은 늘 무말랭이와 김치였다.

어릴 때 당신의 발등 위에 내 발을 올려놓게 하고 뒤뚱뒤뚱 걸음마를 하듯 걷던 할아버지가 그리웠다. 언제나 정답게 '우리 정근이, 우리 정근이' 부르시던 그 할아버지 목소리가 듣고 싶었다. 우리 집 닭이 밤새 알이라도 낳을라치면 장남이라고 아버지와 내 밥그릇 깊숙이에 생계란을 몰래 넣어주시던 어머니가 그리웠다.

예천에 있을 때만 해도 밥 굶을 일이 없었다. 일꾼까지 두고 농사를 짓는 우리 집이었다. 서울에 올라오니 멸시받는 머슴이 된 것 같았다.

친척의 구박이 심하다는 걸 눈치챈 아버지는 돈을 모아 서울에 전셋집을 구해주셨다. 녹번동 산1번지 채석장 옆, 방 두 개 아홉 평짜리 시민아파트였다. 말이 아파트지, 그야말로 빈민가 무허가로 지은 듯한 허름하기 짝이 없는 더럽고 낡은 건물이었다. 연탄재로 시꺼멓게 된 복도 입구로 들어가려면 사람들이 내놓은 구정물과 쓰레기봉투에서 말할 수 없는 역겨운 냄새가 올라왔다.

연탄아궁이가 있는 부엌에 쪼그려 앉아 누나는 풍로로 밥을 지었다. 연탄 위에서 된장찌개를 끓였다. 조그만 집에서 누나는 몇 번씩 연탄을 갈면서 기침을 했다. 연탄 냄새가 매워 눈물을 흘렸는지, 타향살이가 힘들어 눈물을 흘렸는지 모르겠다.

비 오는 날이면 연탄가스 냄새가 심하게 나고 눅눅한 장판에서 곰팡내가 나던 집. 가스에 중독돼서 몇 번씩 정신을 잃었던 적도 있던 집. 나는 내 길을 잃지 않고 찾아갈 수 있을까.

녹번동에서도 계속 이사를 다녔다. 1년에 한 번꼴이었다. 나일론 끈을 십자로 맨 책을 리어카에 싣고 이사를 다녔다. 당시는 주택임대차보호법이 없던 시절. 집주인이 경매를 당해 전세금 35만 원을 떼인 적도 있었다.

언젠가 방학이 되어 집에 가보니 막내 동생이 태어나 있었다. 고추와 담배 농사에 시어머니 병 수발에 아이까지 낳느라 어머니는 한참이나 힘들어 보였다. 어머니는 거의 20년 가까이 잉태와 출산을 반복했다.

내가 서울에 올라온 지 얼마 되지 않아 동생들이 차례로 올라왔다. 나중에 우리 형제들이 함께 아홉 평 아파트에 살게 됐다. 누나가 결혼해 나갈 때쯤 다시 밑에 동생이 올라왔고, 내가 결혼해 나갈 때쯤 다시 더 밑에 동생이 서울로 올라왔다. 정족수를 4~5명을 맞춰가며 살았다.

녹번아파트는 우리 7남매가 들고 날고 하면서 캑캑거리던 연탄가스 냄새와 묵직한 두통과 하수구 냄새로 우리 형제들을 잘도 키워냈다. 그곳에서 우리 남매들은 김치찌개를 해 먹고, 다 쓴 긴 형광등으로 칼국수를 해 먹었다. 150번 버스를 한 시간을 넘게 타고 서울대학교를 다녔고, 동생과 어깨를 부딪쳐가며 잠을 잤다. 결혼 전까지 계속 녹번아파트에 살았으니 나의 서울살이도 어지간했다.

이국의 맛, 문명의 맛, 카레라이스

연희중학교로 전학을 와서 도시락을 먹을 때였다. 누나가 싸준 도시락이었다. 누나도 여상을 다니며 살림을 살아야 했기에 반찬이라고 해봐야 멸치조림, 무말랭이, 그런 정도였다. 학교 점심시간이었다. 양은 도시락 뚜껑을 열었다.

"와아!"

순식간이었다. 친구들은 젓가락을 들고 폭풍처럼 날아와 도시락 반찬을 낚아채 가버렸다. 마파람에 게눈 감추듯 했다. 맨밥만 덩그러니 남았다. 깜짝 놀랐다. 시골 예천 친구

들과는 전혀 달랐다. 시골에서는 내가 과자나 먹을 것을 권하면,

"아이다, 됐다."

"괘안타, 먹으래이."

그래도 친구는 예의상 두 번은 사양을 했다.

그래도 내가 괜찮다고 먹으라고 하면 그제야 못 이기는 척하며 내 것을 먹는 것이다. 그런데 서울 친구들은 내 의사 같은 건 아예 묻지도 않았다. 그것이 서울이란 공간이 내게 보여준 참 기이한 첫 풍경이었다.

어느 날은 서울 친구 하나가 자기 집에 가자고 했다. 흙바닥으로 된 좁은 골목길을 따라 들어가니 주택가 안에 한옥이 나타났다. 친구가 철제문을 열고 들어가니 기와집이 나타났고, 그 안 정원에는 빨간 샐비어가 탐스럽게 피어 있었다.

대툇돌에 검정 운동화를 벗고 마루로 올라갔다. 친구네 집엔 책이 많았다. 그중에는 대중가요 책이 있었다. 친구 방에서 처음으로 FM 라디오를 들었다. 오후 4시, 〈추억의 가요〉 시간이었다. 은희의 〈꽃반지 끼고〉, 양희은의 〈작은 연못〉 〈아침 이슬〉, 이수미의 〈내 곁에 있어 주〉 같은 노래였다. 좀 있으려니 친구 동생이 방으로 들어왔다. 둘은 베개 싸움을 하며 뒹굴더니 이내 만화책을 넘기며 낄낄거렸다. 나는 숫기가 없어 책장에 있는 책을 꺼내 조심스레 읽고 있었다. 고독한 몽상가처럼. 한참의 시간이 지났을까.

"석아, 친구랑 나와 밥 먹어."

밥상 위에 올라와 있는 것은 태어나서 한 번도 본 적이 없는 음식이었다. 노란 국물 같은 것이 밥 위에 끼얹어져 있었다. 처음엔 나는 그것이 늙은 호박을 삶아놓은 거라 생각했다. 시골집에서 겨울에 먹을 것이 없을 때 어머니는 늙은 호박을 안방 윗목에 천장까지 채워 올려놓고 하나씩 깨서 그것으로 호박국을 끓여주셨다. 겨울 석 달 내내 호박국을 먹어야 했기에 나중엔 보기만 해도 지겨웠다.

그러나 밥상 위에 올라가 있는 걸쭉한 노란 국물은 태어나서 단 한 번도 먹어본 적이 없는 맛이었다. 알싸하고 칼칼한 것이 톡 쏘면서 혀끝을 자극했다. 감자와 양파의 아삭한 식감을 느끼며 목으로 넘길 때쯤에 고소하고 상큼한 맛이 났다. 이상야릇한 이국적 향신료의 맛이었다. 친구 엄마는 이 음식을 카레라이스라고 말해주었다. 세상에는 이런 음식도 있구나.

나는 단박에 싹싹 긁어서 한 그릇을 다 먹었다.

서울이란 곳은 내 도시락 반찬을 빼앗아 먹고도 아무렇지 않은 표정으로 능글거리는 곳이었다. 미로 같은 도로가 뻗어서 늘 갈 길을 잃어버리게 하는 곳이었다. 연탄가스 냄새와 오물과 쓰레기를 함부로 투척해 더러운 아파트의 검은 복도 같은 곳이었다.

카레라이스는 내 영혼을 이국의 저 너머 아라비안 나이트의 세계로 인도했다. 알지 못하는 미지의 어떤 곳으로 세계가 무한히 열려 있는 것만 같았다.

서울이란 도시가 주었던 약간의 주눅과 의기소침함과 우울함이 일순에 날아가버렸다.

서울은 이국의 새로운 맛으로 내 마음의 문을 열게 했다. 카레라이스로 외롭고 숫기 없던 소년은 뜻밖의 기쁨을 만난 듯 행복했다. 새로운 세계가 이제 문을 열고 소년 앞에 놓여 있는 것이다.

따귀의 대가

"철썩!"

담임이 내 뺨을 갈겼다. 센 타격에 내 고개가 획 하고 뒤로 넘어갔다. 나는 벌겋게 손자국이 난 뺨을 하고 상기된 표정으로 고개를 숙이고 있었다. 학급 친구들이 다 있는 교실 안이다. 담임도 벌겋게 돼 소리쳤다.

"니가 월사금을 안 내서 우리 반이 월사금 꼴찌잖아."

우리 학급에서 월사금을 내지 못한 애는 나 말고 한 명이 더 있었다. 그 친구도 담임에게 뺨을 얻어맞았다. 나는 얼얼

해진 뺨으로 자리로 돌아갔다. 돈을 갚지 못해 사채업자에게 매를 맞는 채무자가 된 기분이었다. 창피했다. 굴욕감을 느꼈다. 반 아이들이 보는 데서 모욕감을 주면 학교 재정이 더 빨리 채워지고, 그로 인해 자신의 인사고과가 더 오를 수도 있다고 계산했을 수도 있다. 아니, 교무실에서 담임은 나보다 더 심한 굴욕감을 당했을지도 모른다. 여하튼 담임은 때리는 거로 분풀이를 하고 싶었겠지만 어떤 이에게 그 상황이 인생에서 잊지 못할 치명적인 상처가 될 수 있다.

학교 월사금을 내야 할 때 시골 아버지에게 전보를 쳤다. 시골에 전화가 없었기 때문이다. 전보는 글자 수에 따라 돈의 액수가 정해지기 때문에 최대한 글자 수를 줄여서 핵심만 전하려 했다.

"등록금 5천원 지급 송금 요망!"

이런 식이었다.

하지만 어떤 경우엔 농사일 때문인지, 뭣 때문인지 돈이 늦게 올라오기도 했다. 나는 담임에게 뺨을 맞으면서도 '우리 집이 가난해서 돈을 못 낸 게 아니다. 아버지가 바빠서 전신환을 제때 못 부친 것이다'라며 속으로 항변했다.

상경한 시골 촌놈이 고등학교를 다니는 데에도 세상은 끝없이 태클을 걸어왔다.

은평구 갈현동 변두리에 있는 대성고등학교는 신설 학교

였다. 신설이다 보니 뺑뺑이로 대성고가 된 친구들 중 웬만큼 사는 친구들은 대학 입시에 유리한 다른 학교로 전학을 갔다. 강남에 있는 영동고나 휘문고 같은 곳이었다.

고등학교 공부를 하면서 나는 내 적성이 무엇인지 좀 더 확연해지는 것을 느꼈다. 수학과 과학은 역시 최악이었다. 내가 가장 좋아하고 잘하는 것은 국어와 사회, 정치경제였다. 특히 국어 성적은 전교에서 언제나 1등이었다. 언젠가 고3 때 국어 시험이 너무 어려워 학생들 평균 점수가 너무 낮은 적이 있었다. 학교에서 일률적으로 점수를 10점씩 올렸다. 그러자 내 점수가 106점이 되었다. 결국 내 점수는 6점을 뺀 100점으로 처리됐다.

고등학교 1, 2학년 내내 반에서 1등을 지켰다. 하지만 고3이 되자 강적을 만나게 되었다. 박정섭이었다. 어떻게 된 게 정섭이만은 이길 수가 없었다. 그가 항상 1등이고 내가 2등이었다. 박정섭은 우리 집보다 더 살기 어려운 집 출신이었다.

당시 공부를 잘하는 아이들은 두 그룹으로 나뉘어 있었다. 한 그룹은 과외를 받거나 학원을 다니는 그룹, 또 한 그룹은 과외 없이 철저히 혼자서 학교 수업을 따라가며 공부하는 그룹. 당연히 정섭이와 나는 후자에 속했다. 이 그룹에 함께 어울리며 자력반 교실에서 밤 10시까지 남아 공부할 때 친했던 친구 중에 윤준이 있었다. 준이는 장래 희망이 나와 같은 법관이었다. 우리 둘은 키마저 작아 늘 앞자리에 함께 앉곤 했다. 준이가 맨 앞줄, 내가 둘째 줄, 정섭이가 셋째 줄이었다.
우리 셋은 함께 어울릴 수밖에 없었다.

그날 준이가 자기 집에 가자고 했다. 준이의 집에 들어선
정섭이와 나는 깜짝 놀라고 말았다. 정원이 있는 한옥집에다
텔레비전, 냉장고 등 없는 게 없는 집이었다. 준이도 정섭이
나 나처럼 형편이 넉넉지 않을 거라 생각을 했던 것이다. 나
중에 알게 됐지만, 준이의 어머니는 시어머니에 시누이를 모
두 데리고 대식구 살림을 하느라 공무원 봉급으로 빠듯한 살
림을 꾸려가고 있던 중이었다.

준이는 자기 아버지에게 인사를 하자고 우리를 데리고 갔
다. 준이 아버지는 놀랍게도 나중에 대법원장이 된 윤관 판
사였다. 어릴 때부터 내 꿈이 판사였기 때문에 내 눈으로 직
접 판사를 처음 보게 된 일은 대단한 충격이었다. 준이 아버
지는 당시 서울형사지방법원 부장판사였다.

우리는 큰절을 하고 무릎을 꿇고 앉았다. 윤 판사는 한 명
씩 한 명씩 질문을 했다.

"자네는 그래, 꿈이 뭔가?"

까까머리에 까만 교복을 입은 고등학생이다. 하지만 미래
에 대한 알지 못할 뜨거운 정열로 가슴이 날마다 타오르고
있는 청춘이었다.

내가 옹골찬 목소리로 대답했다.

"법대를 가서 법관이 되고 싶습니다."

그때 나는 법관에는 대법원장, 대법관, 판사가 있다는 것을 몰랐다.

윤 판사는 꽤 의미 있는 눈길을 내게 주며 나를 바라봤다. 앞으로 내가 되고 싶은 법관이 바로 내 앞에 앉아 계시는 거다. 나는 가슴이 뛰는 것을 겨우 진정시키며 윤 판사를 바라보았다.

"흠……그래. 그럼, 자네는?"

정섭이를 보며 물었다.

"저는 서울대 동양사학과를 들어가 역사학자가 되는 것이 꿈입니다."

윤 판사는 고개를 갸우뚱했다. 정섭이의 집안 사정을 너무나 잘 알고 있는 듯했다. 정섭이는 낌새를 눈치챘는지, 자신이 왜 사학도가 되려고 하는지, 그것이 자신의 인생에서 얼마나 의미 있는 공부인지를 설명하기 시작했다.

그래도 윤 판사는 정섭이에게 법대를 가서 사법고시를 치는 게 어떻겠냐고 제안했다. 정섭이는 자신의 고집을 꺾지 않았다. 머리 좋은 천재의 순수한 학문적 열정이었다. 정섭이는 나중에 자신의 원대로 서울대 동양사학과를 들어갔다. 하지만 역사학자는 되지 못했다. 석사학위만 받고 박사학위 과정은 입학을 하지 못했다. 박사까지 할 형편이 안 되었던 터였다. 그는 서울대를 졸업하고 유네스코에 취직했다. 그 친구가 함께 법대에 들어갔으면 얼마나 좋았을까. 법조계가 더 발전하지 않았을까 하는 생각이 남는다.

윤 판사는 우리 셋을 앉혀놓고 법관은 어떤 사명감을 가지고 해야 하는가에 대한 일장 연설을 하셨다. 무엇보다 근검절약과 청렴결백, 꿋꿋한 신념의 선비정신, 그것이었다. 만약 그때, 판사의 길이 일상의 모든 지인들과 벽을 쌓고 자신만의 고립된 성에서 법리와 싸우며 고독하게 판결을 내려야 할 외로운 자리란 말을 해주었다면 나는 내 꿈을 바꾸었을까. 그러나 당시 나는 윤 판사의 말씀을 하늘처럼 생각하며 뛰는 가슴을 주체할 길이 없었다.

국가를 위한 순결한 법관의 길을 가리라. 국가와 나라를 위해 나 자신 모든 걸 던지는 뜨거운 삶을 살리라. 가슴이 끓어올랐다. 그것은 그날 담임에게서 뺨을 맞은 데 대한 단순한 오기와 반항만은 아니었다.

최소한 교육 현장에서 담임이 월사금을 내지 않았다고 제자의 뺨을 때리는 일은 없어야 하지 않을까 하는, 내 모든 것을 걸어 이 나라를 바꾸어놓고 싶다는, 무언의 결심만은 사실이었다.

호라이즌 문학회, 인생의 새로운 지평선

끓어오르는 각오와 달리 나는 보기 좋게 대학 입시에서 떨어졌다. 문과 석차 5등까지만 서울대에 붙었다. 문과는 전체 5반이었다. 정섭이가 1반에서 1등, 문과 석차 5등, 나는 1반에서 2등, 문과 석차 6등이었다. 고등학교 때 성적이 입시 현장에서 그대로 똑같이 나타나 놀랍기도 했다.

서울대 법대를 가고 싶었지만 내 성적으로는 힘들다고 담임이 말했다. 하는 수없이 정치학과에 가서 행정고시를 하려고 서울대 사회과학대학을 지원했다. 낙방했다. 그런데 공교롭게도 그해 1979년에는 사회대가 법대보다 커트라인이 더 높았다. 어이없었다.

재수를 안 해본 사람들은 재수생의 심정을 알 수 없다. 시험에 떨어지고 재수생이 된다는 것은 꿈꾸던 꿈에서 사정없이 나뒹굴며 나락으로 떨어진 기분, 낙오자가 된 느낌이다. 인생에서 엄청난 쓰나미의 현장에 홀로 서 있는 기분이다. 세상에 도전하는 그 첫 관문에서 고배를 마신 셈이었다.

그러나 재수 생활은 나에게 신천지를 보여주었다. 시험을 쳐서 종로학원에 들어갔는데, 그곳은 완전 놀라운 곳이었다. 단 한 번도 과외를 받아본 적이 없는 나에게 학원 수업은 기가 막혔다. 요점 정리와 핵심 파악, 최고의 수업이 진행됐다. 종로학원 선생님들의 강의는 최고였다. 모든 수업 내용이 귀에 쏙쏙 들어왔다. 종로학원 수업을 1년 더 수강하고 싶을 지경이었다.

종로학원 강의실은 지정석이 아니었다. 오는 순서대로 앉았다. 다들 앞자리에 앉고 싶어 해서 최대한 일찍 오려 했다. 하지만 어쩌다 보면 늦을 때도 많았다. 그때 내 자리를 항상 맡아주는 친구가 있었다. 송원석이었다. 충암고를 나온 친구였다. 원석이는 내 옆자리에 앉아서 함께 공부해야 자신의 공부에도 도움을 받는다고 하면서 내 자리를 맡아주었다. 원석이의 충암고 친구 중 하나가 윤석열 검찰총장이다. 원석이는 나중에 윤석열과 내가 서울대 법대를 나오고 사법시험에 합격하자 자신에게 두 가지 소원이 생겼다고 떠들고 다녔다.

물론, 첫째도 독립이요, 둘째도 독립, 뭐 그런 건 아니었다.

첫째는 윤석열이 검찰총장이 되는 것이고, 둘째는 황정근이 대법관이 되는 거였다.

윤석열 검찰총장 후보자 인사청문회가 열리던 2019년 5월, 나는 원석에게 전화를 했다.

"원석아, 니 첫째 소원은 이루어진 것 같은데? 하하, 근데 말이다. 아무래도 두 번째 소원은 도저히 힘들 것 같다."

"무슨 말이야. 난 아직 그 꿈을 포기하지 않았어. 네가 대법관이 되는 꿈."

고마웠다. 친구의 앞길에 큰 비전을 주고 축복을 해주는 친구가 있다는 것만으로도 큰 용기가 됐다. 비록 이루어지지 않은 꿈이라 하더라도.

"안녕하십니까. 80학번 황정근입니다."

망원동 2층 사무실 안. 여학생들도 여럿 있는 자리에서 자기소개를 하려는데 어김없이 귀까지 빨개졌다. 여전히 나는 부끄러움 많이 타는 소심하고 온순한 청년이었다. '호라이즌(Horizen) 문학회'는 서울대 공대와 이화여대의 연합서클이었다.

재수 1년 덕분에 서울대 법대에 무사히 합격할 수 있었다.

1학년에 들어가자마자 우선 놀아야겠다는 생각이 들었다. 충분히 힘든 수험 생활을 해온 것이다. 그러던 차에 대성고 친구 이상묵이 자기가 나가는 서클에 같이 가자고 했다. 상묵이는 서울대 공대를 다니고 있었다. 마침 고교 시절부터 국어를 좋아했고 문학에 대한 관심이 많았던 나는 상묵이를 따라 호라이즌 문학회에 들어가게 되었다.

고2 때 단편소설 「귀의기(歸依記)」로 교내 문학상을 받았다. 김동리의 『등신불』과 『무녀도』를 뒤섞어서 이렇게 저렇게 만든 작품이었다. 시도 몇 편을 썼었다. 나는 그 전에 같은 법대 동기인 김성관을 따라 무슨 사회연구회란 곳에 들어갔었다. 전형적인 운동권 서클이었다. 그러나 내겐 이념의 세계보다 정서의 세계가 더 와닿았다.

지금도 마찬가지다. 이념도 중요하지만 나는 이념보다 사람이 중요하다고 생각한다. 이념보다 삶이 중요하다고 생각한다. 거대하고 위대한 이념도 중요하겠지만 인간에 대한 사랑, 삶에 대한 사랑은 인생의 항해에서 영원히 가지고 가야 할 가치라 생각했다.

나는 어느 날 호라이즌 문학회 열혈 당원이 되어 있었다. 법대를 가지 않았다면 분명 국문학과에 들어갔을 것이다. 그리고 문학자가 되어 있을 것이다.

대학 1학년이라는 것이 청춘의 특권인 양 마음껏 읽고 싶던 문학책을 읽었다. 문학에 대한 목마름이 해갈되는 느낌이었다. 조세희 『난쏘공』부터 윤흥길 『아홉 켤레의 구두로 남은 사내』, 『장마』, 황석영 『객지』, 문순태 『강』, 이문열 『젊은 날의 초상』 등. 읽고 토론하고 읽고 토론하고. 그리고 우리는 망원동 2층 서클 회관에서 내려와 포장마차에서 소주를 마셨다.

청춘의 특권이란 하고 싶은 것을 마음껏 해도 비난을 듣지 않는다는 것이다. 무모한 도전이나 낭만적 치기도 청춘이란 이름 아래 허용되는 특권 중 하나다. 세상은 청춘에게 자유란 문을 열어주었다. 나는 들뜬 흥분과 막연한 설렘으로 실체도 알 수 없는 감정의 뜨거운 용강로가 되어 나 자신을 던져넣고 있었다.

망원동 포장마차. 어두컴컴한 칸델라 불 아래 누렇게 때 낀 양은 테이블 위에서 소주를 마시며 시대와 문학을 논하던 시절. 돌아보면 그때가 내 삶에서 가장 자유롭고 흥미진진한 시기였다.

세상은 어수선했다. 때는 1980년. 오랜 독재 뒤 신군부는 끝내 새로운 시대에 대한 열망을 환멸로 바꾸어놓았다. 광주 사건이 있었다. 신입생들은 교련 훈련을 거부했다. 나는 친구들과 스크럼을 짜서 시위에 나갔다. 그러면서도 열렬히 문학작품을 읽고 토론하고 술을 마셨다. 어쩌면 그 시끄럽고 을씨년스럽고 황폐한 시기를 문학이라는 울타리로 가져와 좁은 예술적인 방식으로, 좁은 정서적인 방식으로 현실을 비판하고 모색점을 찾고자 했는지 모른다.

등사실 안의 두 그림자

'호라이즌'에서 읽는 문학책은 이념적인 소설이 대부분이었다. 시대가 시대인 만큼 청춘들도 뜨거웠다. 서울대 역사학과 도진순 선배가 있었다. 지금은 창원대 역사학과 교수로 있지만 상당히 좌파적 이념으로 토론회를 이끌기도 했다.

문학회에서 만드는 책자는 주보와 문집이었다. 주보는 1주일에 한 번씩 나오고, 문집은 1년에 두 번씩 나왔다. 주보에는 그 주 모임 순서와 발표 내용의 요약, 공지사항이 기재되어 있었다. 당시에는 어떤 복사기도 없던 시절, 철펜으로 비닐을 긁고 그 아래 종이에 잉크가 스며들어 글씨가 쓰이게 했다. 그것을 필경이라 불렀다. 나는 편집부 소속이었다. 매주 필경을 하고 등사기로 밀었다.

문집 작업을 할 때는 몹시 힘들었다. 문집은 한 권이 200∼300페이지에 달했다. 2학년이 되어 편집부장이 됐을 때는 필경을 후배들에게 시킬 수 있었다. 대신 등사기로 미는 일을 주로 했다.

만약 내가 '언더'에 있었다면 조직에서 세포에게 나눠줄 삐라를 만드는 데 혁혁한 공을 세웠을 것이다. 오른손으로 롤러에 잉크를 묻혀 등사를 하고 왼손으로 종이를 빼내는 속도가 가히 빛의 속도였으니까.

그날은 밤이 어둑해진 날이었다. 후배들이 일이 있어 다 돌아가고 혼자 남아 등사를 하고 있었다. 열어놓은 창문에서 따스한 온기가 전해왔다. 봄밤이었다.

롤러에 잉크를 묻혀 등사기에 밀려고 하는데 누군가 드르륵 하고 문을 열었다. 여닫이문이었다. 순간 가슴이 쿵 했다.

호라이즌은 망원동 2층 사무실을 회관으로 쓰고 있었다. 월세는 회비로 충당하고 있었다. 그런데 최근 몇 달 월세가 밀리게 되자 집주인의 성화가 말이 아니었다. 월세를 낼 때까지 밤에 회관을 사용하지 못한다고 엄포를 놓은 것이다. 월세도 안 내는 주제에 전기에 물까지 사용할 요량이냐는 것이다. 그러나 문집은 찍어야 하고, 시간은 없고, 밤늦게 남아 등사기를 밀 수밖에 없는 형편이었다.

나는 전등을 끄고 플래시를 부분적으로 비추며 등사를 하고 있었던 거였다.

드르륵 하고 문소리가 나자 순간적으로 나는 플래시를 껐다. 어디서 그런 순발력이 발동했는지. 나같이 굼뜨고 늦된 이가. 그때는 어떤 위기감이 나도 모를 순발력을 발동시켰는지 모르겠다.

나는 재빨리 몸을 책상 아래로 숨겼다. 사무실은 어둠 속에 잠겨들었다.

"나야, 정근아."

문 쪽에서 나직한 목소리가 들렸다. 익숙한 목소리였다.

"누, 누구야?"

그제야 서서히 상체를 일으켰다. 플래시를 켜고 소리 나는 쪽을 비추었다. 그러자 상대는 눈이 부신지 양팔로 빛을 가렸다.

"나야."

아, J구나. J. 그녀는 이대 영문과 80학번. 나와 같은 학년 동기였다.

"난 또 주인집 아줌만 줄 알고…… 어, 근데 무슨 일이야? 왜 다시 회관에 왔어?"

"으응, 수첩을 두고 가서."

"그렇구나."

"늦게까지 고생 많네."

J는 연구부였다.

"뭐, 아니야. 할 만해."

내가 어색하게 씨익 웃었다. J도 보조개를 보이며 웃었다. 그러더니 그녀는 나를 도와주겠다고 했다. 괜찮다고 했지만 그녀는 한사코 같이하자고 했다. 하는 수 없었다. 내가 롤러로 잉크를 밀어 등사를 하면 J가 등사한 종이를 빼주었다. 훨씬 속도가 빨라졌다.

열어둔 창문으로 봄바람이 들어왔다. 아카시아 향이 나는 듯도 했다. 나는 뭔가 취한 듯 롤러에 잉크를 묻히고 있었다.

그때였다. 이번엔 2층 계단 쪽에서 발자국 소리가 크게 들렸다.

플래시 빛이 복도, 천장, 사무실 쪽 이리저리 어둠을 휘저었다.

나는 황급하게 책상 아래로 몸을 숙였다.

어쩌면, 주인 아주머니일 수도 있지만 짭새일 수도 있다. 사복이 대학생 서클룸을 뒤지고 있다는 소문을 들은 적이 있다. 서클룸에서 이적물이 나오면 이적단체로 규정해 서클을 해체하고 멤버 중 남자들을 강제로 군입대 시킨다는 소문이었다. 그곳은 군대 중에서 가장 혹독하게 훈련받는 지옥 같은 부대란 소문도 자자했다.

호라이즌 주보나 문집이 이적물이 될 수는 없을 것이다. 문학작품이니까.

하지만 문집에 실린 시는 선동 구호에 가까웠다. 시대의 울분을 표현하기에 구호가 아니고서는 어떤 것으로도 표현이 되기 힘든 시절이었으니 당연했다.

아우슈비츠 사건 이후에 서정시는 쓰여지기 힘들다고 독일 문학자 테오도어 아도르노는 말했다.

시대가 청년들을 거리에서 구호를 외치게 만들었다. 신나를 뿌리고 분신자살하게 만들었다.

김지하의 「오적」 같은 시는 이미 금서였다.

얼마든지 문집의 작품을 이적표현물로 매도할 법했다. '불법유인물'을 찍는다는 등 하는 올가미를 씌워 얼마든지 군징집을 강요할 수 있었다.

숨을 죽이며 몸을 웅크렸다. 등으로 식은땀이 흘러내렸다. 고요한 어둠 가운데 고개를 들었다. 나도 모르게 J의 어깨를 감싸 안고 웅크리고 있었다.

하지만 조금도 움직일 수가 없었다. 어떤 소리를 내서도 안 되었다. J의 조다쉬 청바지 무릎과 내 보세 청바지 무릎이 맞닿아 있었다. 칼라가 큰 흰 브라우스를 입은 J는 놀라 커다랗게 된 눈으로 숨죽여 나를 바라봤다. 그것은 초조한 두려움 같기도 했고 구원을 기다리는 신호 같기도 했다. 나는 손가락을 입에 댔다. 가만히 있으라고 신호를 보냈다.

다시 플래시 불빛이 이리저리 회관 사무실 내부를 휘저었다. 숨이 막혀왔다.

"불빛이 있는 거 같더이…… 잘못 봤나."

주인 아주머니 목소리였다. 약간 쉰 듯한 걸쭉한 목소리. 나는 살짝 안도의 숨을 쉬었다. 하지만 방심할 수 없었다.

조금의 시간이 지났을까.

"이제 간 거 같다."

J가 나지막한 목소리로 말했다. J는 자신의 어깨에 올라가 있는 내 팔을 눈짓으로 가리키는 듯하더니 이내 쑥스러운 듯 고개를 숙였다.

나는 황급하게 팔을 내렸다. 이내 주인 아주머니의 큰 발걸음 소리보다 더 큰 소리가 들리기 시작했다. 내 심장이 크게 뛰는 소리였다.

J의 편지를 들고 온 사람은 아버지였다.

"야, 가 누고?"

하얀 편지봉투에 분명히 J라는 발신인의 이름이 쓰여 있었다. 밥 먹으라 부를 때 외엔 사랑방에 일절 들어오지 않으시던 아버지다. 아버지의 눈에 심상찮은 빛이 역력했다.

"그냥 친구시더."

"친구는 무신……, 남자 여자 사이에 친구가 있나?"

호라이즌 편집부장 일을 열심히 하던 나는 2학년 1학기를 마치고 편집부장을 후배 이현철에게 물려주고 호라이즌 모임에 나가지 않기 시작했다. 사법시험 공부에 진입했다. 상묵이도 재수를 해 연세대 경제학과로 옮겨 가 행정고시 준비에 매진하느라 호라이즌에 더 이상 나오지 않았다.

나는 본격적으로 수험 생활에 들어갔다.

호라이즌에 있을 때 나를 좋아했던 후배 여학생이 있었다. 이대 생물학과 여학생이었다. 그 애가 날 좋아했단 얘긴 나중에 듣게 됐는데, 왜 그때 어떤 티도 내지 않았는지 궁금했다. 아니면 워낙 이성 간 감정에 대해 무신경하던 내가 못 알아차린 것일 수도 있다.

호라이즌이 남녀 연합서클이다 보니 커플이 자연스럽게 생겼다. 서승환이란 선배도 이대 국문과 아내의 동기 심계숙과 결혼했다. 몇몇 커플이 있었다.

녹번동 집 방향이 같은 이대 무용과 김미준과 같이 버스를 타고 돌아온 적도 많았다. 하지만 정작 서로 연락을 하고 지낸 것은 J였다. 문학에 대하여, 시대에 대하여, 진로에 대하여 많은 이야기를 나누었다. 편지도 주고받았다.

시험 준비로 문학회에 나가지 않자 더 많은 편지를 주고받았다.

방학이 되자 나는 책을 싸매고 예천 집으로 내려왔다. 법대 친구 중 어떤 이들은 절로, 어떤 이들은 고시원으로 들어갔다. 나는 동생들이 북적대는 서울을 떠나 시골집으로 갔던 것이다.

예천을 떠난 이후 방학이 되어도 집에 거의 내려가질 않거나 잠깐 갔다가 상경했다. 예천 집에 가면 농사일을 시킬 것 같았기 때문이다.

그런데 사법시험 공부여서인지 부모님은 아예 뒤뜰과 연결된 사랑채를 내주셨다. 한적한 공간이었다. 나는 밥 먹는 시간을 제외하고 방에서 나오지 않았다. 앉은뱅이 책상에 양반다리를 하고 여름에 온 방문을 열어젖힌 채 공부했다. 매미 소리를 들으며 흰 난닝구 바람으로 한 손에는 부채를 부치며 책을 읽었다.

부모님은 최대한 공부에 방해되지 않게 하려 애쓰셨다. 그런데 J의 편지가 당도한 것이다.

아버지는 뭔가 꾸지람을 하실 듯했다. 그러더니 이내 편지를 내게 전해주고 나가셨다. 나는 촘촘히 편지봉투를 찢었다. 편지를 읽어 내려갔다. 등사기 사건이 있은 후 우리는 친해졌다. 그 친하다는 것이 어떤 것인지 모르겠지만 가슴 아래께가 조금 흔들릴 정도, 그런 정도의 그리움이었다. 그것이 요즘 말로 '썸'이었는지. 아니면 연정이었는지 모르겠다.

불우한 시대에 간신히 꿈 하나만 가지고 미래의 불빛을 찾아가는 가난한 남녀의 연대거나 사랑이었는지도 모르겠다.

편지 내용은 공부에 전념해서 네 꿈을 이루라는 말, 그리고 자신의 일상생활과 당시 청년들이 갖는 전형적인 낭만적 상념들을 적어 내려간 내용이었다. 보고 싶다는 말도 잊지 않았다.

나도 보고 싶다는 말을 속으로 읊조리며 편지지를 다시 곱게 접어 책 사이에 끼워 넣었다. 당장 답장을 쓰고 싶었다. 하지만 답장을 바로 쓰게 되면 마음이 몹시도 흔들릴 듯했다. 보고 싶은 마음을 진정할 수 없을 듯도 했다. 마음을 다

독일 필요가 있었다.

사법시험을 준비하는 법대 친구들은 학교 수업에 거의 나타나질 않았다. 나는 학교 중앙도서관에서 공부하면서 수업을 거의 빼먹지 않았다. 그것은 삶에서 일상을 지켜나가는 나만의 방식이었다. 그리고 나는 시험 공부에 최적화된 친구들과 조우하게 됐다.

임수식과 오승원이었다. 수식이는 나중에 부장판사를 지내다 로펌 로고스에서 변호사로 일하고 있다. 승원이도 판사로 지내다 변호사 사무실을 열었다.

술 먹기 좋아하고 기분파였던 나였지만, 이 두 친구는 수험 생활 동안 일체 술을 입에 대지 않는 원칙을 정해놓고 있었다. 우리 셋은 어울려 다니며 도서관도 같이 다니고 각자 싸 온 도시락도 같이 먹었다. 누군가 늦게 갈 때는 도서관 자리를 잡아주었다.

일요일을 빼고 매주 6일 동안 하루에 12시간 이상을 함께 했다. 시간의 양과 공부의 양을 체크해가며 양을 채워나갔다. 사법시험도 앞뒤로 나란히 앉아서 보았다. 2년 동안 우리 셋은 술 한 번 함께 먹은 적이 없었다.

원칙이 깨지려는 순간도 있었다.

지금처럼 J에게서 편지가 왔을 때였다. "공부는 잘 되고 있지?" 또 내 공부 걱정을 해주었다. 만나고 싶은 마음이 간절했다. 하지만 만나면 다음 날 후유증이 있을 것이다. 그리고 다시 공부 모드로 들어가려면 어수선한 마음을 달래야 할 것이다. 어떻게 하지?

고민 끝에 J에게 전화를 걸기 위해 공중전화기로 달려갔다. 빨간 공중전화기에 동전을 넣었다.

"여보세요?"

J의 목소리가 들렸다. 가슴이 뛰었다.

그런데 갑자기 내 안에 어떤 놈이 튀어나와 들고 있던 수화기를 그대로 내려놓아버렸다. 내 안에 있는 그놈이 어떤 놈인지 정말 알 수가 없다. 그것은 내 뒤를 쫓고 있는 놈이 분명하다.

나는 쫓기는 자처럼 슈퍼에 들어가 소주 한 병을 샀다.

들리는 소문에 의하면 호라이즌 선배 중 어떤 이는 수배 중이란 이야기를 들었다. 시절이 하 수상했다. 마음이 괴로웠다. 대체 나는 뭘 하는 거지?

담양 출신 친구 성관이는 '언더'에 들어가서 수업에 나오지도 않았다. 가끔 시위에서 보이기도 했다. 그 친구는 이제 영 나와 다른 길을 가는 것인가. 그렇다면 내가 가고 있는 이 길은 맞는 길일까?

뒤에서 나를 쫓는 자가 시대의 어둠인지, 아버지의 기대인지, 가난한 집안 7남매 장남이라는 무게인지 알 수가 없었다. 분명한 건 다른 이보다 훨씬 많은 중력이 내 청춘 위에 내려앉아 있다는 거였다.

소주를 담은 검은 비닐봉지를 흔들며 집으로 들어가는 골목길이었다. 어둠은 충분히 눅눅히 내려앉아 있었다.

그때였다. 갑자기 내 뒤에서 다다닥 하고 쫓아오는 소리가 들렸다. 상가가 끝나고 주택가로 들어가는 골목길이었다. 숲으로 난 길이고 좁은 길이었다. 그 발걸음은 분명 나를 향해 달려오는 소리가 분명했다.

뭐지? 순간 머리카락이 쭈뼛 섰다.

호라이즌 문학회가 털려서 혹여 이적표현물 인쇄로 내가 걸려든 건가? 아니면 '언더'에 있는 아는 친구가 고문 끝에 조직과 전혀 상관없는 내 이름을, 혼절 끝에 읊조리기라도 한 것인가?

그건 누가 시키지도 않은 일이었다.

나는 뒤도 돌아보지 않고 앞으로 냅다 달리기 시작했다.

분명 도망이었다.

2 **연애와 청춘의 나날:** 수상한 시절의 사랑

"사람이 왜 사람을 팹니까?"

미친 듯이 달렸다. 그러나 달리기는 언제나 젬병이다. 나를 쫓던 발소리가 벌써 내 목덜미를 물어뜯을 듯 가까워졌다. 있는 힘을 다 냈다. 온몸이 진흙 같은 땀이다. 도망할 길이 없다. 골목 끝이 보였다. 순간 뒤를 돌아봤다.

그러자 나를 쫓던 그림자가 나를 통과해 바람처럼 지나갔다. 놀란 나는 헐떡이는 숨을 거칠게 들썩이며 그 자리에 멈춰섰다. 그러자 또 다른 그림자 둘이 나를 지나쳐 앞서 달려간 그림자를 뒤쫓았다.

골목 끝은 어둠이었다. 동그란 전신주 아래에 서서 땀을 닦아내고 있었다. 막다른 골목길로 달려간 사람들은 대체 누구지?

순간, 골목 끝 어둠에서 뭔가 소리가 들려왔다.

"퍽퍽."

하는 소리와 함께 신음 소리가 새어 나왔다.

전신에 식은땀이 흘러내렸다. 나도 모르게 주먹을 쥐고 온몸을 떨었다.

그렇게 한참을 어둠 속을 노려보았다. 그러나 나도 모르게 고개를 돌리고 말았다. 뒤돌아서서 집의 반대 방향으로 걸어가기 시작했다. 빠른 걸음이었다. 아파트 뒤 야산으로 향하는 길 쪽이었다.

그 청년이 두들겨 맞은 일에 대하여 나는 한마디도 말할 수 없었다.

"이보시오. 사람을 이렇게 패서 되겠소?"

달려가 한마디도 못 했다. 뒤돌아서 나와버렸다.

그들은 사복일 수도 있다. 경찰청 대공과 기관원일 수도 있다. 아니면 삼청교육대에 보낼 청년들을 잡아들이는 경찰일 수도 있다.

내가 뒤를 돌아보지 않고 도망을 친 것은, 그래, 어쩌면 예천에 계시는 아버지 때문이었을 수도 있다. 시꺼멓게 그을은 연탄 자국으로 가득한 좁디좁은 녹번아파트에서 힘들게 살고 있는 동생들 때문일 수도 있다. 쥐라도 나오면 벽지를 뜯어 발기며 쥐 잡는다고 온통 소란을 피우는 동생들 때문일 수도 있다.

그렇게 해서 나는 3학년 때 사시 1차를 통과했다. 그것은 음험한 현실을 애써 묵인한 채 안간힘으로 견뎌낸 대가였다.

2차 시험을 준비하면서는, 나중에 법무법인 광장 대표가 된 안용석, 검사를 지낸 김홍섭, 판사를 지낸 구길선, 판사를 지내고 고려대 로스쿨 교수가 된 복학생 윤남근 형과 스터디 그룹을 짜서 2차를 준비했다.

2차 시험을 칠 때는 아버지가 올라오셔서 시험장 앞에서 꼬박 나흘을 보내셨다. 그렇게 마음과 정성을 모으려 했다. 4학년 때 2차와 3차를 통과했다. 만 2년 동안 꼼짝 않고 공부한 덕분이었다.

주변에서는 내가 수석을 차지할 거라 예상을 했었다. 나도 그렇게 믿었다. 동기들과 정답을 맞추는 가운데 확신이 있었기 때문이다. 하지만 복병은 다른 곳에 있었다. 제25회 사시 수석 합격은 대학 동기 김광태였다. 차석은 대학 동기 박성엽. 나는 300명 중 3등이었다.

광태는 사법연수원에서도 내내 같이 다녔다. 『민사소송법』 문제집도 같이 썼다. 명문 전주고의 천재였다. 나중에 그의 부인이 된 양미경 씨는 나중에 서강대 교육학과 교수가 되었다. 그녀도 전주여고 천재였다. 둘은 서로를 알아보고 고등학교 때 이미 알고 지내던 터였다. 광태는 내가 결혼할 때 오징어 탈을 쓰고 함을 지고 초롱을 들어주었다.

그러나 나는 광태에게 속았다는 것을 알게 됐다. 연수원 시절 광태와 함께 술을 엄청나게 마시고 각자 집으로 돌아갔는데, 나중에 알고 보니 내가 술에 곯아떨어져 자고 있을 때 그는 혼자 깨어 새벽까지 공부를 했다. 완전 내숭파였다. 그것도 모르고 나는 뻗어 잠이나 잤다.

연수생에게는 월급이 나왔다. 태어나서 단 한 번도 받아본 적이 없는 큰돈이었다. 웬 떡이냐, 하며 월급으로 열심히 술을 마시고 놀러 다녔다. 기분파였으니 당연했다. 덕분에 사시 성적과 달리 연수원 성적은 뒤로 밀려났다. 사시와 연수원 성적을 합산하여 16등. 광태는 연수원 성적도 좋아서 사시와 합산하여 1등을 지켰다.

그래도 재학 중 합격이라는 큰 기쁨을 가족들에게 준 것은 사실이었다. 1월부터 사법연수원에 다니면서 2월에 맞이한 법대 졸업식 때는 많은 사람이 왔다. 예천 식구, 서울 친척, 형제. 축제와 다름없는 졸업식이었다. 한복을 입은 어머니에게 졸업 학사모를 씌워주고 사진을 찍고 있었다.

그때 누군가가 나를 쳐다본다는 느낌이 들었다. 많은 군중

들 사이에 서 있는 한 사람. 나는 뒤를 돌아보았다. J였다. 내가 알아채자 그녀는 어색한 웃음을 지었다.

나는 J에게 달려갔다.

"어떻게 여기까지……."

"축하해, 졸업……. 사시 합격도."

"고마워."

J는 작은 꽃다발을 냉큼 내놓았다. 꽃다발을 받아 쥐었다. 가슴 한켠이 다시 쿵 내려앉는 소리를 냈다.

"이럴 게 아니라, 우리 같이 사진 찍자."

나는 한두 걸음 뒤에 있는 식구들 쪽을 돌아보았다. 아버지와 눈이 마주쳤다. 아버지는 연신 기분 좋은 웃음을 웃고 계셨다.

동생이 찍어주는 카메라로 사진을 찍고 식구들에게 J를 소개시켰다. J는 이내 가봐야 한다면서 인사를 하고 군중 속으로 사라져버렸다. J가 가고 나자 아버지가 날 보자고 했다.

"쟈, 만나지 마라."

사람들로 어수선하고 웅성거리는 소리에 무슨 말인지 처음엔 잘 못 알아들었다. 그러나 아버지의 눈빛과 입 모양을 보고 뒤늦게 말을 알아들었다. 내가 무슨 뜻인가 하는 눈빛으로 아버지를 바라보았다. 공부할 때야 공부에 방해되니 멀리하란 말이 이해됐지만 지금은 무슨 뜻인지 알 수가 없었다.

녹번동 집으로 와서 아버지는 날 앉혀놓고 한참 말씀을 하셨다. 그것은 결국 또 가난한 집안의 장남이 짊어져야 할 현실적 조건에 대한 거였다. J의 집안이 가난하다는 걸 진즉에 눈치채고 계셨던 거다. 나는 아무 말도 못 하고 가만히 앉아 있기만 했다.

그 후로도 J에게 가끔 편지가 왔다. 전화도 왔다. 1984년 1월부터 시작된 연수원 전반기 연수를 마치고 서울지검 형사3부에서 넉 달간 검사시보를 했다. 1985년 4월부터 6개월 동안 부산지방법원 시보로 내려가게 되었다. 부산으로 내려가면서 J와 멀어지게 되었다.

J와 멀어지게 된 것이 아버지의 반대 때문이었을까. 아니면 오랫동안 내 마음 깊은 밑바닥에 자리하고 있는 장남의식 때문이었을까. 가난한 농사꾼 집안의 장남으로서 집안을 일으켜야 한다는 농경 봉건사회 가부장제에서의 숙명이 알 수 없는 어떤 결박으로 나를 옭아매고 있었을 수도 있다.

아니다. 어쩌면 당시 나는 어려서 사랑이란 감정에도 미숙했고 그만큼 내 앞의 현실의 무게와 중력 속에서 그녀에 대한 절실함이 없었던 것인지도 모른다.

이 모든 생각들도 단지 나약한 변명에 불과할 뿐이다. 나에게는 당시 살아가야 할 생존의 조건이 더 중요했던 것인지 모른다.

1985년 서울지검 형사3부에서 검사시보를 할 때 일이다.

당시 연수생은 법원, 검찰, 변호사 쪽 세 곳을 다 돌아다니며 시보를 하도록 되어 있었다.

나는 오래전부터 법원으로 갈 생각이었다. 검사시보 생활을 하면서도 검사들이 하는 일에 큰 관심을 두지 않았다. 이곳은 나와 적성이 맞지 않는 곳이란 생각은 분명했다.

검사시보 4개월이 끝나는 날이었다. 검사장이 시보들을 모아놓고 간담회를 했다.

한참 자리가 무르익자 검사장이 시보들에게 말했다.

"시보님들, 넉 달 동안 수고 많았습다. 자, 자, 이제 검사시보 끝나는 마당에 시보들 소감이나 들어볼까?"

"……."

"무슨 말이든 괜찮으니 허심탄회하게 말씀들 좀 해보십쇼, 검사시보 어떠셨는지. 아, 그러니까 소감 말이오, 소감."

"……."

나를 비롯해 젊은 시보들은 아무 말 없이 테이블만 바라보고 있었다. 좌중이 조용했다. 검사장은 어색한 침묵이 답답했는지 쾌활하게 웃으며 허심탄회하게 말해도 된다고 몇 번이나 의견을 구했다.

하는 수 없이 내가 먼저 입을 뗐다.

"그런데, 말입니다."

내가 입을 떼자 검사장은 그제서야 무슨 말이 나오나 싶은 표정이었다.

그러나 그때까지 내가 하는 그 말이 그 당시 마셨던 폭탄주보다 더 큰 폭탄으로 내게 돌아올 것이라는 걸 당시의 나는 몰랐다.

"그렇지. 황 시보, 말해보소."

검사장은 눈만 웃는 모습이었다. 나를 바라봤다. 그래도 첫 말을 떼준 것이 고맙다 생각한 모양이었다.

"음, 검사장님, 왜 아직도 검찰에서 사람을 팹니까? 또, 구약식을 하면서 왜 벌금을 미리 내도록 합니까? 그건 법률에 근거도 없잖습니까?"

내 말이 끝나기가 무섭게 갑자기 좌중은 찬물을 끼얹은 듯 조용해졌다. 모든 시보들이 놀란 표정으로 검사장 쪽으로 고개를 돌렸다. 검사장의 낯빛이 창백해졌다. 그렇게 변하는가 싶더니 이내 붉은빛으로 변했다. 얼굴이 일그러지면서 이내 쓴 것을 삼킨 듯 한마디했다.

"황 시보는…… 검찰로 오면 안 되겠군."

순간 다시 좌중이 얼음장처럼 차가워졌다.

나는 고개를 들어 천천히 검사장을 쳐다보았다.

이번엔 시보들이 모두 긴장한 표정으로 나를 쳐다봤다.

다시 공이 내게로 온 것이다.

대기가 팽팽한 압력으로 나를 누르기 시작했다.

꺼벙하게 생긴 변호사, 노무현과의 만남

검사장이 한 말은 일종의 조소였다.

나는 속으로 쓴웃음을 지으며 중얼거렸다.

'당연히, 오라 해도 안 갑니다!'

법조인 생활을 하면서 훌륭한 검사도 많이 만났다. 하지만 시보 때 겪은 검찰의 모습은 20대 중반이었던 내게 큰 충격이었다.

그러나 그 충격보다 더 큰 교훈을 검사시보 생활에서 얻게 되었다. 세상을 살아가면서 얼마나 많은 함정이 도사리고 있는가 하는 그것이다.

조직에서 윗사람이 아랫사람들을 불러놓고 모든 걸 내려놓은 듯이 '허심퇴회'하게 말하라고 했을 때 아랫사람은 '절대로' '허심탄회'하게 말해서는 안 된다는 것이다. 그런 방심이 가장 위험하다는 것을, '허심탄회'라는 말 속에 담긴 진의가 무엇인지를 눈치 없는 나는 몰랐다는 것을 나중에야 알게 되었다.

검사시보를 마치고 부산에 내려갔다.

부산법원에서 법원시보를 할 때였다. 나는 서울시장을 지낸 김상철 변호사의 고시계 출판사와 계약을 하고 김광태와 함께『문제식 민사소송법』을 쓰기 시작했다.

사시 2차 수험생을 위한 주관식 문제집이었다. 당시 베스트셀러 교과서『민사소송법』의 저자 이시윤 부장판사(나중에 헌법재판관 및 감사원장을 지냄)가 강평을 달아 10여 년 동안 매년 2천여 권씩 팔렸다. 나중에 판사가 된 대학 동기 원유석과 임수식도 책을 쓸 때 많은 도움을 주었다. 인세로 상당한 용돈을 벌었다. 그때 연수생과 법무관 월급이 20~30만 원 정도였는데 책 인세는 1년에 100만 원씩 나왔다. 내겐 매우 요긴했다.

나중에 알고 보니 그 책으로 공부해 법조인이 됐다는 후배들이 많았다. 나를 알아보고 인사를 했다. 후배들에게 도움이 되었다 생각하니 기뻤다.

부산은 낭만적인 곳이었다. 바다와 언덕을 따라 길게 형성된 도시. 자갈치시장, 태종대, 광안리, 해운대, 게다가 기분 좋게 비릿한 바다 냄새가 나는 곳.

나는 연산동 주택가에 있는 종고모 집에서 숙식을 해결하고 있었다. 어느 날 고모가 아가씨를 소개받으라고 했다.

참한 아가씨였다. 이대를 나온 여자였는데 고상한 분위기를 풍겼다. 부산에서는 알아주는 집안의 여자였다. 대화가 어느 정도 통해 우리는 두 번째 만남을 기약하고 있었다.

당시 시보들은 교무실같이 큰 사무실을 함께 쓰고 있었다. 부민동 법원 청사 중 하나였는데, 나중에는 부산고등법원으로 개건축된 낡은 별관 2층 사무실이었다. 현재는 동아대 로스쿨 건물이 되었다.

시보는 15명이었다. 그날은 그녀와의 만남에 살짝 들떠 있었다. 흥얼거리며 국선 변호 기록을 보면서 변론 요지서를 쓰는 중이었는데 동기 시보 중 하나가 내게 다가왔다.

"황 시보, 여자 만날 때 대체 무슨 얘길 해야 해?"

"……."

나는 기록을 보다 그쪽으로 고개를 돌렸다.

"요즘 만나는 여자가 있는데, 뭐, 호구조사를 하고 나니 별 할 얘기가 없어. 우리, 법 하는 사람들은 뭐, 좀, 딱딱하잖아."

그 시보는 여자와 만났을 때 '로맨틱 가이'로 보이길 원하는 것 같았다. 법 전공자들은 로맨틱과는 확실히 거리가 멀다.

"그렇게 말하는 거 보니, 꽤나 그 여자분이 맘에 드나 봅니다."

그렇게 이야기가 이어졌다. 그런데 점점 이야기를 하면 할수록 이상했다.

그가 만나는 여자가 내가 얼마 전 만난 여자와 동네도 같고 가족관계도 같고 심지어 나온 대학과 전공도 같았다. 그러니까 그와 나는 같은 여자를 만나고 있었던 것이다.

뭔가 쿵 하고 미궁에 빠진 느낌이었다.

내일 그 여자를 만난다는 그 시보에게 난 오늘 만나기로 했다는 말을 차마 하지 못했다. 여자는 더블데이트를 하고 있었던 셈이다.

우선 여자의 집에 전화를 걸어 오늘 약속을 깨야겠다는 말을 했다.

진열대 위에 가격을 비교당하며 놓여 있는 물건이 된 기분이 들었다.

머리가 어수선했다. 그 여자에게 호감을 가진 것은 사실이지만 그렇다고 본격적으로 사귄 것은 아니었다. 그래도 일이 손에 잡히질 않았다.

"드르륵."

그때 시보들이 있는 사무실 문이 열렸다. 마흔 정도 돼 보이는 남자였다. 뭔가 촌스러우면서 좀 꺼벙해 보이는 남자였다. 그렇잖아도 여자 문제로 자존심이 상해 있었는데 '웬 외판원이야?' 하는 생각으로 기분이 더 나빠지려 했다.

"여기는 들어오시면 안 됩니다!"

현관 앞에 있는 시보가 그 남자를 막아섰다. 시보도 가방을 들고 들어오는 이 남자가 시답잖은 세일즈맨쯤이라 생각했던 거 같았다. 그러자 그 남자는 만면에 하회탈 같은 미소를 지으며 명함을 건넸다.

"아 시보님들, 안녕들 하십니꺼. 저 노무현 변호사라 합니더."

그러고는 방 가운데 소파로 시보들을 다 불러 모았다. 명함을 받아 든 시보들은 고개를 갸우뚱했다.

'노변.'

처음 들어보는 이름인데? 그는 다방에 전화를 하더니 커피를 시켰다. 한참 후배인 시보들에게 자신이 부동산등기 전문 변호사라고 소개했다. 그러고는 열변을 토하기 시작했다. 그는 여직원도 없이 혼자 돌아다니고 있었다. 어린 후배들에게 다방 커피를 시켜주는 인간적인 변호사란 느낌이 들었다.

부산법원은 당시 시국 사건으로 늘 시끄러웠다. 한번은 부산법원에 판사님을 모시고 올라가던 길이었다. 법정은 2층. 아래층 법원 마당이 시끄러웠다. 우리는 창가로 가서 아래층을 내려다보았다. 법원 마당에는 방청하러 온 가족들과 학생들 앞에서 누군가가 일장연설을 하고 있었다.

"여러분, 힘내십시오! 포기하면 안 됩니다!"

한마디 한마디 힘을 주었다. 단어 하나하나에 방점을 찍듯 그는 사람들의 마음 문을 열고 있었다.

어디선가 많이 본 얼굴이었다. 의아했다. 나는 고개를 좀 더 내밀어 2층 창가에서 아래를 내려다봤다. 자세히 보니 그는 내게 명함을 준 '노변'이었다.

영화 〈변호인〉은 노무현 변호사와 부림사건을 모티브로 한 영화다. 1천만 관객을 동원했으니, 대한민국 국민의 마음 속에 오욕된 한국 역사에 대한 상처가 얼마나 컸던가를 알 수 있다. 급격한 근대화 과정에서 불법적인 감금, 고문, 고문 치사가 수도 없이 벌어졌다. 해방 이후 민주화의 과정은 끔 찍한 폭력의 시절이었다. 수배와 구타, 실종과 살육. 그 가운 데 법원은 정치이데올로기의 하수인 노릇을 하기도 했다.

"대한민국 헌법 제1조 제2항 대한민국의 주권은 국민에게 있고 모든 권력은 국민으로부터 나온다. 국가란 국민입니다. 아시겠습니까?"

영화 〈변호인〉에서 '송변'(송강호 분)은 고문에 의한 진술 증거는 증거 채택이 되지 않는다고 법정에서 판사에게 항변 한다.

형사소송법 제312조는 '원진술자의 진술에 의하여 그 성립의 진정함이 인정된 때' 증거능력을 인정하라고 되어 있다. 하지만 실제 실무와 판례에서는 "형식적 진정성립이 인정되면 실질적 진정성립이 추정된다"로 보았다. 당시 법원은 형사소송법 규정인 "원진술자의 진술"이라는 전제를 무시한 것이다. 즉 법정에서 원진술자의 진술을 들으려 하지 않은 것이다.

'1987년 헌법'이 탄생하면서 대한민국은 민주화의 길로 들어섰다. 1980년대 당시 '노변'은 세월이 흘러 2003년 '노통'이 되었다. 그다음 해 2004년 12월 16일 대법원은 전원합의체 판결(2002도537)로 "원진술자의 진술에 의하여 형식적 진정성립뿐만 아니라 실질적 진정성립까지 인정된 때에 한하여 증거로 사용할 수 있다"고 판시하여 추정론을 폐기하였다. 소수의견도 없었다.

형사소송법 규정대로 온전하게 돌아오는 데 20년이 걸렸다. '노변'의 참여정부 사법개혁에 따라 2008년 시행된 개정 형소법 제312조는 보다 세밀한 내용으로 개정되었다.

그렇게 역사는 발전하는 것인가? 오욕된 사법부와 검찰의 역사였다.

시절은 여름을 넘어 가을로 겨울로 접어들고 있었다. 부산법원 시보를 끝내고 변호사 시보와 후반기 연수도 끝내고 군 입대를 앞두고 있었다.

그나저나 부산에서 함께 있던 시보는 그 부산 아가씨를 계속 만나고 있으려나? 나는 면회 올 여자도 하나 없이 법무사관 후보생 훈련에 들어가야 할 지경이 되었다. 시보 시절이 끝나가고 있었다. 찾아와 줄 여자도 없이 군대에 들어가야 하다니.

"권력의 수족 역할이나 하겠다고 사시 본 건가요?"

1986년 1월 2일 영천 3사관학교로 입대하는 날은 추웠다.

내가 입고 간 사복을 모두 벗어 고향 부모님 집으로 보냈다. 어머니는 군에서 보내온 내 옷가지를 받아 보고는 우셨다고 한다.

3사에 들어가기 직전에 아버지와 통화를 했다.

"야야, 몸 건강하게 군생활 잘허고."

"예에."

"야야, 근아. 근데 대구에 소개할 만한 아가씨가 있다는데, 함 만나볼래?"

'참내 아부지도. 지금 살벌한 군대 훈련 막 들어가기 직전에 그런 말씀을 하면 어쩌란 말입니껴?'

이런 말이 목에서 올라오려 했지만 그래도 여자 이야기라 반갑긴 반가웠다. 참고 아버지 이야기를 더 들어보기로 했다.

아버지의 이야기인즉 이러했다. 대구에서 초등학교 교사를 하는 외삼촌이 계셨다. 어머니의 막내 동생이었다. 그 외삼촌에게 연락이 왔다는 거다.

외삼촌이 당신의 아이 담임 반 학부모 모임에서, 우리 조카로 이러이러한 사람이 있는데 소개해줄 만한 아가씨가 있냐고 했더니, 학부모 중에 기원을 하는 여사장님이 계셨는데 그 기원에 자주 오는 사장님의 따님을 소개시켜주겠다, 그리됐다는 거다.

참 멀고도 먼 인연의 고리를 거쳐 그 여자에 대한 소식을 듣게 되었다. 조금만 일찍 아버지가 얘기해주었으면 훈련소 들어가기 전에 만나고 들어가는 건데.

훈련 기간 동안 아버지에게 들은 그 여자에 대한 이야기를 계속 곱씹어보았다. 훈련은 계속됐다. 제식훈련, 태권도, 분열, 사격, 수류탄, 유격, 100킬로 행군, 야영.

이대 국문과를 나와 대학원을 다닌다 했지. 대구 중소기업 사장 둘째 딸이라고.

그전에도 아버지가 강릉에 사는 당신 친구의 딸을 만나보라 한 적이 있었다. 아버지 친구분 딸은 왠지 내키지 않았다.

안 만나겠다 했다.

그런데 이대 국문과라. 어떤 여자일까? 궁금증이 일었다.

영천벌 맹추위와 싸우며 12주 군사훈련을 마쳤다. 성남 육군종합행정학교에서 4주 동안 군법 교육을 받았다. 거기서 해군 중위로 임관했다. 진해 교육사에서 다시 해군 훈련을 하러 떠나기 직전에 처음 휴가를 얻었다.

시청 앞 프라자호텔 2층 커피숍.

당시 서울 시내 남녀가 선보는 대표적인 호텔 커피숍이었다. 우리는 서로 얼굴을 몰랐다. 호텔 여종업원이 종을 단 나무피켓에 찾는 사람의 이름을 써서 테이블 사이를 돌아다니면, 그 피켓에 쓴 이름을 보고 그거 내 이름이라고 말하면 여종업원이 심부름을 시킨 사람에게 안내를 해 만나게 해주는 시스템이었다.

호텔 직원이 딸랑딸랑 종소리를 내며 피켓을 들고 손님들 사이를 오갔다.

"황정근."

나는 얼른 나라고 말하고 직원을 따라갔다. 테이블에는 한 여성과 그녀의 어머니가 함께 앉아 있었다. 그녀의 어머니는 인사만 하고 곧 일어나 나갔다. 여자와 나와 둘만 남게 됐다.

나는 살포시 눈을 떠 여자를 바라보았다. 여자는 하늘을 날 것 같은 잠자리 날개옷을 입고 있었다. 첫눈에 화사하고 귀하게 자란 집안 딸처럼 보였다.

처음에 나는, 우리가 넉 달은 더 빨리 만날 수 있었는데 훈련 때 외출이나 휴가를 한 번도 안 주어서 나올 수 없었다, 넉 달이나 뒤에 만나게 된 것이 애석하다 등등 말을 늘어놓았다.

1986년 1월부터 영전 3사에서 12주 군사훈련을 받고 성남 종행교에서 4주 병과 교육을 받는 동안 주말에도 외출이 전면 금지되었던 것이다. 아버지와 외삼촌에게서 여자에 대한 애기를 훈련 들어가기 전에 이미 듣고 있었다. 하지만 얼굴도 본 적이 없는 여자에게,

"저, 훈련받을 동안 영천에 면회 좀 와주시면 안 될까요?"

하고 말할 수도 없는 노릇이었다. 훈련 동안 김광태의 여자 친구였던 양미경 씨가 면회 때 싸 오는 김밥과 치킨을 얻어먹으며 말로만 듣던 그녀와의 만남을 상상해보기만 했던 것이다.

나는 사시를 합격했고 이제 군 훈련이 끝났으니 곧 해군 법무관으로 일하게 될 거라고 호기롭게 말을 이어갔다. 하지만 내 말을 듣는 여자의 표정이 그리 만만해 보이지는 않았다. 그녀의 얼굴은 처음부터 딱딱해 있었다.

여자가 입을 뗐다.

"사시 합격해서 법관이 되겠다는 건…… 권력의 수족 역할이나 하겠다는 뜻 아닌가요?"

그녀의 질문에는 날이 서 있었다. 놀랐다. 소개팅 자리다. 상대에게 이렇게 직설적으로 이념적 노선을 물어보다니. 당돌한 여자였다. 눈을 반짝거리며 답을 요구했다.

나는 무슨 대답을 해야 할까 고민했다.

대학 동기 중에는 시험을 포기하고 아예 운동권으로 나간 친구도 몇 있었다. 시대는 청년들을 죽음으로 몰아갔고, 청년들은 그 죽임의 이유를 시대에 물었다. 엘리트 지식인으로서 실천하는 양심의 문제는 언제나 내게 화두였다.

여자는 지금 그것을 내게 묻고 있는 것이다. 지식인으로서 나는 이 시대의 양심에 정직하지 못했고 비겁했다는 것을 시인하라는 것인가? 한국 법조계는 이미 정권의 노예가 돼버려 더 이상 어떤 소생도 불가능하다는 것을 말이다.

어렵고도 무거운 질문이었다. 나는 천천히 대답했다.

"내가 시국 재판에서 어떤 판결로 감옥에 가게 되면…… 그때…… 사식을 넣어주시겠습니까?"

그러자 여자의 얼굴빛이 달라졌다. 좀 전의 날선 표정과는 달리 진지한 표정으로 바뀌었다. 그녀는 나의 다음 이야기를 기다린다는 듯 나를 바라봤다.

그때의 내 눈빛은 아마 그랬을 것이다. 입춘 무렵 고로쇠나무처럼 몸속 물이 다 빠져나가 불만 댕기면 활활 타오를 것 같은 눈빛. 내 삶에서 지켜야 할 신념과 이 나라 대한민국을 위해 내가 해야 할 일에 대한 뜨거운 의지로 가득 찬 눈빛. 그녀가 그 눈빛을 알아본 것이 아닌가 하는 생각이 들었다.

내가 그녀에게 한 말은 단순한 임기응변이 아니었다. 허언이 아니었다. 시대의 어둠 속에서 하나의 촛대를 들고 싶었다. 그것은 법이라는 촛불이었다. 차가운 바람이 부는 황량한 벌판에 촛불 하나 같이 들어줄 이를 나는 찾고 있었다. 그것이 당신이라고 말하고 싶었다.

나는 대학 1학년 때 서울역 앞에서 했던 시위 이야기도 했다. 서울대생들이 1980년 봄, 서울역 앞에서 "계엄철폐 독재타도"를 외치며 시위를 했었다. 마침 시위대에 내가 서 있었는데, 신문 1면에 시위대 사진 속 내 얼굴이 나온 것이다. 나는 그것이 증거라고 말했다.

유치하고 군색한 변명 같은 이야기였다. 하지만 우선은 여자의 마음을 누그러뜨릴 필요가 있었다. 그렇게 해서 그녀는 서서히 마음의 문을 열기 시작했다.

그녀는 조금씩 나와의 접점 가까이로 다가왔다. 첫 번째 접점은 문학이었다. 호라이즌에 같이 있었던 이대 국문과 82학번 심계숙과 김종항에 대한 이야기를 하자 그녀는 반가운 기색을 했다. 82학번 동문 친구라 했다. 알고 보니 그녀는 이화문학회였다. 신입생 때 호라이즌 문학회와 이화문학회 중 어디를 들어갈까 고민하다 이화문학회를 들어갔다고.

나중에 생각해보니, 만약 그녀가 호라이즌에 들어왔다면, 그렇게 해서 함께 서클 활동을 했다면 우리는 이렇게 남녀 관계로 만날 수가 없었을 거란 생각이 들었다. 대학 때 서로의 전력을 모르는 것이, 아니 적당하게 누구누구 아느냐 정도의 적당한 인연의 공통항이 오히려 서로에 대한 호기심을 만들어내는 것이다.

남녀의 인연이란 묘한 것이다.

서로에 대하여 너무 잘 알 때 오히려 그들은 서로에 대한 매력을 느끼지 못한다. 사랑이니 연정이니 하는 것은 일종의 '판타지'가 없이 성립되기 어렵기 때문이다. 상대에 대하여 '상상'하는 요소가 없다면, 그런 '미지'의 영역이 없다면 어떻게 서로에 대하여 탐닉할 수 있겠는가.

나는 그녀에 대하여 더 알고 싶어졌다. 우리는 이야기하고 또 이야기했다. 감성적 교환, 문학과 시대에 대한 이야기는 끝이 없이 계속되었다.

그러나 그녀는 내게 일생일대의 큰 실수를 하고 말았다.

그녀의 일생일대의 실수

나는 그녀에게 좀 더 점수를 따고 싶었다. 호기롭게 호라
이즌 다닐 때 썼던 몇 편의 시를 보여주었다. 두 번째 만남에
서였다. 대학로의 유리창이 훤한 커피숍.

"이건 시가 아닌데?"

그녀가 툭 던졌다. 나는 가슴이 쿵 떨어졌다. 그녀는 나를
재판하는 심판관처럼 다시 말을 이었다.

"이건 구호예요, 시가 아니라."

흑, 나는 울고 싶었다. 호라이즌에서는 진보 성향의 시를
많이 썼던 바였다.

인간전상서(人間前上書) ―새로부터―

황정근

세월의 시계추 너머로 오고 가는 숱한 나날이 아쉬워
모질게 퍼득이는 두 나래
졸고 있는 너희들, 깊이 잠든 너희들 세상을 비웃는
끈적끈적한 하나의 시위를 보라.

온 산이 파도같이 잠자고, 인정(人情)의 봄바람이 불어오
던 곳

파리마저 치솟아 노래 부르고

헤픈 웃음인 양 아지랑이 뭉그러질 적

뒷동산 큰 바위에 올라 촌놈의 병든 시야(視野)로도 내게

꿈을 외치던 곳, 너의 고향, 너의 조국을 느끼라.

의연한 하늘 바다 내 쉼터에 그 검붉은 혈흔이 튀고

풋내 나는 총성이 드솟아오면

부풀어 터질 듯한 이 분노,

내 날갯죽지에 부딪는 4월 넋을 보라.

을씨년스런 나상(裸像)의 행렬아!

이제 움트는 대지(大地) 붙딛고 서서

나의 소리, 내 호흡을 안주 삼아

쓉쓰레한 4월의 잔, 붉게 물든 영혼의 잔을

남김없이 비우라.

(1981년 4월 19일)

나는 시를 꽤 잘 쓴다고 자부하고 있었다. 고등학교 때 소
설로 교내 문학상을 받기도 한 몸이시다. 그런데 단칼에 그
녀는 이건 '시'가 아니라고 했다. 좋은 시니 나쁜 시니 하는

평가 자체가 배제된 말이었다. 어이가 없었다.

그렇다면 시를 쓰지 말아야 할 것인가.

그녀는 심장은 뜨겁게 하지만 머리는 차갑게 해서 쓰는 것이 시라고 했다. 시는 뜨거운 것을 차갑게 쓰는 것이라 했다. 그것은 나중에 들어보니 신비평, 구조주의라는 문학비평에서 주장하는 작법이었다. 즉 나는 뜨거운 것을 뜨겁게 쓰고 있었던 거다.

그때는 뭔가에 쐰 게 확실했다. 그녀의 말이 다 법처럼 느껴졌다. 내가 공부한 법보다 훨씬 더 위대한 법.

그래서 나는 절필하기로 마음먹었다. 나는 위대한 저 '시인'의 길을 포기한 것이다.

그러나 나중에 생각해보니 그것은 그녀의 일생일대의 실수였다. 나는 얼마든지 절차탁마해서 시인이 될 수 있었다. 그녀는 순간적인 말 한마디로 위대한 시인의 탄생을 막은 것이다.

나는 시인의 길을 포기하는 대신 그녀와 확실히 연애해보기로 마음먹었다.

두 번째 대학로 만남에서도 그녀는 첫 만남에서의 잠자리 날개옷만큼이나 예쁜 천사 같은 옷을 입고 나타났다. 옅은 블루 원피스였다. 나중에 물어보니 한 벌에 100만 원이나 하

는 앙드레김의 작품이란다. 그녀는 나를 만날 때마다 나에게
잘 보이려고 앙드레김 선생님의 '작품'을 입고 나온 것이다.

원피스에는 벨트가 있었는데 보석 같은 것이 가운데 박혀
있었다. 큐빅처럼 반짝반짝 빛을 냈다. 보석같이 반짝이는
벨트가 무슨 대장군의 휘장 같았다. 앞으로 그 휘장 아래 내
가 복종할 수도 있겠구나, 하는 불길한 예감에 휩싸였다.

불길한 예감은 빗나가지 않는다. 현실이 되었다.

우리는 밥을 먹고 커피를 마시고 을지로3가에 있는 명보
극장에서 영화를 보기로 했다. 배우 신영균이 1977년에 인
수한 극장으로, 지금은 명보아트홀이란 이름으로 공연장이
된 극장이다. 요즘 같은 멀티플렉스 영화관이 없던 시절. 당
시로서는 서울에서 최고의 음향시설과 좌석이 마련된 극장
이었다. 우리는 티켓을 끊고 두껍고 무거운 검은 휘장 안 영
화관 안으로 걸어 들어갔다.

영화 〈겨울 나그네〉. 이미숙, 강석우, 안성기 주연.

커피를 마시고 이야기하다 영화 시작 시간을 놓쳐, 영화관
에 도착했을 때는 이미 영화가 시작된 후였다.

어두운 실내로 들어갔다. 스크린 속에서 젊고 순수한 대학
생 민우(강석우 분)가 자전거를 타고 캠퍼스를 달리는 낭만적
장면이 흘러나왔다.

하지만 우리 둘은 어둠 속에서 자리를 찾지 못해 헤매고

있었다. 더듬거리며 어느 자리로 가야 할지 우왕좌왕하는 순간이었다. 나는 이때가 기회다 싶었다. 바로 손을 뻗었다. 그녀의 손을 잡았다. 남녀 간에 처음 손잡기 적당한 곳이 영화관이란 것은 누구나 아는 연애 상식이었다.

그런데 놀라운 일이 벌어졌다.

예상과 달리 그녀는 내가 잡은 손을 슬그머니 빼는 것이다. 순간 당황했다. 나를 거절한다는 건가? 영화관까지 와 놓고.

아님, 속도가 너무 빠르다는 건가? 내가 너무 빨리 진도를 나간 건가? 내가 너무 밝히는 남자로 보였나?

별별 생각에 휩싸이고 있는데 그녀가 어둠 속에서 손짓을 하는 게 보였다. 제자리를 찾은 것이다. 그러고는 어떻게 영화를 봤는지 기억이 나질 않는다.

나는 영화관에만 들어가면 잠이 왔다. 영화관이 침실도 아닌데 말이다. 영화관 안에만 들어가면 이상한 수면제를 공기 속에 뿌려놓은 것인지 하염없는 졸음이 쏟아지곤 했다. 중요한 것은 〈겨울 나그네〉는 내 인생에서 한 번도 졸지 않고 본, 몇 되지 않는 영화 중의 하나란 거다.

슈베르트의 〈겨울 나그네〉가 OST로 흘러나왔다. 민우(강석우 분)가 낙엽 가득한 가을 캠퍼스를 자전거로 달리며 첫사랑 다혜(이미숙 분)와 만나는 낭만적 장면이었다. 역시 내가 즐기에 딱 알맞은 로맨스물.

그런데, 내가 좋아하는 전쟁영화나 액션물도 아닌데 내가 졸지 않았다니. 기적이었다. 그녀가 기적을 만들어낸 것이다.

하지만 여전히 그녀에 대해서는 미심쩍었다. 영화관에서 손을 뺀 것 때문이었다. 그 아리송한 신호를 해석하느라 머리가 복잡해져 있는데 영화는 어느새 끝나가고 있었다.

그리고 시간이 지나면서 그녀가 어둠 속에서 내가 뻗은 손을 잡지 않은 신호를 알아차리기 시작했다. 그녀와의 작별이 기다리고 있었던 것이다.

겨울 막사 안에서 쓴 연애편지

나는 진해에서 해군 교육을 끝내고 해군1 함대 검찰관이 되어 동해시로 내려갔다. 해군 법무관으로 동해 바닷가 해안을 다녔다. 하지만 아직까지 수영을 할 줄 모른다. 사람들이 대한민국 해군 장교가 수영도 못 하는 순 엉터리라 해도 나는 할 말이 없다. 그러나 개헤엄은 치는 해군이라고는 해두자.

장교 숙소는 군대 후문 밖에 붙어 있었다. 군용 모포가 깔린 조그만 1인용 침대 하나에 간이 책상과 의자, 선반 위에 작은 텔레비전이 다였다.

이틀에 한 번씩 그녀에게 편지를 썼다. 한 번 쓸 때마다 서너 장, 어떤 때는 일곱 장씩을 쓰기도 했다.

동해시는 한적하고 조용한 시골 어촌이었다. 우리나라 어느 곳보다 추위가 빨리 찾아오는 곳. 겨울이면 쏟아지는 눈을 끝없이 치우고 치워야 하는 곳이었다.

아는 이 아무도 없는 한적한 동해시 해군 BOQ에서 그녀에게 편지를 쓰는 것은 매일 드리는 기도 같은 거였다. 하루를 시작하고 마무리하는 습관 같은 것이기도 했다.

편지를 쓰는 것으로 지루하고 단조로운 법무관 시절을 위로받고 싶었는지도 모른다. 한편으로는 웬지 마음을 줬다 안 줬다 하는 그녀를 확실하게 붙잡아두고 싶은 안달이 나기도 했기 때문이다.

확실했다. 나는 그녀에 대하여 너무나 많은 노력을 하고 있었다.

편지 내용은 주로 그녀에 대한 사랑 고백, 앞으로 내 미래에 대한 다짐, 국가에 대한 나의 비전 같은 거였다.

어쩌면 그것은 나 자신에게 쓰고 있는 편지인지도 몰랐다. 편지를 쓰면서 나는 나의 현재를 들여다보았고 나의 미래를 투시했다. 그녀에게 쓰는 편지는 곧 거울을 들여다보는 행위였다.

추운 겨울밤 막사에서 편지를 쓰기 시작했다.

"사랑하는 용희 씨에게

방금 당신과 전화를 하고 이 쓸쓸한 나의 숙명적인 공간 속으로 다시 돌아왔습니다. 당신과 약속한 시간에 전화를 받으러 사무실로 달려가던 발걸음이 가벼웠던 것 이상으로 당신의 따스한 말소리를 듣고 이곳 내 방으로 돌아오는 그 발걸음은 기쁨으로 가벼웠답니다.

어제 쏟아진 눈 때문에 동해시는 아름답습니다. 그 눈 속을 마구 뛰었습니다. 누구의 발자국도 닿지 않은 곳을 골라서 걸어보았습니다. 당신과 함께 환희작약하며 눈사람을 만들었으면 얼마나 좋을까요.

이제 방으로 돌아와 독일어 공부를 하고 당신을 그리워하며 이렇게 펜을 들었어요.

너무나 오래된 독어 지식을 기억의 먼 저편에서 데려오자니 힘이 들 것 같지만 약 한 달 동안 문법을 접하고 그담부터 독해를 하여 혹시 보게 될지도 모를 법대 대학원 시험을 미리 준비해보기로 한 거예요.

워낙 내 성격이 용두사미라 얼마나 지식이 늘어날지 두고 볼 일이지만, 어차피 법률문화의 원류인 독일법을 어느 정도 알아야 될 것이라는 강박관념, 여태껏 독어를 잘하는 법대 친구 녀석들을 무척 부러워하던 데서의 탈피라는 목적의식까지 겹쳐 잘될 거예요. 이 부분에 관한 자극과 격려를 바라는 바입니다.

나의 일상은 그렇습니다. 당신을 생각하는 것과, '하나님의 뜻'이 무엇인가를 탐구하는 깃, 그리고 인간이 아닌 '짐승들'(김원우 작 『짐승의 시간』에서)이 들끓는 이 세상에서 과연 사람됨의 뜻은 무엇일까 하는 것, 나아가서는 파릇이 돋아나는 나뭇잎 새순들에 내가 과연 가슴 뛰고 있는가 하는 것 등이에요……."

이렇게 진행된 편지는 보통 서너 장을 훌쩍 넘기곤 했다.

사실, 그녀가 내게 요구했던 결혼 조건이 있었다. '하나님을 믿는 신실한 사람'이 되어달라는 거였다. 그 부분에 대하여 나는 갖은 노력을 다했다. 대대로 유교 집안에서 하나님을 믿는 며느리가 어쩌면 들어올 수도 있다는 사실에 아버지는 걱정이 대단하셨다. 제사에 대한 걱정이었다.

하지만 나는 어떤 방식으로든 그녀의 맘에 들기 위해 성경을 읽어나가기 시작했다. 한글로 된 성경은 번역본이라 제 뜻을 알 수가 없었다. 한자가 섞인 성경을 사서 빨갛게 줄을 처가며 읽기 시작했다. 성경 주석까지 사서 읽어 내려갔다.

어느덧 한 권을 다 읽었다. 나는 자랑처럼 빨갛게 줄을 쳐서 읽은 성경을 그녀에게 보여주었다. 그녀는 무척 기뻐했다.

하지만 이번엔 더 큰 미션을 나에게 던졌다. 그것은 바로 금식기도를 함께 가자는 거였다.

금식이라니. 세상에.

한 끼만 굶어도 허기져서 꼼짝달싹할 수 없는 내게 금식기도라니. 그것도 2박 3일을.

그녀는 한국대학생선교회(CCC) 멤버였다. CCC 회관이 있는 부암동회관에서 하는 금식기도회 집회를 가야 한다고 말했다. 그곳에서 하나님을 영적으로 진심으로 만나야 한다고.

나는 정말이지 울고 싶었다. 울며 겨자 먹는 심정으로 짐을 싸서 따라나섰다.

사법고시 공부하기보다 결혼하기가 이렇게 더 힘들 수가.

금식수련회 당일 많은 젊은 사람들이 회관에 모여들었다. 입구에 들어서는데 커다랗고 투명한 생수통과 접시에 흰 소금이 담겨 있는 것이 보였다. 아직 한 끼도 굶지 않았는데 벌써 배가 고파지기 시작했다. 들어오기 전에 잔뜩 먹고 올걸 그랬나? 후회가 됐다.

수속을 하고 대예배당으로 들어갔다. 대예배당 안은 청년들로 가득 차 있었다. 양반다리를 하고 성경을 읽는 이, 무릎을 꿇고 소리를 내 통성기도를 하는 이. 거의 500명이 넘어 보이는 청년들이었다. 이렇게 많은 청년들이 2박 3일 금식을 하러 여기 왔단 사실이 놀라웠다.

무대 위의 찬양 인도자가 소리 높여 찬양을 인도하고 소리 높여 통성기도를 시켰다. 나는 하는 수 없이 따라 하는 시늉을 했다. 하지만 점점 배에서 꼬르륵 소리가 났다. 그것은 내 의지와 상관없는 신체기관의 신호였다.

그렇게 한나절이 갔다. 공복감이 절정에 달하는 것 같았다. 온몸에 힘이 빠지면서 진땀이 다 났다. 그러나 더 두려운 것은 앞으로 이런 공복감으로 2박 3일을 견뎌야 한다는 것이었다.

이것은 아니다!

결혼이고 뭐고 이러다 내가 죽을 수도 있겠다는 생각이 들었다. 결국 나는 그녀에게, 난 도저히 안 될 것 같으니 부암동 회관에서 내려가겠다고 말했다. 그녀는 낙담한 듯했지만 예상이라도 한 사람처럼 알겠다고 고개를 끄덕였다.

배낭을 메고 부암동 회관을 내려오면서 생각했다. 그렇다면 이것은 그녀가 나를 테스트한 것이었나. 나를 시험한 것이었나.

뭐, 그런 생각을 하고 있는데 아주머니의 목소리가 귓가에 들려왔다.

"법무관님, 법무관님, 제 말 듣고 계시는 기라요?"

그제야 내가 있는 곳을 알아차렸다. 1함대 사령부 법무실이었다.

내 앞에는 좀 전 법률상담을 하고 싶다고 찾아온 50대 중반의 아주머니가 나를 한심한 듯 쳐다보고 있었다.

나는 모나미 볼펜을 들고 검고 두꺼운 커버로 된 면담기록부를 넘겨 뭔가를 쓰고 있었다. 그 갱지에는 이렇게 쓰여 있었다.

"김용희, 김용희, 김용희……."

제정신이 아니었다.

면담기록부는 함대 법무실에서 동해시민을 상대로 무료 대민법률상담을 하면서 상담 내용을 듣고 기록하라고 만들어둔 장부였다. 그런데 그 종이에 나는 영 다른 것을 쓰고 있었다.

나는, 미친 게, 분명했다.

"법무관님요……."

그제야 나는 정신이 돌아온 듯, 퍼뜩 정신을 차렸다.

"어, 어디까지 말씀하셨죠?"

"법무관님, 지금까지 내래 한 말, 듣기는 한 기래요? 내래 참."

"아, 아, 그럼요……. 저, 그런데 다시 말씀을 해보시겠어요? 제가 사투리에 익숙하질 않아서."

나는 애써 진정을 했다. 지긋한 미소를 띠며 아주머니를 바라보았다.

"그니께. 우리 냥반이 말이래요."

아주머니는 무료 법률상담을 하러 법무실로 찾아온 것이다.

"동해역에 근무하는 냥반이래요. 며칠 전 역사(驛舍)에서 야간근무를 하고 있었더랬거든요. 우리 냥반 다음 순번이 아침에 가보이 책상에 엎드려 있더래요. 자는가 싶어 흔들어 깨우니 글씨, 우리 냥반이, 우리 냥반이……."

아주머니는 목이 메어 말을 멈추었다. 쉴 새 없이 흐르는 눈물을 닦기 시작했다. 콧등이 붉어지더니 얼굴 전체가 붉어지면서 이내 통곡으로 변했다.

"진정하세요, 아주머니. 천천히 심호흡하시고 말씀 계속하세요."

나는 아주머니의 슬픔에 동조하려 하기보다 냉정하게 법적 해결을 해주기를 원했다.

아주머니는 다시 정신을 차리고 말을 이었다.

"글씨, 그렇게 우리 그 냥반을 보냈는디…… 근로복지공단에서 산재 처릴 안 해주겠다 하더래요. 이기, 말이 되는 기래요? 아니, 역사 안에서 기렇게 우리 그 냥반을 보냈는디, 우리 그 냥반이 어떤 냥반인데, 술 처마시고 엎어져 자다 그리됐다는 기래요? 이기, 말이 되는 기래요?"

아주머니는 억울하다며 하소연을 했다.

나는 걱정 마시라 하고 이내 타자기 앞으로 갔다.

"타닥 타닥."

이의신청서를 작성해 나가기 시작했다.

며칠 뒤 아주머니가 다시 환한 얼굴로 찾아왔다.

"아이고 법무관님, 고마워 우짠대요. 이 은헬 우찌 다 갚아야 한 대요."

썬키스트 포도 주스 한 박스를 사 왔다. 산재 처리가 잘된 모양이었다.

아주머니는 내 손을 한참을 잡고 안 놓았다. 연신 허리를 숙여 인사를 했다. 나도 기분이 좋았다. 보람을 느꼈다.

그때 전화벨이 울렸다. 오후가 한참이 지난 시각. 해가 천천히 지고 있는 무렵이었다. 책상 위의 전화를 받았다.

"여보세요."

예상대로 그녀였다. 벌써 내 목소리가 떨리고 있었다. 내가 말했다.

"여보세요. 접니다."

이내 그녀의 냉정하고 차가운 목소리가 전해 왔다.

"우리 헤어져요. 더 이상 만나지 말아요. 우리."

작별의 조건

내가 뭐라고 하기도 전에 전화가 끊어졌다.

"여보세요. 여보세요."

헉, 약간 숨이 멎는 듯했다.

썬키스트 병으로 주스를 따라주던 아주머니가 무슨 전화냐고 묻는 표정으로 나를 쳐다봤다. 낯빛이 창백해져 있었던 게 분명했다. 별거 아니란 표정을 지어 보였지만 마음은 복잡한 미로처럼 얽혀 있었다.

대체 무슨 일이지? 우리 둘은 양가 부모께도 인사를 할 만큼 어느 정도의 혼사 이야기가 오가고 있었다.

그런데 대체……

1986년. 여름 휴가 때 나는 그녀 부모님이 사는 대구로 내려갔다. 부모님께 인사를 드리기 위해서였다.

그녀의 집은 정원이 있고 수위까지 있는 2층 양옥이었다.

그렇게 큰 집을 나는 본 적이 없었다. 내심 놀랐다. 그녀는 방학이라 집에 내려와 친구를 만난다고 나가고 없었다.

그녀 부모님께 먼저 큰절을 했다.

아버님은 근엄한 분이었다. 말씀은 없었지만 나를 흡족해 하는 표정이었다. 어머님은 만면에 미소를 띠며 나를 맞아 주셨다. 그도 그럴 것이, 나는 이미 어머님께 점수를 딸 모든 전략을 수행 중이었다. 이미 어머님께 장문의 편지를 썼던 거였다. 어머님은 나를 보자마자 글씨를 어떻게 그렇게 잘 쓰냐고 웃으며 말씀했다.

자고로 선비는 시서화라 했다. 글씨를 잘 쓴다고 하니 기분이 좋았다.

그러나 정작 그녀는 밖에 나가서 들어오질 않고 있었다. 대구에 혹시 남자 친구라도 있는 게 아닐까? 그 남자 친구를 만나고 있는 건 아닐까? 약간의 불안감이 감돌았다.

그도 그랬던 것이, 그녀와 만난 지 얼마 되지 않았을 때 이런 일이 있었다.

그녀를 그녀의 등촌동 아파트 집에 데려다주고 집에 돌아가려던 참이었다. 이미 어둑한 시간이었다. 그녀가 아파트 현관으로 들어가는 것까지 확인하고 돌아서서 얼마를 걸었는데 누군가 내 등을 툭툭 쳤다. 돌아보았다.

"형씨."

키가 크고 마른 남자였다. 검은 뿔테 안경을 쓰고 있었다.

"형씨, 나 좀 따라와야겠어."

낯선 남자가 다짜고짜 자길 따라오라니 어떻게 해야 할지 몰랐다. 그래도 깡패처럼 보이진 않아서 우선 따라가보기로 했다. 나는 누런 해군 군복에 누런 해군 모자를 쓰고 있었다.

'설마 대한민국 국군에게 무슨 위해를 가하진 않겠지.'

인적이 드문 골목길이었다. 그 뿔테 안경은 돌아서더니 내게 화가 잔뜩 난 목소리로 물었다.

"당신, 용희 씨랑 무슨 관계야?"

순간 속으로 생각했다. '이 자식 봐라. 말이 짧네.'

"그러는 댁은 무슨 관계야?"

나도 소리를 버럭 질렀다.

뿔테 안경은 언제부터 용희 씨를 만나기 시작했냐는 둥, 뭐 하는 놈이냐는 둥, 자기는 오래전 서클에서 이미 알고 있는 사이이며 앞으로 좋은 사귐을 가질 생각이라는 둥, 그러니 더 이상 가까이하지 말라는 둥 하는 일장연설을 늘어놓았다. 나도 물러서지 않고, 무슨 말이냐, 내가 지금 그녀와 사귀는 사람이라고 소리를 쳤다.

그랬더니 별로 몸집도 없어 보이던 뿔테 안경이 무슨 박력은 있는지 대번에 내 멱살을 움켜잡았다. 나도 지지 않고 그 뿔테 안경의 멱살을 잡았다.

그 뿔테는 그녀가 다니던 CCC 선교회 남자였다. 그녀를 만나기 위해 그녀 집 앞에서 기다리다 나와 만나는 걸 보고 날 따라온 것이었다. 수컷이란 존재는 단순해서 이런 경쟁에 목숨을 걸기도 하는 법이다.

주먹이 오고 갔던가. 그랬다. 우리는 결국 서로 주먹을 주고받았다.

뿔테는 그길로 내 앞에 나타나질 않았다. 내 주먹이 셌거나 기세로 봐서 자신이 아무래도 밀린다고 느꼈거나, 그랬던 것 같다. 뿔테는 아무래도 분위기 파악을 한 게 분명했다. 나를 그녀의 남자로 인정을 하고 스스로 꼬리를 내린 것이다.

그녀의 대구 집 거실에서 한참을 차를 마시며 기다렸다. 그녀가 집으로 돌아오기엔 시간이 걸리는 모양이었다.

나는 2층으로 올라갔다. 그녀의 동생들이 있었다. 남동생 한 명과 여동생 두 명, 그중에 막내 여동생은 아직 고등학생이었다. 나는 또 점수를 따기 위해 그녀의 막내 여동생에게 수학을 가르치기 시작했다.

이윽고 그녀가 돌아왔다는 기척이 들렸다. 나를 보고 좀 놀라는 표정이었다. 뜻밖의 방문이라 놀란 것인지, 아니면 나 몰래 남자 친구를 만나고 와서 뜨끔해서 놀란 것인지는 알 수 없었다.

그렇게 나는 몇 개의 관문을 통과하고 있었다.

그런데 그녀가 작별을 고한 것이다.

문제는 그녀의 연락처를 알 수가 없다는 거였다. 그녀는 내게 전화로 이별을 통보하고 서울 자취집도 이사를 가버렸다. 어디로 이사 갔는지 알아낼 방법도 없었다. 아예 나와는 완전히 다른 행성으로 떠나버린 것이다.

굳이 그녀가 아니어도 괜찮을 것이다. 그러나 그때의 무슨 절박함이 나를 옭아매었던 것인지, 나는 안절부절하고 있었다.

이대로 그녀를 놓친다면…….

어쩌면 아주 많은 시간이 지나면 나 스스로 합리화를 해가며 '그녀와의 이별이 최고의 축복이었어' 하고 스스로 체념의 방식을 정했을 수도 있을 것이다. 하지만 당장은 열심히 달리기를 하다 결승점에서 넘어진 듯한 느낌이 들었다.

가슴 한구석엔 아직도 그녀의 손을 잡았을 때의 따뜻한 온기가 남아 있는데.

나는 어떻게든 그녀와 다시 만날 수 있는 접점을 생각해보기 시작했다.

생각해보자, 생각해보자.

가만히 기억을 더듬어보니 생각이 났다. 그녀는 서울역 앞에 있는 무슨 학원인가 하는 곳에 불어 수업을 들으러 다닌다고 했다. 대학원 과정에서 제2외국어 시험을 보기 위해서라고 했다.

학원에 가서 불어 수업 시간표를 확인했다. 학원 문이 두 개라는 것도 확인했다.

당시 연세대 법대를 다니던 동생 창근이에게 좀 나와달라고 했다. 불어 수업이 끝날 즈음 나는 정문에 서 있고, 창근이는 후문에 서 있게 했다. 동생에게 키가 160센티 정도이고, 말랐고, 헤어 스타일은 어깨를 찰랑거릴 정도의 커트머리인 지적으로 생긴 미인이라고 말해주었다. 과연 동생이 그런 정도의 표현으로 그녀를 알아보기나 할까, 몽타주라도 그려야 하나, 하는 생각이 들었지만, 아무래도 내가 미친놈 같아 그것은 참았다. 동생을 후문으로 보내고 나는 정문 앞에 서서 기다리기 시작했다.

시간은 더디게 흘렀다.

수업이 끝난 모양이었다.

건물 입구 문이 열리면서 학생들이 책을 가슴에 안고 우르르 쏟아져 나왔다. 날은 여름 땡볕이었다. 얼굴을 한 명 한 명 확인하는 데도 땀이 비 오듯 흘렀다. 여름 한낮의 햇빛에 반사된 얼굴들은 모두 반짝거렸다. 각각 얼굴을 확인하기도 쉽지 않았다. 눈을 부릅떴다.

불어 교재를 끼고 우르르 몰려나오던 학생들이 모두 학원 정문을 빠져나갔지만 나는 그녀를 찾을 수 없었다. 황당했다. 그때 저쪽에서 동생이 걸어왔다.

"형, 만났어?"

지친 표정이 역력했다. 이마에서 땀이 팥죽처럼 흘러내렸다. 그 표정으로 봐서는 후문 쪽에서도 허탕을 친 게 분명했다.

"제기랄."

낙담하며 며칠을 보냈다. 결국 나는 그녀의 어머니께 전화를 했다. 전화 통화가 되지 않는다는 것과 꼭 통화를 원하니 전화해주면 고맙겠다는 메시지를 전해달라고 했다.

그렇게 며칠이 지났을 때였다.

늦은 여름이 끝나가는 무렵. 전화가 왔다. 마침내 그녀였다.

결혼과 복수극

나는 분명 『이솝우화』의 여우와 신포도 이야기를 교훈 삼을 수도 있었다. 못 먹을 포도이니 그냥 인생 소비하지 말고 포기하자, "에이 몹쓸 여자네" 하고 합리화해버리면 그만이었다.

그런데 당시 뭐가 그리 안달이 났는지, 신포도인지 아닌지 꼭 확인하고 싶은 어떤 몸 달은 욕망이 나를 가만두지 않았는지.

그래, 그러니까 그것은 적법절차가 맞지 않은 것에 대한 불만 정도라고 해두자.

최소한 헤어지자고 작별 통보를 했을 때 그 이유라도 물어봐야 하는 것이 법치주의에서의 적법절차다. 어떤 범죄자도 범죄에는 이유가 있다. 그 이유를 들어봐야 하고, 또한 그것에 대한 변호나 대응 또한 이루어져야 한다. 쌍방의 주장과 입장이 존재해야 하는 것이 적법절차의 기본인 셈이다.

내게 뭔가 잘못이 있다 하더라도 그게 뭔지 들을 권리가 내겐 있는 것이다.

그녀의 이야기인즉슨, 장남은 부담스럽다, 당신 부모님의 요구가 너무 힘들다, 당신의 집안에 며느리로 들어가 살 자신이 없다 등등이었다.

한국에서의 결혼은 남녀 둘만의 문제가 아니다. 배우자의 부모와 형제들과의 거미줄 같은 관계 속으로 들어가는 제도. 그것이 얼마나 한국에서 결혼을 혹독하게 만드는지.

결국 그녀와 나는 한국 결혼관습의 희생양이 된 것이다.

남녀 둘만의 주체적 결혼 생활을 용납하지 않는 관습, 끝없이 가문이니 풍습이니 하는 이유로 의무를 강요하는 가부장 제도가 한국 여성에게는 특히 가혹할 수밖에 없다.

그러나 여기서 밀리면 이 법정에서 나는 패소하고 말 것이다.

내가 대답했다.

"장남이 죄인입니까? 나 같은 장남은, 그럼 결혼도 못 하는 겁니까?"

나는 국민의 정당한 권리를 주장하고, 피고인의 입장에서 항변했다. 법리로, 논리적으로 따져야 할 문제였지만, 이 문제는 법리적 논리로 따질 수 있는 문제가 아니었다. 즉 나는 그녀의 '모성성'에 호소한 것이다.

대부분의 여성이 그러하듯 그녀 또한 모성성에 굴복하고 말았다. 나는 최대한 불쌍해 보이려 노력했다. 날 구원해달라고 요청했다.

결과적으로 그것은 날 구원하기는커녕 오히려 그녀를 나의 함정으로 끌어들이는 길이긴 했지만.

연애와 약혼, 결혼하기까지의 모든 과정은 내게 힘겨운 소송 과정이나 마찬가지였다. 몇 번의 논박이 있었다. 분쟁조정위원회에서 합의를 유도하는 절차도 없이 우리는 우리끼리 서로 싸우고, 달래고, 설득해야만 했다.

그렇게 해서 나는 그녀와 결혼했다. 그리고 복수극이 시작되었다.

"군대는 '빽'이야!"

내가 당한 만큼 그녀를 괴롭히는 것이 복수극의 전모는 아니었다. 그녀가 나와 함께 살면서 가난한 집안의 7남매 장남의 맏며느리 역할을 하는 것 자체가 결과적으로 복수극이 되고 말았다.

그녀와의 만남에서 전반부는 멜로였지만, 후반부는 치정극이 되고 말았다. 그녀는 돌이킬 수 없는 선택을 한 것이다. 그 대가를 톡톡히 치렀다.

결혼 후 나는 본래의 내 모습으로 돌아갔다. 본래의 모습이란 딱딱하고 고지식한 법학 전공자의 전형적인 모습이었다. 연애할 때 '선녀와 나무꾼'이라며 서로의 애칭을 부르던 낭만적인 모습은 온데간데없이 사라졌다. 나무꾼이 선녀의 옷을 숨기고선 기세등등하게 함부로 구는 모습이라고나 할까.

물론 아내도 결혼 후 본모습이 드러났다. 난 천사와 결혼한 줄 알았다. 잠자리 날개옷 같은 옷을 입은 천사, 혹은 선녀.

그러나 그녀는 천사도 선녀도 아니었다.

그녀는 그냥 말 그대로 자기 멋대로 사는, 세상 물정 모르는 공주였다. 입은 옷을 허물 벗듯이 그 자리에 그대로 벗어두고, 전깃값 아까운 줄 모른 채 방마다 전깃불을 켜놓고, 목욕물 아까운 줄 모르고 욕조 안에 물을 가득 채워 목욕 후 그대로 버리고, 물건을 어디 뒀는지 하루에도 몇 번씩이나 찾느라 시간을 다 허비했다. 치약을 밑에서부터 야금야금 안 짜고 가운데를 꾹 눌러 짰다.

온실에서 커온 탓에 눈치도 볼 줄 모르고 순진하게 자기 공부만 해온 여자였다. 이념과 이론에만 밝았다. 세상의 법은 배웠지만 사랑하는 법에 대하여 배운 적이 없는 나 또한 실수투성이였다.

신혼 기간 동안 우리는 많이 다퉜다. 아내는 많이 울었다.

나는 아내의 감정을 이해하기보다는 이제 삶의 새로운 미션에 매달려야 했다. 이미 선녀 옷은 내 손에 들어와 있었다. 이제 나는 세상 속으로 들어가야만 했다.

가슴 벅차게도, 그렇게 꿈꾸던 사법부로 들어가는 일이었다.

국민의 신뢰 속에서 공동의 선(善)을 구현하기 위한 법치주의의 길로 나아가는 길이었다.

1986년 1월 입대를 하고 영천과 성남과 진해에서 훈련을 받고 5월에 해군 법무관으로 자대 배치를 받았다. 동해로 배치된 이유는 고향이 예천이기 때문이었다. 고향과 가까운 곳이니 동해로 가는 게 어떻겠냐고 법무감이 말했다. 동해역에서 영주역으로 기차를 타고 가면 예천이 가깝기는 했다.

지방에서 1년 근무하고 나면 다음 해에 대방동 해군본부로 발령이 나는 것이 보통이었다. 후배 기수가 들어오기 때문이었다.

그런 예상을 했기 때문에 1년 후인 1987년 3월 29일로 결혼식 날짜를 잡았다. 신혼을 서울에서 함께 보낼 수 있을 거란 예상이었다.

하지만 예상은 보기 좋게 빗나갔다. 동해 법무관으로 발령난 후 1년이 지나고 2년이 지나도록 해군본부로 발령 날 낌새가 보이질 않았다. 지방으로 첫 발령이 나야 할 사법연수원 16기 1년 후배 법무관 다섯 명이 모두 해군본부로 발령이 났기 때문이었다. 우리 15기들이 들어갈 자리를 후배들이 차지해버린 것이다.

신혼의 단꿈을 이렇게 짓밟혀야 하나. 나는 월요일 새벽이면 새벽 고속버스를 타기 위해 등촌동 신혼집을 나서야 했다.

"나 동해 가. 잘 있어. 사랑해."

짧고 간단한 메모였다. 탁자 위에 메모를 남겨두고 신새벽 어둑한 대기로 나섰다.

아내는 이대 국문과 대학원 석사과정 중에 있었다.

동해 근무 2년이 지나도 해군본부로 발령이 나질 않을 것처럼 보였다. 이러다 3년 내내 동해에서 근무하게 되는 건 아닌가. 불안감이 엄습했다.

군대는 '빽'이라는 말이 헛말이 아니구나.

16기 후배들이 한결같이 '빽'이 좋았던 게 분명했다.

그런데 나는 '빽'이 없어 후배에게까지 밀린나 생각하니 억울한 생각이 들었다. 지방으로 간 동기에게 말했더니 동기가 말했다.

"이제 알았어? 군대는 빽이야."

군 제대 후 초임이 서울민사지방법원 판사로 발령 난 것을 보면 내 성적은 꽤 우수한 편에 속했다. 그러니 더욱 억울한 생각이 들었다.

대구에 갔다가 장인 어른에게 우연히 저간의 사정을 전했다. 억울하다고. 후배가 본부에 있고 선배가 전방에 있는 경우도 있냐고.

그러자 장인이 말했다.

"아니, 그건 말이 안 되지."

장인 어른은 사업체를 크게 하면서 여러 정치인을 알고 계셨다. 어딘가로 전화를 걸었다. 당시 문경·예천 국회의원으로 국회의장을 하던 채문식 의원이었다.

"총장님, 이런 일이 있습니까?"

국회의장이 해군참모총장에게 전화를 했다.

"의장님, 무슨 일이십니까?"

"법무관 인사가 공정하고 합리적으로 이루어져야 하지 않겠습니까?"

"그런데요?"

"기수를 제치고 후배가 선배 자리를 차지하면 되겠습니까?"

국회의장이 해군참모총장에게 전화를 했고, 해군참모총장은 법무감(대령)에게 전화를 했다. 마침내 나는 동해에 간 지 2년 만에 해군본부로 올라올 수 있었다. 이 일이 내 인생에서 처음이자 마지막 인사청탁이 된 셈이다.

그런데 알고 보니 내가 해군본부로 올라왔을 때 동해 내 자리로 내려간 것은 16기 후배가 아니었다. 부산에서 근무하던 15기 동기 최윤성 중위(나중에 함께 판사로 임관)였다. 그가 나 때문에 동해로 가 1년을 고생했다. 법무감은 최 중위에게 고향인 부산에서 2년 있었으니 객지에서 1년 있어도 되지 않겠느냐고 설득했다는 거다. 최 중위는 당시 신혼이었다.

돌려막기를 한 것이다. 본부에 발령 난 16기 후배들이 얼마나 '빽'이 좋으면 15기 사이에서 돌려막기를 했을까.

판사가 된 후엔 인사가 공정하게 이루어지는 걸 보면서 생각했다. '역시 군대는 '빽'이구나' 하고. 이후 나는 평생 최윤성 판사에게 부채의식을 갖게 되었다. 내가 '빽'을 써서 다른 사람에게 피해를 준 셈이 된 것이다.

'빽'을 동원한 부당한 일을 제자리로 돌려놓기 위해 나 또한 '빽'을 쓴 것이니 그 과정상의 문제가 있을 수 있겠다. 분명한 것은 정당한 권리를 주장하는 과정이 얼마나 지난한가 하는 것이다.

법의 기능은 나라의 주인인 국민의 인권 보장과 복리 증진에 있다. 법률가로서 첫발을 디디려는 순간, 이 사회에서 자신의 권리를 찾는 일이, 원칙과 상식을 지키는 일이 얼마나 중요한 것인가를 통감하게 해주는 사건이었다.

아내의 배는 불러오고 있었다.

출산일이 가까워지고 있었다.

3 **시대의 풍랑 속으로:** 판사는 판결로 말한다

법관이 지켜야 할 세 가지

"계류 중인 사건은 현재 200건이고 새 사건이 1주일마다 10건씩 배정됩니다. 매주 목요일마다 재판 날이 돌아오고 수요일 아침까지 판결문 초고를 부장님께 납품해야 해요. 부장님이 목요일 선고 때까지 수정할 시간을 드리는 거죠. 그리고 곧바로 다음 주 선고 사건 검토해서 부장님과 합의해야 하고. 합의가 끝나면 다시 그다음 판결문으로…. 오케이?"

판사로 임용되고 첫 출근이었다. 우배석 이명화 판사는 책상 위에 걸터앉아 속사포처럼 말을 쏟아냈다.

"네에?"

벙찐 표정으로 우배석을 바라보았다. 그러자 우배석은 내게 살짝 윙크를 날리듯 눈웃음을 날렸다.

"걱정 마세요. 우리 부장, 벙커는 아니니까. 단지 좀 뭐랄까."

걱정스런 표정으로 그의 표정을 살피고 있으려니 그는 이내 짓궂은 표정으로 다시 살짝 웃으며 말했다.

"아, 아, 아니요. 우리 좌배석. 오늘 첫 출근인데 벌써부터 쫄면 안 되죠. 좋은 분입니다. 깐깐하고 좋은 분."

깐깐하고 좋은 분이라는 표현이 왠지 더 찜찜하다는 생각이 들었지만, 나는 '좋은 분'이라는 것에 방점을 찍어보며 약한 안도의 한숨을 내쉬었다. 이규홍 부장님이었다.

판사로서의 첫 출근.

서소문 덕수궁 돌담 옆 서울민사지방법원 합의18부였다.

민사합의18부 좌배석.

잠깐 머리만 굴려도 내가 써내야 할 판결문은 1주일에 다섯 건 정도였다. 사건 기록은 책상 위, 워킹 테이블 위, 유리창 난간 위, 철제캐비닛마다 가득가득이었다. 기록이 넘칠 때 바닥에까지 쌓아 올려두었다. 이 많은 사건 기록들을 읽고 메모하고 판결문을 쓰고, 읽고 메모하고 판결문을 쓰고, 그것이 배석판사로서의 임무였다.

부속실 여직원이 내게 골무를 주었다. 캐비닛 안에는 기록과 골무가 한가득이었다. 다 닳아버린 골무를 한 달에 한

번씩 갈아 끼워가면서 사건 기록을 넘기고 또 넘겨야 하는
직업.

  부장을 따라 들어간 법정은 떨리기만 했다. 검고 긴 법복
을 미네르바의 부엉이처럼 입고 메모가 든 두툼한 검정 서류
가방을 신줏단지처럼 안았다. 법관 전용 출입문을 열었다.
법정으로 들어갔다.
  법정 경위가 "일어서십시오." 하는 큰 구령을 하자 방청객
모두가 일어섰다. 태극기가 걸려 있는 법대 앞. 엄숙한 공기
가 흐르는 법정 안이었다. 변호사, 당사자, 방청석에 있는 모
든 눈초리들이 일제히 재판부 쪽을 바라보고 있었다.
  순간적으로 움찔했다. 심호흡을 했다. 앞에 있는 우배석의
등을 쳐다보며 안으로 따라 들어갔다. '짧은 목례라도 해야
하나' 생각하며 법대에 앉으려는데 재판장이 "여러분, 앉으
십시오"라고 말했다. 부장은 법정에서 겸허와 예의를 갖추
고자 했다. 부장이 법대에 앉자 따라 앉았다.

  비로소 앞에 펼쳐진 법정 풍경.
  그것은 수많은 눈동자였다. 눈동자들로 가득 찬 방 안이
었다. 뭔가 하고 싶은 이야기로 가득 찬 눈빛의 사람들. 방
청석의 모든 이들은 어떤 염원을 갖고 모두 나를 쳐다보고
있었다.

진실에 대한 염원일 것이다. 공정한 법치가 지켜지리라는 염원일 것이다.

법에 의해 정의가 세워지고 국민 권리를 찾을 수 있는 세상, 분쟁이 해결되고 복지가 신장되는 세상, 이것이 아름다운 법치의 세상이다. 생각만 해도 가슴이 벅차올랐다. 재판정에 앉아 있는 것만으로도 가슴이 뛰었다.

불타오르는 사명감도 잠시.

몇 달이 지난 오후 3시 무렵이었다. 사명감은 온데간데없이 사라지고 서서히 졸음이 몰려왔다.

어젯밤 늦도록 아내와 전화한 때문이다.

"아무래도 배가 이상하단 말야. 오늘 애가 나올 것 같애. 빨리 대구에 내려와. 애 아빠 없이 애를 낳을 순 없어……."

애 낳을 걱정 때문에 아내는 새벽까지 잠을 안 자고 내게 전화를 했다.

아내는 출산을 대비해 대구 친정에 내려가 있는 상태였다. 요즘은 분만실에 애 아빠도 함께 들어간다지만 출근을 팽개치고 처가로 내려갈 순 없었다.

"오늘 애가 꼭 나올 거 같단 말야"라는 말을 들은 것도 열 번은 넘었다.

대체 언제 애가 나오려는지.

책을 봤더니 출산일은 배 속에 있는 애 스스로가 결정한다고 했다. 출산일이 지나도 애가 나오지 않으면 그것은 애가 산모의 배 속에서 너무 행복하기 때문이란다. 산모가 자신의 몸을 부대낄 만큼 힘들게 움직이면 애가 견디지 못하고 밖으로 나온다고 한다.

아내는 하루라도 빨리 애가 나오길 원했다. 아내는 이대 국문학과 석사를 마치고 박사과정에 들어가기 전 국문과 사무실에서 TA(Teaching Assistant)를 하고 있었다. 방학 기간에 맞춰서 애를 낳아야 한다고 해서 우리 부부는 꼼꼼하게 배란일을 체크했다. 방학 때 출산하지 않으면 조교를 그만두어야 했기 때문이다. 그러면 조교 월급도 받을 수가 없었다. 1989년 이대 국문학과 TA 월급은 34만 원이었다. 우리 생활 규모로서는 큰돈이었다.

다행히 출산일을 방학에 맞추긴 했다. 하지만 방학이 끝나기 전에 몸조리도 마쳐야 했다. 되도록 조리를 많이 하기 위해 애가 빨리 나오길 기다리고 있었던 것이다.

이대 국문학과 TA는 여섯 명이었는데, 그중에 결혼하고 임신까지 한 조교는 아내 혼자였다. 문제는 아내가 조교 중에 가장 막내였다는 사실이다. TA 치프(chief)는 아무도 결혼하지 않았는데 막내가 결혼했다는 것도 거슬리는데, 임신까지 해서 만삭이 되어 심부름도 제대로 맘 놓고 시킬 수 없게 됐다는 것을 못마땅해한다고 했다. 아내는 치프에게 조교실에서 많이 당하기도 한 듯이 보였다. 가장 일을 많이 해야 할 막내가 임신을 해 만삭의 몸으로 뒤뚱거리며 무거운 시험지를 들고 복도와 계단을 오르내려야 했으니, 그것을 시켜야 하는 TA 치프도 스트레스였을 터였다.

그건 그렇고, 대체 애는 언제 나오는 거야?

기대 반, 걱정 반으로 아내와 아기 생각을 하며 법원 도서관에서 자료를 찾고 있었다. 책장 너머에서 뭔가 소리가 났다. 자료를 뒤적이는 소리였다. 누구지? 책장 너머로 봤다. 놀랍게도 내가 아는 분이었다.

윤관 대법관.

고등학교 2학년 때 윤준의 집에서 처음 뵙고 두 번째 만남이었다. 부장판사였던 윤관 판사는 대법관이 되어 있었다. 초임 판사가 돼서 부임 인사 드리러 가고 싶었다. 하지만 대법관은 초임 판사가 생각하기엔 너무나 높고 어려운 자리였다. 차마 찾아뵙지 못하고 미적거리고 있었다. 고등학교 때 본 아들의 친구인데 내 얼굴을 알아볼까 하는 두려움도 있었다. 여전히 나는 숫기 없고 부끄러움이 많았다.

"임관, 축하하네. 그래, 부장이 누구요?"

"이규홍 부장입니다. 연수원 때 배우기도 했습니다."

"흠, 나도 잘 아는데…… 많이 배우게."

나중에 알고 보니 이규홍 부장은 윤관 대법관이 전주지방
법원장으로 있을 때 그곳 부장판사였다.

"예."

나는 호기심과 열정만 많던 고등학교 때와 달리 부동자세
가 되어 대답했다.

"그러지 말고, 내 방에 가서 차나 한잔 하고 가."

대법관실로 따라 들어갔다. 초임 판사가 대법관실을 처음
구경한 것이다. 가슴이 설렜다. 과연 나도 이 방의 주인이 될
수 있을까.

윤관 대법관은 차를 마시며 판사가 지켜야 할 세 가지를
말씀했다.

첫째, 공직자로서 출퇴근 시간을 엄격히 지켜라.

(나라의 녹을 먹고 있는데 당연한 거 아닌가요?)

둘째, 아내가 절대로 사치에 빠지지 않게 경계해라.

(사치에 빠질 돈이 없는데요?)

셋째, 지인들의 청탁을 받지 마라.

(넵! 예썰!)

미국 판사들의 삶에 대하여 읽은 적이 있다. 미국 법관 제

도는 우리나라와 다르다. 법률회사에서 일하다 선발되어 온 전직 변호사들이다. 따라서 옛 회사 동료들과의 관계가 미묘할 수밖에 없다. 책에서는 미국 법관의 부류를 세 가지로 나누고 있다.

첫째 부류는 판사가 되고 나서 똑같이 거리낌없이 사람들을 만나고 어울린다. 그런 교제가 자신의 재판에 아무 영향을 미치지 않는다고 믿는다.

둘째 부류는 1주일에 하루만 날을 정해서 사람들과 어울린다. 그 외의 날에는 어떤 긴요한 초청이 들어와도 '노(No)'라고 말한다.

셋째 부류는 법관이 된 이후로 사회적 관계에서 어느 누구도 만나지 않는다.

내가 주목하고 싶은 것은 셋째 부류였다. 사교성이 좋은 미국인들이 법관이 되고 자신의 사교 생활을 포기하는 것이 쉽진 않을 것이다. 주말에도 혼자서 야구경기를 보러 가고 집에 혼자서 풋볼이나 아이스하키 경기를 보면서 팝콘을 씹는 생활.

외롭고 고독한 그 시간을 견뎌내는 것이다. 확고한 신념과 의지가 없다면 힘든 일이다.

그렇다면 한국은 어떤가.

학연, 지연, 혈연으로 묶인 한국 사회에서 가까웠던 옛 친구가 찾아와서 재판 관련 이야기를 꺼낸다면, 그렇다면 어떻게 해야 할까. 분명 난감해지고 말 것이다.

판사란 성안에 갇혀 있는 난쟁이 같은 신세인 것이다.

세상에 대해 '자발적 유폐'를 감행하며 살아야 하는 생활, 그것이 법관의 생활이다.

세상 사람들과 함께 살면서도 사람들을 법적으로 강제하고 규정하고 판결을 해야 하는 '가짜 신(神)'과 같은 존재. 사람들과 어울리면서도 사람들의 삶을 결정할 수밖에 없는 어려운 결정권자라는 무거운 역할이 판사다.

판사로서 법복을 입는 것은 개인으로서의 내가 아닌 국가를 대신한다는 것을 의미한다. 사적이고 개인적인 주체가 아닌 국가의 대리자로서의 직책. 법복이라는 가운을 입혀놓고 국민 대신 분쟁에 끼어들어 국민 대신 죄인들에게 욕먹어가면서 형을 선고하라고 만든 직업.

결국 법관 생활을 하다 보면 모든 이들로부터 고립될 수밖에 없다. 옛 친구들은 다 떠나갈 것이다. 친척도 지인도 학교 선후배도 모두 다.

"우리가 남이가"를 외치는 한국 사회에서 "거 좋은 자리에 있을 때 힘 좀 써주면 덧나나?" 하며 청탁 들어주지 않는 걸

원수처럼 생각한다.

담당 사건의 당사자들도 마찬가지다. 판결을 받은 원고나 피고도 판사를 별로 좋아하지 않는다.

민사 사건에서 원고승소가 되면 피고는 판사를 죽일 놈, 살릴 놈 욕하고, 원고는 당연한 결과로 받아들인다.

형사 사건에서도 마찬가지. 중형을 선고받은 피고인은 판사를 죽일 놈, 살릴 놈 하고, 검사는 자신의 기소가 받아들여진 걸 당연하게 생각할 뿐이다.

마지막에는 함께 사는 가족들마저도 판사는 결코 반길 만한 존재가 아니다. 매일 사건 기록에 싸여 야근을 밥 먹는 것보다 더 자주 한다. 휴일마저도 기록에 싸여 가족과의 여가는 꿈도 꿀 수 없다. 월급은 일반 기업 월급보다 작은 데다 공직자 가족이란 이유로 사회생활을 할 때 말도 행동도 조심해야 한다.

더욱이 아내는 남편이 판사가 되고 나서 시골의 아버지가 돈 달라는 이야기를 자꾸만 해 힘들게 한다고 내게 불평을 쏟아냈다. 판사 아들에게 대한 부모의 기대는 크기만 하다.

그러나 이건 아무것도 아니다. 판사를 죽이려고 석궁을 쏜 석궁 사건도 있었다. 주변의 모든 이로부터 고립되거나 적이 되고, 심지어 테러 위협 속에서 목숨도 위험할 수 있는 직업. 그것이 판사였다.

좌배석 자리로 돌아왔다. 윤관 대법관을 생각하고 있었다. 다시 가슴이 뭉클해졌다. 대법관이 말씀한 그런 법관이 되어야겠다 다짐을 하고 있는데, 전화벨이 울렸다.

"나, 순산했어. 아들이래."

아내였다. 가쁜 숨을 몰아쉬고 있었다.

"어, 진짜? 수고했어! 당신!"

내가 소리를 지르자 우배석이 나를 돌아봤다. 이내 나는 호흡을 가다듬었다. 책상 위에 놓아둔 아내와의 신혼 사진 액자를 보며 손으로 수화기를 가린 채 목소리를 죽여 말했다.

"수고했어. 당신."

거기까지가 전초전이었다.

그러고 나서 아내는 어떻게 아내가 첫애를 낳는데 와 보지도 않을 수 있냐는 둥, 애 낳는 게 얼마나 힘든 줄 아냐는 둥, 애 낳다 죽는 줄 알았다는 둥, 옆에 있었으면 당신 머리털 다 뽑았을 거라는 둥, 둘째는 당신이 낳아야 한다는 둥, 남자에게도 자궁을 이식해야 한다는 둥, 남녀는 너무나 불공평한 신체구조라는 둥, 한참 수다를 늘어놓았다.

귀여웠다. 문득 아내가 보고 싶었다.

그리고 그때, 법원 도서관에서 윤관 대법관과 만날 때까지도, 그분과 대법관실에서 함께 차를 마시며 담소를 나눌 때까지도 내가 윤관 대법관과 법리적 입장을 달리하게 될 거라곤 꿈에도 생각하지 못했다.

우리는 서로 다른 세상을 꿈꾸고 있었던 것이다.

MBC는 어떻게 국영방송이 되었나

남자들은 어디에 가든 손을 둘 적당한 곳을 찾기 어렵다.

양 손을 몸통에 붙이면 기합이 너무 들어간 자세 같고, 양 손을 앞 중요 부위에 가지런히 모으면 가게 종업원이 굽신거리는 자세 같고, 뒷짐을 지면 군대에서 기합받는 열중쉬어 자세 같다.

서울지방법원 남부지원에 오면서 새로운 자세를 익혀가게 되었다.

1991년 남부지원 형사합의부.

당시 남부지원은 영등포구 문래동에 있었다. 점심시간이 되면 법원 직원들이 우르르 쏟아져 나오곤 했다. 부장을 따라 점심을 먹으러 갈 때였다. 식당으로 가기 위해 법원 정문 앞 건널목에 서 있는데 부장과 배석들이 모두 한결같이 뒷짐을 지고 신호를 기다렸다. 소위 '영감' 자세였다.

나도 부장을 따라 뒷짐을 져보았다. 편한 것 같기도 하고 부자연스러운 것 같기도 하고. 이내 설렁탕을 먹고 다시 법원 쪽으로 향했다. 피켓을 든 아주머니가 서 있었다. 정문 앞이었다.

"○○○을 석방하라! 민정당사 점거에 왜 내 아들만 구속했냐!"

놀랐다. 우리 형사합의부에서 얼마 전 판결한 사건이었다.

"저거 자기네 부 아니었어?"

점심 식사를 끝내고 우르르 법원으로 함께 들어가던 옆방 형사단독이 날 쿡 찔렀다.

"아마……, 그럴걸요?"

쭈뼛거리며 대답했다.

"저건 아무것도 아니야."

"네, 뭐가 말입니까?"

"민정당사 점거 사건이 어제오늘 일이야?"

하긴 그랬다.

운동권은 1984년 11월 처음 민정당사를 점거했다. 그 전까지 학생운동은 가두시위나 교내시위 형태를 취했다. 1984년 11월을 기점으로 건물 점거 농성을 벌이기 시작했다. 건물 점거 농성은 그전엔 없던 경우라 정부와 국민은 물론 학생들 스스로도 충격을 받은 투쟁 방식이었다. 이후 민정당사, 미국문화원 등에 대한 점거 농성이 유행처럼 번져나갔다. 1985년 5월 미문화원을 점거하고, 그해 다시 민정당사를 점거했다.

1985년 민정당사를 점거했을 때 학생들은 석유와 프로판가스 등으로 분신, 자폭하겠다고 위협했다. 그러나 학생들의 열 배가 넘는 12대 중대 병력과 소방차를 동원한 경찰은 세 차례 진입을 시도한 끝에 대형 사다리차를 타고 연수원 함락(?)에 성공했다. 이 과정에서 옥상에서 투신한 홍익대 학생은 허리를 다쳤다. 건물 2층은 화염병으로 불타기도 했다.

격렬한 투쟁은 1987년 6·29선언 이후에도 계속되었다. 1989년, 1991년에도 점거 농성이 이어졌다.

5공화국에 대한 환멸은 6공화국이 되어도 계속되고 있었다. 군부 타도에 대한 구호는 사라지지 않고 있었다.

"전두환을 백담사에 보내도 학생들의 분이 안 풀리나 봅니다."

옆방 형사단독을 보며 내가 말했다.

학생들은 광주 원흉 5적 중 하나인 노태우를 대통령으로 두고 볼 수 없었던 셈이다.

"그래도 황판은 좋은 시절 만난 거야!"

"네?"

"80년대에 얼마나 힘들었는데, 사법부가. 정치적 압박 속에서 공안 사건 하는 판사들, 정말 힘들었어. 맨날 시국사범들 우르르 법정에 나오는데, 재판하는 게 얼마나 힘들었겠어. 견딜 수 없는 사람들은 다 옷 벗었어."

"……."

"지금은 정말 호시절 다 됐지, 이만하면. 시국사범이 엄청 줄었잖아. 개헌도 했고 직선제도 했으니 차츰 달라지겠지."

1984년에 있었던 첫 민정당사 점거 농성 사건에 대하여 법원은 "개전의 정이 역력한" 이들에 대하여 집행유예를 선고했다. 하지만 점점 더 그 수위가 높아지는 사태에 대하여 법원은 강경한 태도를 취했다. 연행자 전원을 '폭력·방화 사범'으로 몰아 구속영장이 신청되었다.

얼마 전 내가 있던 형사합의부의 판결에서도 반은 풀어주고 반은 실형을 때렸다. 화염병, 신나 등에 의한 건물 파손과 폭력, 방화가 계속되었던 것이다.

피켓을 들고 선 아주머니는 풀려나지 않은 학생의 모친임에 분명했다. 나는 아주머니를 다시 흘낏 돌아보았다.

'최종적인 결정은 부장이 한 것이다. 난 배석에 불과할 뿐이야.'

속으로 그렇게 중얼거렸다. 부장을 따라 건물로 들어섰다.

이 많은 대결과 충돌의 시기를 거쳐 우리는 민주화의 길로 가고 있는 게 분명하다. 그러나 충돌의 여진이 아직도 남아 있는 과정 중에 나는 서 있는 것이다.

이 사실을 재확인하는 데에는 얼마가 걸리지 않았다.

몇 달이 흐른 때였다.

민사1단독 박항용 판사가 갑자기 사표를 냈다. 나는 형사 합의부 우배석으로 배석판사 중 가장 선임자였기에 정기인 사 때까지 민사1단독을 겸하게 되었다.

민사1단독에서 맡게 된 중요 사건은 제주 MBC 주식 반환 소송사건.

사건의 개요는 이러했다.

1980년 5월, 보안사.

어두컴컴한 방에 백열등 하나만 빛을 뿜어내고 있었다. 좁은 나무 책상을 사이에 두고 제주 MBC 주주 박재규는 덜덜 떨면서 앞을 쳐다보았다. 책상 너머에는 군복을 입은 소령이 권총을 들고 앉아 있었다.

"이봐 형씨, 아직도 세상 구분 못 하나 본데, 세상이 어케 바뀌었는지 모르겠어? 잔말 말고 내 말 듣는 게 이로울걸?"

소령은 권총을 겨누며 빨간 인주와 서류 한 장을 내밀었다. 제주 MBC 주식 포기 각서였다.

박재규는 겁에 질린 채 말했다.

"저, 전 못 합니다. 살려주십시오. 저, 전 못합니다."

"뭐, 못 하겠다? 아가리에 총알 세례를 받아봐야 정신 차리겠어?"

그는 위협적으로 총구를 박재규의 이마 정중앙에 들이밀었다. 박재규는 눈을 질끈 감았다. 온몸이 사시나무 떨듯 떨려왔다.

"아이고 나으리. 사, 살려주십쇼. 이기 없으면 저 어떻게 살라구요. 제 회삽니다. 안 됩니다. 이런 법이 어디 있습니까?"

"이 새끼야. 이게 법이야!"

소령은 총구를 가리키며 눈을 희번덕거리며 말했다.

"하이고."

"새끼야. 세상 바뀐 거 몰라? 이게 법이고, 이게 정의다. 이 새끼, 아직 똥인지 된장인지 모르는 갑는데, 매운맛을 봐야 정신 차리겠어?"

그러고는 검은 자루를 씌웠다. 구타가 시작됐다. 복부와 얼굴이며 등이며 가리지 않고 휘갈겨오는 힘을 그는 어쩔 수가 없었다. 그것은 어둠의 힘이었다. 거역할 수 없는 총칼의 위협이었다. 코피가 터지고 입가와 정수리가 찢어졌다. 이가 세 개나 나가고 갈비와 코뼈가 부러졌다. 입술이 부풀어 오르고 입이 다물어지지 않아 입안에 고여 있던 핏물이 새어 나올 지경이었다. 그러자 그는 이제 모든 것이 끝났다는 것을 절감했다. 육신은 정신에 비해 연약하기 짝이 없는 것이다.

그는 마침내 지장을 찍고 말았다.

짓이겨진 붉은 인주 자국은 그의 피의 대가였다.

1980년 신군부는 보안사를 동원해 언론 통폐합을 하기 시작했다. 당시 MBC는 전국에 각 지역마다 주주가 다른 사(私)기업체였다. 1980년 5월 신군부는 MBC 주주들을 총칼로 위협해서 강제로 회사를 빼앗았다. 그 후 언론기본법을 만들어 언론을 좌지우지하기 시작했다. 그야말로 독재를 위한 언론통제법이었다.

1987년 6·29 선언이 있었고, 1988년 2월 25일 노태우 대통령이 취임한 후 1990년에 전(前) 제주 MBC 주주 박재규씨 등 다섯 명이 주식회사 문화방송을 상대로 주식 반환 청구 소송을 냈다.

"군부의 폭력적 위협 속에서 강박 상태에서 빼앗긴 주식입니다. 응당 반환해야 된다고 생각합니다."

박재규 쪽 변호사가 일어나 말했다.

그러자 MBC 쪽 변호사가 일어났다.

"군부의 강박 속에서 빼앗겼다면 강박에서 벗어났을 때부터 3년 내에 소송을 해야 합니다. 1980년 5월 17일 비상계엄이 전국으로 확대되었고, 1981년 1월 21일 비상계엄이 해제되었습니다. 비상계엄이 해제된 때로부터 강박에서 벗어난 것으로 본다면 이 사건은 이미 제척기간 3년이 지난 사건입니다. 돌려줄 수 없습니다."

사건의 쟁점은 강박이 끝난 시점을 언제로 보느냐 하는 것이다. 비상계엄 때 보안사에 의해 강달된 주식이니 비상계엄이 해제되었을 때, 즉 1981년 1월 21일 이후 시점에서 3년 안에 돌려달라고 소송을 내는 것이 맞다면, 이 사건은 결론이 명백했다. 제척기간이 지나도 한참을 지나버린 것이다.

선고기일을 한 달 뒤로 두었지만 그날은 빠르게 돌아오고 있었다.

빨리 판결문을 써야 한다.

집으로 왔다.

현관문을 열자 집안 전체가 고요했다. 당연했다. 시계는 밤 12시가 넘어가고 있었다.

안방으로 고양이처럼 살금살금 들어서는데 분유 냄새가 확 끼쳤다. 아내는 방 전체에 요를 깔고 둘째 애를 끼고 자고 있었다. 목 늘어진 하얀 면 티에 흘린 분유 자국이 선명했다. 피곤한지 잠옷도 안 갈아입고 입을 벌린 채였다. 첫째 애는 나뒹굴 듯 거꾸로 대자로 뻗어 자고 있었다.

최대한 소리를 내지 않게 옷장을 열었다. 옷을 갈아입었다. 씻고 돌아와 누웠다. 잠이 오지 않았다. 제주 MBC 주식 반환 소송, 어떻게 해야 할까. 어떻게……. 음야음야. 음, 음.

누군가 내 발을 찼다. '이게 꿈속인가?' 하는데 조금 있으려니 누가 다시 내 발을 찼다. 아팠다. '아, 꿈은 아니구나.' 그렇다면 누가 내 발을? 설마 도둑? 몰려오던 잠이 순식간에 찬물을 끼얹은 듯 확 사라졌다.

눈을 뜨기 싫었다. 뭔가 무서운 장면이 눈앞에 펼쳐질 것 같았다. 그러나 곧이어 유리창 깨질 듯 큰 소리가 눈을 뜨게 하고 말았다.

"여보 뭐해! 애 울잖아. 빨리 분유 먹여!"

내 발을 찬 것은 아내였다. 그리고 보니 둘째 애가 자지러지듯 울고 있었다. 뒤척이다 늦게 잠이 들었고, 잠에 빠져 애 우는 소리도 들리지 않은 것이다.

아내는 대학원 박사과정을 다니면서 시간강사를 뛰고 있었다. 친정도 시댁도 서울이 아니었다. 애 보는 아주머니에게 애들을 맡겨야만 했다. 그러나 아주머니는 저녁 6시만 되면 돌아가야 했다. 학교에서 돌아온 아내가 온전히 애 둘을 내가 올 때까지 혼자서 보아야만 했다. 아내는 몹시 힘든 인생의 시기를 보내고 있었다. 그것은 나도 마찬가지였다.

육아 문제로 몇 번을 다툰 뒤 신사협정을 맺었다.

둘째 애는 밤 12시, 새벽 3시, 새벽 6시쯤 한 번씩 분유를 먹었다. 밤 12시와 새벽 6시를 아내가 담당하고, 새벽 3시를 내가 담당하기로 약속했다. 시계를 보니 어김없이 분침은 새벽 3시를 향해 달려가고 있었다.

삶이란 어쩌면 이렇게도 어김없단 말인가.

둘째 애는 어김없이 새벽 3시에 깼다. 배고파 죽겠으니 우유를 달라고 귀청이 나갈 만큼 큰 소리로 울어댔다. 애가 우는데도 내가 일어나지 않자 아내가 내 발을 차며 날 깨운 것이다.

왜 애 우는 소리가 들리지 않았지? 무슨 올가미 같은 잠이 어둠 속에서 나를 질기게 잡고 있기라도 한 것일까.

분유통에서 숟가락으로 분유를 떠서 젖병에 넣었다. 하나, 둘, 세 숟갈. 보온병 뚜껑을 열어 데워진 물을 젖병에 적절한 분량만큼 부었다. 젖병을 흔든 뒤 떠지지 않는 눈을 겨우 뜨고 애를 안았다. 젖병 젖꼭지를 입에다 갖다 댔다. 그러자 애는 얼굴 전체를 실룩거리며 우유를 빨기 시작했고, 언제 그랬냐는 듯 울음을 뚝 그쳤다.

트림을 시키기 위해 거실로 나갔다.

애를 안아 추켜세운 뒤 등을 문질렀다. 흔들흔들거리며 거실 유리창 앞에 섰다. 유리창 너머는 어둑한 동굴 같은 밤이었다. 저 미로 같은 어둠 속에서 나는 어떤 빛을 찾고 있는 것일까.

유리창은 어둠으로 분칠되어 거울처럼 나를 비춰주고 있었다. 3개월도 안 된 아기를 어깨 위로까지 추켜 안고 흔들거리면서 등을 문지르고 있는 모습.

나는 해결되지 않는 무거운 질문 앞에 선 어린아이 같았다.

"무슨 걱정이라도 있어?"

잠이 덜 깬 목소리로 아내가 등 뒤에서 물었다. 뒤로 돌아섰다. 아내는 거실에 물을 마시러 나온 모양이었다. 컵에 물을 따르며 나를 힐끗 보고 있었다. 나는 잠시 뜸을 들인 후 천천히 입을 뗐다.

"여보, 나……, 믿어?"

"뭐야, 이 진지한 말투는?"

"내가 옳다고, 상식이라고 믿는 쪽으로 밀고 나가도 당신은 내 편인 거지?"

"아니, 아닌데?"

"뭐어?"

"당신은 남의 편, 남편이잖아. 그런데 어떻게 내 편이야?"

아내가 킬킬댔다.

나도 싱긋 웃었다. 그러자 아내가 내 가슴팍을 보며 인상을 찡그리며 소리쳤다.

"뭐야, 애 다 토했잖아!"

그러고 보니 가슴팍이 뭔가 축축하다는 느낌이었다.

그렇게 해서 다시 우리는 한밤의 대전투를 벌이게 되었다.

트림을 잘 시켰으면 안 토하지 않았겠냐, 트림도 제대로 못 시키냐는 등 아내가 말했고, 나도 할 만큼 했는데 왜 짜증을 내느냐는 등 내가 말했고, 학교에서 돌아와 혼자서 저녁 내내 애 둘 보느라 밥도 제대로 못 먹고 잠도 제대로 못 자고 화장실도 제대로 못 간다, 심지어 밥 먹는 것도 애 하나를 한 팔로 안고 씽크대 위 전기밥솥 열어놓고 서서 반찬도 없이 밥만 퍼먹는다는 등 아내가 말했고, 나도 법원에서 힘들어 죽겠다, 납품 날짜에, 납품도 납품이지만 선고를 해야 하는 것이 얼마나 피가 마르는 일인 줄 아냐는 등 내가 말했다.

그렇게 끝나지도 않을 입씨름을 했다. 그 사이 둘째 애는 어느새 내 품에서 새근새근 잠이 들어 있었다.

우리는 약속이라도 한 것처럼 동시에 입씨름을 멈추었다. 솜씨 좋은 두 명의 도둑처럼 살금살금 아기를 안방으로 데려가 조심스럽게 눕혔다.

그리고 나는 서재로 들어가 판결문을 쓰기 시작했다. 새벽 4시였다.

"MBC 주주가 강박에서 벗어난 시점은 1981년 1월 21일 비상계엄 해제 시가 아니라 제5공화국 전두환 정권이 종료된 1988년 2월 24일이다. 이때로부터 3년이 경과하지 않아 이 사건 소가 제기되었으므로 이 사건 청구는 정당하다."*

강박이 끝난 시기를 언제로 볼 것인가. 비상계엄이 해제된 1981년 1월로 볼 것인가, 5공이 끝난 1988년 2월로 볼 것인가.

나로서는 명확했다. 진실은 유리알처럼 분명했고 수은처럼 맑아 보였다. 너무나 분명한 판단이었다.

1980년 초에는 5공 전두환이 시퍼렇게 살아 있으니 주식 반환을 요구할 수 없었을 것이다. 5공 때는 그 자체만으로 언론기본법이 살아 있었던 때다. 반환소송을 하려야 할 수가 없었을 것이다. 그것이 강박이 아니고 뭔가? 그러니 강박에서 벗어난 시기를 비상계엄이 해제된 1981년이 아니라 6공이 들어선 1988년 2월로 보는 것이 맞다.

다만 그것을, 5공의 여진이 여전히 남아 대기를 흔들고 있는 이 시기에 판결해야 한다는 것이 문제긴 문제였다.

그러는 사이 나는 형사합의부에서 6개월 만에 민사6부 노

---

* 「언론통폐합 주식 반환소송 기산점 6공 이후, 원고 승소」, 연합뉴스, 1991. 8. 23.

동산재부로 짐을 싸서 옮겨 갔다. 노동산재부에서 나는 이흥복 부장판사, 여훈구 판사를 만났다. 두 분의 이름에서 묻어 나듯이 이분들은 일도 열심히 하지만 '여흥'을 즐기며 낙천적으로 삶을 사는 분들이었다.

나는 원래의 내 성격대로 돌아갔다. 낙관적인 기분파로.

술도 즐겨 마셨고 모임도 자주 가졌다.

여훈구 판사는 성이 '여'씨여서 영원히 남판사가 아니라 여판사라고 놀림을 받았다. 당시 남부지원에는 여판사가 네 명 있었는데, 여상원·여훈구 판사와 조배숙·이은경 판사다.

우리 부는 부장님을 모시고 부부동반으로 워커힐 쇼를 보러 가기도 했다.

태어나서 처음으로 워커힐호텔을 갔다. 양식당에서 셰프가 직접 나와서 샐러드 소스를 뿌리는 시범을 보이며 요리 하나하나를 설명해주었다. 극장에서 칵테일을 마시며 쇼도 보았다.

워커힐호텔 양식당에서 식사를 하고 쇼를 본 것이 그렇게 큰 효과가 있을 줄 몰랐다. 집으로 돌아왔는데 놀랐다. 아내가 달라졌다.

"오늘 밤을 기대해!"

뭔가 '야시꾸리한 말'을 하고 아내가 농염한 자태로 묶고 있던 머리를 풀더니 욕실로 사라졌다. 처음으로 아내가 무서워지려 했다.

하지만 샤워 소리가 채 끝나기도 전에 헉, 첫째 애가 잠에서 깨 울기 시작했다. 그러자 둘째 애마저도 깨더니 같이 덩달아 울기 시작했다.

'뭐야 젠장, 된장.'

둘은 도통 잠을 자려 하지도 않았다. 산통도 다 깨졌다.

시대와의 불화

어느 날 삼성 마이마이로 영어 회화를 들으며 버스에서 막 내리려던 차였다. 앞 좌석에 앉은 중년 남자가 펼쳐놓은 신문에 뜻밖의 기사가 눈에 띄었다.

"주식반환요구 전(前) 제주MBC 주주 5명 패소"

버스에서 내리려던 걸 멈췄다. 놀랐다. 나는 중년 남자가 보고 있던 신문을 잠시 보겠다며 양해를 구했다. 신문 기사는 이러했다.

서울민사지법 항소5부(재판장 김창엽 부장판사)는 11일 지난 80년 언론통폐합 때 보안사의 강요로 소유 주식을 내놓은 전 제주 MBC 주주 박재규 씨 등 5명이 MBC를 상대로 낸 주식 인도 청구 소송 항소심에서 '주식반환 요구 시기가 지 났다'며 원심을 깨고 원고 패소 판결을 내렸다.

재판부는 판결문에서 '박씨 등이 지난 80년 11월 언론통 폐합 당시 보안사에 연행돼 본인들의 의사와 관계없이 소유 주식을 MBC 측에 강제로 인도하고도 5공 시절의 강압적인 사회 분위기 때문에 주식 반환을 요구하지 못했다고 주장하 지만 지난 81년 1월 21일 비상계엄이 해제된 날로부터는 강 박 상태에서 벗어났다고 봐야 한다'며 '따라서 이날로부터 3 년이 경과한 84년 1월 21일까지는 주식 반환을 요구했어야 했는데 90년 11월에야 소송을 냈다'고 원고 패소 이유를 밝 혔다.[*]

아, 깨졌구나, 항소심에서.

내가 1심 재판에서 원고의 편을 들어준 것이 항소심에서 뒤집어진 것이다.

역시 내가 너무 앞서간 건가.

뒤통수를 얻어맞은 기분이었다. 내가 판단한 판결이 결국 맞지 않는 것인가.

---

[*] 연합뉴스, 1992. 3. 11.

이 사건은 대법원으로 올라가 항소심 판결이 정당하다고 원고 패소가 확정되었다. 윤관 대법관이 주심이었다. 윤관 대법관도 내 판단과는 달랐던 것이다.

자존심이 상했다. 하늘 같은 법조 선배와 내가 다른 판단을 했다면, 내가 뭔가 실력이 부족한 것인가, 하는 생각이 들었다. 청년 판사로서 상당히 의기소침해졌다.

그 후로도 MBC 주식은 원래 주인에게 돌아가지 않았다. 사기업이던 MBC가 공영 아닌 공영방송국이 되자 대한민국에 이젠 민영방송국이 하나도 없게 되었다. 노태우 대통령은 하는 수 없이 민영방송국으로 SBS를 허가하게 된다.

현재 MBC는 방송문화진흥회가 주주다. 사실상 국영기업이 돼버렸다. MBC는, 보수 정권이 권력을 잡으면 보수가, 진보정권이 권력을 잡으면 진보가 경영권을 차지하게 되었다.

만약 1990년대 주식 반환 소송에서 전 주주가 이겼다면, 그랬다면 어떻게 됐을까. 제 주인을 찾아주어 민영방송국이 됐다면 어떻게 되었을까. MBC 방송은 훨씬 달라지지 않았을까. SBS를 능가할 만큼 뛰어난 예능과 드라마를 더 잘 만들어내지 않았을까.

MBC는 1961년에 생겨난 방송국이다. 내가 1961년생. 나와 나이가 같은 방송국. 그래서 더욱 애착이 가는 방송국.

제주 MBC 주식 반환 소송 사건의 항소심과 상고심에서 원고 패소는 오랫동안 나의 트라우마가 돼버렸다. 나는 이렇게 시대와 불화하는 사람인가.

1993년에는 이런 일도 있었다. 서해안 바닷가를 관할하는 조그만 서산법원에서 형사단독 판사로 근무하던 때였다.

맡은 사건의 죄명은 '수산자원보호령 위반'이었다. 공소사실은 피고인이 관할관청으로부터 승인을 받지 않고 3중 자망어구(刺網漁具)를 사용하였다는 것이다. 서울에서는 본 적이 없는 사건이었다. 호기심이 발동해 하나하나 검토하기 시작했다.

죄명부터가 이상했다. 무슨 포고령이나 긴급조치 위반도 아니었다. 죄명이 '수산자원보호령 위반'. 도저히 이해가 되지 않았다. 죄형법정주의 아래서 대통령령 위반죄라는 것이 가능하기는 한가.

수산업법 관련 조항은, "필요한 사항은 대통령령으로 정할 수 있다", "제1항의 규정에 의한 대통령령에는 필요한 벌칙을 둘 수 있다", "제2항의 벌칙에는 300만 원 이하의 벌금·구류 또는 과료의 규정을 둘 수 있다"고 규정하고 있었다.

내가 보기에 범죄구성요건 해당 여부나 처벌 여부를 대통령령에 백지위임한 것이다.

나는 수산자원보호령의 모법인 수산업법 제52조 제2항, 제79조 제2항이 죄형법정주의에 위반된다고 판단하여 직권으로 위헌제청 결정을 하였다.

그러나 놀랍게도 헌법재판소는 전원일치로 합헌결정을 했다(1994. 6. 30. 선고 93헌가15,16,17 결정).

국회의 기술적·전문적 능력과 아울러 시간적 적응능력과 관련이 있는 것으로서, 형벌의 종류와 그 범위는 확실히 정하여져 있고 범죄의 대상이 되는 행위도 그 대강은 국민이 예측할 수 있도록 수권법률에 구체적으로 정하여져 있다고 볼 것이므로 죄형법정주의 원칙에 위반되지 않는다.

나는 헌법재판소에서 위헌 결정을 할 것으로 확신했다. 피고인의 위헌제청신청이 없었음에도 직권으로 자신만만하게 위헌제청을 했었다. 그런데 헌법재판소 재판관 9인 중 나와 같이 위헌론에 선 재판관이 단 한 명도 없었다. 큰 충격을 받았다. 9대 0이라니.

나의 헌법 해석 능력과 판단력에 의문이 들었다. 의문이 들기에 충분했다. 이 사건은 단독판사로서 처음 위헌제청결정을 한 사건이었다. 그런데 헌법재판소에서 무참히 기각된 것이다. 나는 내 앞길이 창창하다고 믿어왔다. 그런 청년 법관이었다. 이 사건으로 인해 상당히 의기소침하지 않을 수 없었다.

도대체 내 판단에 무슨 문제가 있는 거지? 내 사고가 중립적이거나 상식적이지 않다는 건가? 그런 회의감은 판사라는 직분자로서 더욱 나 사신을 괴롭혔다. 법치적 중립의 입장에서 매 순간 '판단'을 해야 하는 숙명이다. 그런데 내 판단이 부정되었다고 생각하니 나락으로 떨어지는 기분이었다.

나를 괴롭히던 자기검열이 다시 자신감을 찾기까지는 얼마간의 시간이 필요했다. 16년, 그러니까 딱 16년이 걸렸다.

2010년 9월 30일, 헌법재판소는 내가 받은 1994년의 합헌 결정을 폐기했다(2010. 9. 30. 선고 2009헌바2 결정). 이번에는 반대로 6 대 3이다. 나의 견해가 17년 만에 다수의견이 된 셈이다.

어제의 소수의견이 오늘의 다수의견이 된 것이 아니라, 애당초 존재하지도 않았던 의견(9 대 0), 나의 의견이 이제 헌법재판소의 다수의견이 된 것이다.

나의 생각과 판단이 결국 옳았다는 것이 인정됐다. 나로서는 명예회복이 된 셈이다.

나는 후배 변호사들에게 법률가의 상상력과 창의력을 강조한다.

"어제의 소수의견, 오늘의 소수의견이 내일의 다수의견이 될 수 있다. 판례를 묵수·추종할 것이 아니라 납득이 되지 않으면 판례 변경을 주장해야 한다. 헌법적 시각을 가져야 한다."

소액사건심판법 사건 대법원 전원합의체 판결에서, 민문기 대법관이 소수의견을 개진하면서 판결문에 적은 유명한 문장이 있다.

"한 마리 제비로서는 능히 당장에 봄을 이룩할 수 없지만, 그가 전한 봄, 젊은 봄은 오고야 마는 법, 소수의견을 감히 지키려는 이유가 바로 여기에 있는 것이다."

어제의 소수의견이 오늘의 다수의견이 될 수 있다. 오늘의 소수의견이 내일의 다수의견이 될 수 있다.

대법원이나 헌법재판소의 인적 구성을 다양화해야 하는 이유, 소수의견도 숨 쉴 수 있는 공간이 있어야 하는 이유가 바로 여기에 있다.

"자네, 검찰과 붙어야 할 거야"

서산에서 3년을 근무하고 서울 서부지원으로 올라왔다.

나는 대학 때부터 가지고 있었던 꿈을 준비하기 시작했다.
유학이었다.

　법원에서는 통례적으로 토플 성적으로 인원을 뽑아 국비
유학을 보내주고 있었다. 서부지원으로 와서 법원에서 가까
운 연세어학당을 다녔다. 법원과 집을 오가는 버스에서 토플
영어 테이프를 듣고 또 들었다. 토플 성적은 차츰차츰 올라
가고 있었다. 이제 서의 모든 준비가 끝나가고 있었다.

　그러나 예상치 못한 복병이 나를 기다리고 있었다.

　미래는 한 치 앞도 알 수 없는 것이다.

　"황판사, 행정처로 와야겠네."

　민사판례연구회에서 예전부터 알고 지내던 송무국장이
었다.

　"네에?"

　"일단 그렇게 알고……, 만나서 얘기하세."

　그렇게 전화가 끊어졌다.

　벙쪘다.

　벙쪄 있는데 또 전화벨이 울렸다. 또 송무국장이려나?

　"여보세요?"

　아내였다.

　아내의 얘기인즉, 누군가가 집으로 양복 티켓을 보냈다는
거였다. 롯데호텔 양복 티켓인데 꽤나 돈이 나갈 것처럼 보

인다고. 자기도 집에 없을 때 아기 보는 아주머니가 받아둔 거라고 했다. 아기 보는 아주머니가 그런 선물이 들어온 것을 매우 흡족해하는 듯했다고. 주는 이가 사정을 하여서 받지 않을 수 없었고, 이 정도는 받아도 되는 게 아니냐고 했다는 거다.

당시 나는 서부지원 형사1단독. 나는 그 티켓을 준 분을 알 만했다. 내가 맡고 있는 사건 피고인의 어머니였다.

아내가 단호하게 말했다.

"걱정 마. 내가 그분 찾아내서 돌려줄 테니까."

내가 약간 감동한 목소리로 말했다.

"정말……, 그렇게 해주겠어?"

"나, 무지 바쁜 사람이거든? 이런 일까지 내가 손수 나서서 처리해야겠냐? 아주머니를 야단칠 수도 없고."

아내는 생색을 잔뜩 냈다. 타박 아닌 타박을 하며 전화를 끊었다.

아내는 박사과정을 마치고 서울, 수원, 인천, 부천, 원주 등으로 시간강사를 뛰고 있었다. 심지어 아기 보는 아주머니에게 줄 도우미 비용을 벌기 위해 새벽까지 논술 과외를 했다. 쏟아지는 졸음을 참기 위해 서서 고등학생들을 가르치고 있었다.

아내는 결혼 전에 비해 몸무게가 7킬로나 빠져 있었다. 우리 집의 제사며 대소사, 시동생, 시누이 생활비도 챙겨야 했다. 아버지는 큰며느리에게 계속 돈 이야기를 하였고, 몸이 열 개라도 부족할 판이었다.

나는 내 잘못도 아닌데도 뭔가 내 일을 아내에게 떠맡긴 것처럼 왠지 미안해야 할 것 같은 마음이 들었다.

어쨌든 유학을 준비하고 있던 내게 법원행정처 송무국장의 전화는 뜻밖의 복병이었다. 1996년 3월 송무심의관으로 발령받은 선배 판사가 6개월 만에 갑자기 사직을 하고 진주로 내려가는 바람에 자리가 비어 있었다.

다른 동기들은 이미 유학을 다녀온 이들도 많았다. 국비유학은 법관에게 일종의 '연구년' 같은 거였다. 쉼표의 시간이었다. 머리도 식히고 영어도 배우고.

'헉, 왜 하필 내가?'

이건 아니다. 이렇게 꼼짝없이 행정처에 잡혀갈 순 없지.

송무국장은 나를 불렀다.

"작년(1995) 12월 국회에서 구속영장실질심사제를 만장일치로 통과시킨 건 알고 있소?"

"네."

"6개월 후 내년(1997) 1월 1일부터 시행이오."

"그래서 송무국에서 시행에 대한 모든 실무 준비를 해야 하는 거군요."

"그렇지. 역시 빠르군. 황 판사가 그 일을 맡아줘야겠어."

지금은 1996년 9월. 시행되기까지 기껏 6개월밖에 남지 않았다. 이 짧은 시간에 그 방대한 일을 어떻게 하라고……

'국장님, 전 유학 계획도 있고. 다른 계획들이 있습니다. 죄송합니다만…….'

이라고 막 말하려는 차에 국장이 더 빨랐다.

"일을 잘하면서도 빨리할 사람이 필요해. 심의관들이 황 판사를 추천하더군."

'뭐 그렇게 칭찬해주니, 쩝, 할 말이 없어지네. 하지만 국장님 제가…….'

라고 말하려 하는데 이번에도 국장이 또 빨랐다.

"대법원규칙과 송무 예규도 만들고 시행 매뉴얼 책도 만들어야 합니다. 논문도 써야 하고 보고서도 잔뜩 써야 할 거요. 전국 영장판사회의도 열어야 하고. 그리고……"

국장은 뭔가 양미간을 찡그리며 뒷말에 뜸을 들였다. 그 뒷말이 궁금해 정작 내가 해야 할 말을 하지 못하고 있었다. 이러다 낚이는 게 아닌가 하는 불안감이 엄습하는데, 결국 나는 그 낚시질에 걸려든 것 같은 한마디를 하고야 말았다.

"그리고, 뭡니까?"

"검찰과 세게 붙어야 할 거요!"

"네? 검찰과요?"

"그래! 검찰이 분명 강경하게 나올 거야! 지들이 오랫동안 누리던 인신구속 권력을 쉽게 내주려 하진 않겠지!"

국장이 그렇게 말하니까, 어떻게든 발을 빼보려던 마음이 이상하게도 묘하게 돌아서기 시작했다. 기묘한 마력이 나를 어딘가로 휘몰아가고 있었다. 그것은 시보 때 보았던 검찰의 폭력 때문이었을까? 아니면 어떤 탄압에서든 사람의 인권을 수호해야 한다는 오래전부터 갖고 있던 근원적인 신념 때문이었을까?

그 이상한 덜미에 잡혀 나는 결국 휴가 휴일도 없이, 밤낮도 없이, 미친 듯이 일만 해야 한다는 그 마성의 행정처로 들어가고 말았다.

행정처에서 검찰과 싸우며 영장실질심사제도를 시행해갈 때 송무국에 이 모든 일들을 지시하고 국장과 함께 논의한 분은 윤관 대법원장이었다. 윤 대법원장과의 인연은 이렇게 나와 다시 이어지고 있었다.

해방 이후 독재정권이든 어떤 정권이든, 그들은 정권 유지를 위해 검찰을 이용해왔다. 그러는 사이 대한민국은 검찰공화국이 되고 말았다.

대한민국 정부가 수립된 이후 한국에서의 수사 과정은 흥미롭다. 일단 그 사람의 죄의 유무를 따지기도 전에 사람을 구속하고 본다. 인신구속!

정신일도하사불성! 호랑이 굴에 잡혀가도 정신만 차리면 된다고 한다. 그러나 원효 스님이 아무리 일체유심론을 말하고 있지만, 정신이란 얼마나 연약한 존재인가.

정신은 육체의 하수인에 불과한 것이다.

독재정권 때 남산 지하 피비린내 나는 시멘트 바닥으로 끌려 들어간 지식인들은 알몸으로 옷만 벗겨놓아도 모든 것을 실토하곤 했다. 인격적인 모독을 참을 수 없었던 것이다. 조그만 신체적 위해만 가해져도 정신은 금방 모든 것을 체념하곤 한다.

사람의 신체를 구금하다는 것이 얼마나 전인격을 무너지게 하는 것인지, 삶을 송두리째 날아가버리게 하는 것인지. 솔제니친은 구속을 청천벽력이라고 표현했다. 감금이 되는 순간 피의자는 갇혀버린 짐승이 된 듯한 느낌이 든다. 그의 죄에 대하여 법정에서 유무죄를 가리기도 전에 이미 그는 자신의 삶이 나락으로 떨어졌다고 생각한다. 무죄추정의 원칙이 지켜질 수가 없게 만들어놓는다.

죄의 유무를 가리기 전에 인간은 자신이 누려야 할 신체적

자유를 결코 훼손당해서는 안 된다. 이것이 인간에게 있어 가장 기본적인 인권인 것이다.

구속영장실질심사제 시행과 싸움의 서막

1996년 겨울, MBC 방송국 내 스튜디오 일각.

사회자 안녕하십니까, 시청자 여러분. 최근 검찰과 사법부 간의 알력이 심각하다고 하는데요. 내년부터 시행될 영장실질심사제 때문이라고 합니다. 도대체 영장실질심사제는 무엇이며, 또 왜 서로 간 의견 차이가 심한지 오늘 패널들을 모시고 함께 의견 나눠보도록 하겠습니다. 오늘 이 자리에 패널로 나온 분은 A 판사와 B 검사입니다. 우선 영장실질심사제가 무슨 제도인지 시청자 여러분에게 말씀해주시죠.

A 판사 영장실질심사제는 한마디로 피의자의 변명을 들어주는 제도입니다. 법관이 직접 피의자를 얼굴 대 얼굴로 대면하고 실질적으로 구속할지 안 할지를 결정하는 제도입니다.

사회자 그렇군요. 그런데 왜 지금, 이 제도가 시행되게 되었나요? 대체 그 배경이 무엇일까요?

A 판사 이제 우리나라도 고도산업사회로 진입하고 있습니다. 이제 국민 삶의 질에 눈을 돌리기 시작해야 한다는 거죠. 인신구속은 인권 보장에서 가장 중요한 첫 단추입니다. 인권

보장은 그 나라 민주주의 성숙도를 반영하는 가장 중요한 거울입니다.

사회자 인권보장이라, 정말 중요하고 의미 있는 제도인 것 같은데요. 검찰 쪽에서는 이 제도에 대하여 어떤 의견을 갖고 계시나요?

B 검사 네, 먼저 이 제도의 프로세스를 말씀드려야 할 것 같습니다. '피의자를 구속하려면 구속영장실질심사를 받아야 한다'입니다. 즉 구속을 해야 할지 불구속을 해야 할지 결정하는 심사죠. 법원에서 구속영장이 발부되면 피의자는 구속 수감되어 구치소로 넘어가 검찰 조사를 받은 뒤 검사가 기소 여부를 가리게 됩니다.

사회자 네, 그런 과정을 가지는 제도군요.

B 검사 그런데 이것은 수사 현장을 몰라도 너무 모르는 이상론입니다. 국민의 사법복지를 향상시킨다, 정말 좋은 취지죠. 하지만 실제 수사 현장은 이와 너무 다르거든요.

사회자 어떻게 다른가요?

B 검사 현실적 어려움을 모르고 하는 소리라는 겁니다.

사회자 현실적 어려움이라…….

B 검사 몇 달이나 잠복해서 겨우 잡은 용의자를 다시 실질심사를 받게 하기 위해 판사에게 데려가야 하는데, 두 명의 수사관이 판사에게 피의자를 데려가려면 그만큼의 인력이 필요합니다. 그런데 그럴 수 있는 여건이 되지 못합니다. 수사 인

력이 부족할 뿐만 아니라 실질심사를 받기 위해 수사관 두 명이 법원으로 가는 사이 실제 해야 할 수사는 그만큼 늦어질 수밖에 없는 거죠. 그것은 오히려 국민을 범죄에 노출시키고 국민 안전을 위협할 수도 있다는 이야기입니다.

A 판사 그거야 인력을 보충하면 되는 거 아닙니까? 국민 한 명 한 명의 인권을 위하는 길로 가는 것이 복지국가의 지향점입니다. 한 사람이 구속되면 그의 직장에서의 일은 물론이고 가정에서의 모든 역할도 중단됩니다. 한 사람의 죄 유무가 가려지기도 전에 한 사람을 이 세계로부터 완벽하게 죄인처럼 격리시키게 된다는 거죠.

B 검사 다 좋은데요. 너무 시기상조가 아닌가 한다는 점이죠. 한국의 여건상.

A 판사 1993년 한 해 구속자 수가 통계상 얼마가 나왔는지 아십니까?

B 검사 몇 명이었죠?

A 판사 그 한 해만 14만 명이 구속됐습니다. 경북 김천시 인구만 한 숫자가 구속된 셈이죠. 중소 도시의 인구가 어떻게 형사사건으로 구속될 수 있느냐 하는 것이죠. 1993년 기준 인구 10만 명당 구속자 수가 한국은 330명입니다. 일본은 69명, 독일은 61명. 한국은 일본과 독일에 비해 4~5배나 많습니다.

B 검사 일본이나 독일은 OECD, GDP 순위에서 우리보다 순

위가 높은 나라니 시스템이 훨씬 잘된 나라라 할 수 있지 않
겠습니까? 우리나라의 경우 피의자의 유치와 호송, 이런 것
을 담당할 인력과 예산 문제 등, 이런 것을 어떻게 감당할 것
이냐 하는 문제가 있죠.

이쯤 되자 사회자가 한 숨 돌려야겠다 생각한 모양이었다.

사회자 두 분 다 격렬한 입장이신 것 같은데 B 검사님은 혹시
이 제도와 관련한 질문이 있으신가요?

B 검사 당연히 있습니다. 모든 피의자들을 다 실질심사를 하겠
다고 하는데요. 그럼 살인범, 강간범, 강도, 현장범, 다 뻔한
사건인데 왜 다 부르려고 하냐는 겁니다.

A 판사 살인범도 변명을 들어보자는 것이 이 제도의 핵심입니
다. 외국의 경우 100프로 다 물어봅니다. 만약 살인범이라고
잡았는데 그가 살인범이 아니면 어떻게 하겠습니까?

B 검사 수사관과 검찰의 수사력에 대한 명백한 불신입니다!

A 판사 불신이 아닙니다. 1993년 기준 구속된 피의자 가운데
실제 재판에서 실형을 선고받은 사람은 4명 중 1명도 안 된
다는 통계입니다. 구속을 그렇게 남발하고 있는데 문제의 심
각성을 제대로 인식하지 못하고 있다는 거죠.

B 검사 물론 수사관이 신이 아닌 이상 완벽한 수사가 이루어지
긴 힘들겠죠. 영장실질심사제, 언젠가 우리나라가 해야 한다

는 것엔 저도 동의합니다. 하지만 단계별로 하자는 거죠. 영장이 청구된 사람 중에 판사가 고려해 30프로만 불러서 물어봐도 되지 않겠냐는 거죠. 100프로를 다 불러서 물어본다는 것은 인력 낭비입니다. 뿐만 아니라 수사의 속도를 늦추게 한다는 거죠. 그로 인해 한국의 치안은 그만큼 위험해질 수도 있습니다.

나는 각종 언론과 방송에 출연했다. 국민들에게 영장실질심사제를 설명하고 검찰을 설득하려 했다. 새로운 제도가 시행되는 데에 어쩔 수 없는 혼란이 야기될 수밖에 없었다.

1997년 1월 1일 영장실질심사제도가 시행되었다. 검찰과 경찰에서 난리가 났다. 1995년 도입 당시 모든 피의자를 대상으로 한 게 아니라 판사의 재량에 따라 선택적으로 운영할 수 있게끔 하자는 묵시적 합의를 했다고 검찰은 생각했다. 하지만 법원에서 원칙적으로 구속영장이 청구된 모든 피의자를 불러 심문했던 것이다.

1997년 시행에 앞서 1996년 12월 전국 영장전담판사 회의에서 영장 담당 판사들에게 이 제도의 취지와 시행 방법에 대하여 강의한 결과였다. 나는 영장 담당 판사들에게 모든 피의자들의 얼굴을 대면해야 한다고 역설했다. 구속영장을 청구하기만 하면 기록만 보고 그대로 승인해주는 방식이었다가, 이제는 꼬박꼬박 피의자 한 명당 경찰 두 명이 호송을 맡아 영장실질심사 법정으로 호송해 와야 했다. 애써 호송해 와도 영장이 발부될 확률은 낮아졌다. 기각률이 갑자기 뛰었던 것이다. 수사기관이 발칵 뒤집어졌다.

법원과 검찰 간의 치열한 싸움이 계속됐다. 나는 보고서와 논문을 계속해서 발표했다. 원고를 언론에 기고했다. 언론에서 검찰과의 신경전에도 계속해서 대응해야 했다.

법원행정처에 출근한 어느 날이었다. 이른 아침이었다. 전화가 울렸다.

"여보, 큰일 났어!"

아내였다.

"무슨 일이야?"

"아파트 현관문 앞에 누가 와 있어!"

"누가?"

"몰라. 그냥 소리를 지르고, 황정근 판사 나오라고, 죽이겠다고 난리야!"

"뭐어?"

며칠 전 일이 떠올랐다. 사무실로 계속 전화가 걸려왔다. 어떤 사내였다. 영장실질심사제가 자신이 생각하는 대한민국 혁명 과업에 방해가 된다는 거였다. 자신과 만나 논쟁을 벌이자는 거였다. 나는 아예 전화를 끊어버렸다. 내가 만나 주지 않자 이 사람이 집에까지 찾아간 것이다.

"여보, 애들이 학교도, 유치원도 못 가고 있어, 무서워 서……. 어떡해?"

아내는 겁에 질린 목소리였다.

'아이구, 뒷목이야.' 혈압이 마구 올라갔다.

아들은 초등학교를 가야 하고, 딸아이는 유치원에 가야 했 다. 그런데 신변의 위협을 느껴 집 밖에 나가지도 못하고 있 는 것이다.

화가 솟구치는 것을 겨우 진정했다. 심호흡을 한 뒤 말했다.

"일단 내가 파출소에 신고할 테니까 걱정 마. 계속 피핑 구 멍으로 그 인간 있나 없나 살펴보고 있어."

"어, 알았어."

아내를 진정시키고 목5동 파출소로 전화를 했다. 당장 집 으로 뛰어가고 싶었다. 하지만 법원 일이 산더미였다. 경찰 이 잘 해결해주리라 스스로를 안심시켰다.

나중에 아내의 후일담을 들었다. 경찰이 왔을 때쯤 그 사 람은 현관문 앞에서 사라지고 없더란다. 그 사이 아내는 사 시나무 떨듯 오들오들 떨고 있었다. 경찰의 호위를 받으며 아이들은 초등학교와 유치원으로 갔고, 아내도 아이들이 잘

도착하는 것을 보고 강의를 하러 갔다고 했다.

자칭 '혁명가'라고 하던 그 남자는 대한민국을 발전시키기
위한 자기만의 계획이 있다고 나중에 실토했다. 자신의 혁명
에 영장실질심사제는 방해가 된다고 했다.

나중에 사무실로 다시 전화가 왔다. 왜 우리 집까지 찾아
가 난리 치고 위협했냐고 따졌다. 그는 자기를 만나주지 않
아 집까지 찾아갔단다. 나는 그에게 사무실로 오라고 했다.
그가 찾아오자 설렁탕을 사주겠다고 달래며 식당으로 데려
갔다. 그는 순순히 따라왔다. 그는 자신의 혁명 계획을 장황
하게 늘어놓았다. 내가 보기에는 모두 황당하고 허황된 말들
이었다.

대개 혁명가와 망상가는 종이 한 장 차이니까.

소리만 크게 쳤지, 그는 몸도 쇠약했고 계획만 장황했다.
그는 자기 방식의 혁명을 해가며 삶의 시간을 건너가고 있었
다. 자신의 순수한 뜻(?)을 들어줄 누군가가 필요했던 것인
지도 모른다. 그는 '외로운' 자칭 혁명가였던 것이다.

설렁탕을 사주며 그의 이야기를 들어주고 있으니 그 남자
는 나중에 나를 추종하는 '팬'이 되었다.

나와 만나기 전에 그는 윤관 대법원장에게 『질책과 교시』
라는 소책자를 보냈다. 사비를 들여 대통령, 국무위원, 국회

의원, 판검사 모두에게도 소책자를 우송했다. 거기에 이렇게 적혀 있다.

실질적으로 당신 비서관인 송무심의관 황정근 판사 같은 이는 하라는 송무 업무는 제쳐두고, 당신의 총애를 받으며 전국 법원을 행정조직화하는……. 철딱서니 없이 공명심에 눈이 멀어 얕은 재주 믿고 설쳐대는 황정근 판사 같은 자…….

어쩌면 나도 그와 비슷한 종류의 사람일지도 모른다는 생각을 했다. 허황된 혁명가, 내가 하는 생각들, 내가 꿈꾸는 비전들은 늘 이 시대를 조금씩 앞서가고 있었으니까.

영장실질심사제가 그랬다. 약하고 억울한 사람들의 곁을 지켜주고 그들의 '눈물'을 닦아줘야 하는 것이 인권이고 법이라고 생각했다. 내 생각은 변함이 없다. 그러나 그런 내 생각이 실현되기에는 오랜 진통의 시간이 필요했다.

1997년 내내 검찰과 법원 간 치열한 공방이 계속됐다. 1999년 11월 5일 유엔 인권이사회(자유권규약위원회)는 한국정부의 제2차 보고서에 대한 최종 검토 의견 제13항에서, "피의자의 구금에 있어서 피의자의 신청이 있을 때에만 법관의 사법심사가 행하여지는 형사소송법은, 형사상 체포·억

류된 자는 누구나 즉시 법관 기타 사법관에게 인치되어야 한다고 규정한 자유권규약 제9조 제3항과 합치되지 아니한다"고 지적했다.

2003년에는 검찰청 내 피의자 독직폭행치사 사건이 있었다. 검찰청에서 피의자가 폭행으로 죽고 말았다.

또 위 2차 보고서에서 정한 3차 보고서 제출 시한이 2003년 10월 31일로 다가왔다. 법무부는 그제야 필수적 심문제 입법 추진을 하기 시작했다.

이 같은 우여곡절을 거쳐 2008년부터 구속영장실질심사는 100퍼센트 심문이 이루어지게 되었다. 노무현 대통령 때의 일이다. 대단한 일이었다.

장장 11년이 걸렸다. 영장실질심사제가 완전히 정착하는 데 11년이 걸렸다.

11년 전에는 그렇게 저항이 컸던 제도가 지금 현재는 그 누구도 이 제도에 대해 시비를 걸지 않는다. 제도 도입 후 20년간 구속자 수는 5분의 1 수준으로 줄어들었다. 엄청난 변화였다.

인권을 향한 제도는 그런 것이다.

70년 전(1950, 60년대)만 해도 흑인과 백인이 같은 버스를 어떻게 탈 수 있냐고 백인들이 항의했다. 같은 식당에 들어갈 수도, 같은 학교에서 교육을 받을 수도 없었다. 화장실도 마찬가지였다.

여성들이 투표권을 갖게 된 것도 120여 년밖에 되지 않는다. 여성에게 최초로 참정권이 주어진 때는 1893년, 뉴질랜드에서였다. 그 전에 여성에게 참정권은 아예 없었다.

지금은 너무나 당연한 제도이고 문화다. 하지만 불과 몇십 년, 몇백 년 전만 해도 커다란 저항에 부닥칠 수밖에 없었다.

인권을 위한 제도는 혁명과 같은 것이다. 현실을 뒤집는 것이기 때문이다. 급격한 변화는 늘 반대에 부닥칠 수밖에 없다.

나의 판단과 결정들도 대개 시대와 불화를 겪곤 했다. 아내는 그것이 선견지명을 가진 자의 운명이라고 했다. 현실과 늘 싸워야 하는 운명.

그런 운명으로 인해 나는 또 시대와 불화할 수밖에 없는 일에 봉착했다.

2001년이었다.

누가 그들을 학살했나?—거창민간인학살사건의 진실

1950년, 한국전쟁 발발 후 인천상륙작전이 전개되자 인민

군의 북상이 차단되었다. 패잔병들은 지리산 등 산악 일대에 지방 빨치산 세력(남해여단)과 합세하여 지리산 주변 민가에서 식량을 조달하며 후방 교란작전을 시작했다.

1950년 12월 초, 육군본부.

참모 (격앙된 목소리로) 총장님! 안 됩니다! 제11사단은 신설 부대잖습니까? 훈련도 제대로 하지 못한 부댑니다. 대(對) 게릴라전에 대한 경험도 부족합니다.

육군참모총장 (고함을 치며) 11사단은 첨부터 공비 소탕을 위해 만든 부대다. 공비 소탕을 위해서 어쩔 수 없어. 지금은 전시 야, 전시. 모르겠어?

참모 작전지역도 광범위합니다. 부족한 병력으로 공비 토벌 작전을 효율적으로 수행하기 곤란합니다.

육군참모총장 11사단장 최○○ 준장이 토벌 작전 기본방침을 세웠어. 일단 오늘부로 11사단 사령부를 전남 남원에 두고, 예하 부대로 전북 전주에 13연대, 광주에 20연대, 경남 진주에 9연대를 배치한다. 9연대는 예하 부대로 경남 함양군에 1대대, 경남 하동군에 2대대, 경남 거창군에 3대대를 배치한다.

1950년 12월 5일, 제11사단 막사 안.

(막사 안에는 대령과 중령들이 모여 있다.)

최○○ 준장 (대령과 중령들을 향해) 공비 토벌 작전은 '견벽청야(堅壁淸野)'다. 즉 반드시 확보해야 할 전략거점은 확실하게 확보하고 부득이 포기하는 지역은 인원과 물자를 철수해서 적이 이용할 수 있는 모든 것을 없애는 작전이다. 적이 발붙일 수 없는 빈 들판만 남겨둔다는 거다.

(그때 전보 쪽지를 황급히 들고 들어오는 통신병. 전보를 읽는 최 준장은 인상을 구긴다.)

최○○ 준장 (목소리 높아지며) 뭐야? 이 빨갱이 새끼들!

대령과 중령들 (굳어지며) 뭡니까?

최○○ 준장 (인상을 구기며) 거창 신원면이 빨치산에게 떨어졌다. 경찰서가 습격당했다. 거창 경찰력으로 수복이 아무래도 힘들겠다는데…….

(대령과 중령들 일제히 심하게 굳어진다.)

최○○ 준장 안 되겠어. 오○○ 중령, 자네가 9연대를 이끌고 간다. 거창, 다시 수복해야 한다! 알겠나?

오○○ 중령 네, 알겠습니다!

1951년 2월 초순, 9연대 막사.

오○○ 중령 (모여 있는 대대장들을 둘러보며) 지금부터 함양, 거창, 산청 등 지리산 남부에 출몰하는 공비 소탕을 위해 연대 합동작전을 실시하기로 한다. 함양의 제1대대(대대장 이○○ 소령), 하동의 제2대대(대대장 임○○ 소령), 거창의 제3대대(대대장 한○○ 소령)가 각각 담당 지역에 있는 공비를 소탕한다. 산청 방면으로 진격하여 지리산 남부에서 합동작전을 펴기로 한다. 알겠나?

대대장들 (함께 큰 소리로) 네!

오○○ 중령 작전 개시에 앞서 사단 사령부에서 내려온 기본방침을 하달한다. 기본방침은 '견벽청야'다.

이○○ 소령 구체적으로 어떤 작전입니까?

오○○ 중령 적의 손에 있는 사람은 전원 총살한다. 작전 수행 중 미수복 지역에 남아 있는 주민은 적으로 간주, 총살한다.[*]

한○○ 소령 중령님, 그건, 너무…….

오○○ 중령 지금 무슨 소리 하는 거야! 공비를 도와준 주민도 공비와 같다! 그래서 경찰들이 당하는 거다, 경찰들이!

1951년 2월 8일, 산청 3대대 막사.

오○○ 중령 (얼굴이 벌겋게 상기돼 한 소령을 노려보며) 이 새끼야, 정신을 어디다 갖다 처박아놨어! 너 땜에 신원면에 있던 경찰, 청년의용대 다 당했어! 어제 신원면 탐문할 때 공비가 한 명도 없었다면서?

한○○ 소령 어제 행군에서 못 봤습니다.

9연대장 오○○ 대령 (한 소령의 따귀를 때리고 정강이를 계속 걸어차며) 새끼야, 눈을 어디에 처박아놓은 거야! 공비가 없다

---

[*] 오○○ 중령이 이렇게 말했다는 다른 이의 증언이 있지만 분명하지는 않다.

해서 어제 경찰하구 청년의용대를 신원면에 남겨둔 거였잖아. 그런데 다 몰살당하게 해? 니가 작전만 제대로 했어봐. 공비들이 주민 도움 받아 신원면을 습격했겠어? 왜 작전명령대로 하지 않는 거야? 죽고 싶어?*

\#1951년 2월 9일 새벽, 거창 신원면 일각.

한○○ **소령** (대대원들을 보며) 우리 3대대 병력은 공비 토벌을 위해 신원면으로 돌아간다.

(신원면 덕산리 청연마을 78세대 민가에 불을 지르는 군인들. 주민 80여 명을 눈이 쌓인 마을 앞 논으로 강제로 끌어내는 군인들. 군용 무기로 무차별 사살한다.)

(E) (총소리) 다다다다닥…….

(E) (비명 소리) 아아악…….

(사람들이 지푸라기처럼 힘없이 눈 위로 쓰러진다. 피비린내와 비명 소리와 총소리가 진동을 한다. 남루한 한 아낙도 쓰러지는데, 아낙의 시체 아래에 살아남은 아홉 살짜리 남자아이가 보인다.)

문○○ (숨 죽여 목메어 울며) 엄마, 엄마…….

(총알 세례가 퍼붓는 아비규환의 허연 연기 속에서 엄마의 시체 아래서 울고 있는 남자아이 문○○.)

---

* 오 중령이 이와 같이 말했다고 하는데, 이 또한 증명될 수는 없다.

1951년 2월 10일 저녁, 신원면 소재지 일각.

한○○ 대령 과정리, 중유리, 대현리, 와룡리에 있는 주민들을 모두 면 소재지로 집결시킨다.

(주민들이 끌려 나오고, 군인들은 과정리, 중유리, 대현리, 와룡리에 병력을 투입해 전 민가를 방화한다.)

(E) 아악, 우리 집이 불탄다!

(주민들, 군인들에게 끌려가면서 뒤를 돌아보며 소리 내어 운다.)

(어둠이 살짝 내린 저녁, 한 소령이 눈짓을 한다. 군인들은 대열을 이뤄 끌려가던 주민 중 노약자 20여 명을 강변도로에서 사살한다. 다시 소령이 눈짓을 하고, 군인들은 뒤에서 끌려가는 노약자, 부녀자, 어린이들 100여 명을 신원면 대현리 탄량골 계곡에서 몰살한다. 군용 무기로 무차별 사살한 후 확인 사살하고 나뭇가지로 덮고 기름을 뿌려 불을 지른다.)

1951년 2월 11일 오후, 신원초등학교 내 일각.

한○○ 소령 어제 집결하지 못한 주민들 다 모은 거 맞나?

병사 네, 대대장님!

한○○ 소령 총 몇 명인가?

병사 과정리, 중유리 전 주민과 대현리, 와룡리 주민 모두 1,000명입니다! 모두 학교 안에 수용해뒀습니다!

한○○ 소령 이제 용공분자와 아닌 사람을 분류한다. 알겠나?

병사 넷!

(군인들은 군인 가족, 경찰 가족, 공무원 가족, 청년당원 가족을 분류하여 귀가시키고, 남은 540여 명의 주민들은 두려움에 떨며 학교 뒤 박산 골짜기로 끌려간다.)

같은 날, 신원초등학교에서 700미터 떨어진 박산 골짜기.
(산골짜기 아래에서 울고 있는 어린애들, 아낙과 영감들 등 500여 명의 주민들이 두려움에 떨며 서로를 부여잡고 서 있다. 군인들은 골짜기 위에서 이들을 에워싼 채 총을 겨누고 있다.)

군인 1 (골짜기 아래서 오들오들 떨고 있는 주민들을 내려다보며) 의이, 저기 너, 나와. 그리고 너, 나와.

(청년 12명이 골짜기 위로 불려 나오고, 그들이 다 밖으로 나오자 군인들은 골짜기 아래에 남아 있는 주민들을 향해 기관총과 개인 총기로 무차별 사살한다.)

(E) 다다다닥…….

(E) 아아아악…….

(허연 포화 연기가 피어나고, 아비규환의 현장은 비명 소리와 총 소리, 화약내와 피비린내로 진동한다.)

군인 1 (무서워 떨고 있는 12명의 청년에게) 동네 사람들 얼굴 다 알지? 빨갱이들, 다 죽었는지 확인해봐!

(군인들은 총구로 12명의 청년들을 위협하며 골짜기로 내려가라고 명령하고, 청년들은 하는 수없이 골짜기 아래로 내려가 일일이 죽었는지 확인한다.)

청년 1 다 죽었심더!

청년 2 여기도 다 죽은 것 같심더!

(그러자 청년들을 향해 총알 세례가 쏟아진다.)

(E) 다다다닥…….

(E) 아아아악…….

(다시 비명 소리가 들리고, 구사일생처럼 청년 중 하나가 골짜기에서 기어 나오는데, 골짜기 밖까지 도망치듯 뛰어 올라온 청년은 군인들을 향해 무릎을 꿇고 부들부들 떤다.)

청년 (무릎을 꿇고 머리를 조아리며) 아이고 선상님, 목숨만 살려주이소. 살려주이소. 이 은혜 절대로 잊지 않겠심더.

군인 1 (콧방귀를 끼며) 이거 어떡하지? 너만 살려주면, 그럼…… (골짜기 시체를 총구로 휙 가리키며) 이걸 나불대면 우짜라고.

(군인 1이 청년에게 총구를 들이대자 청년은 더욱 오들오들 떨며 머리를 땅에 처박고 애원한다.)

청년 (부들부들 떨며) 절대, 절대로 발설하지 않겠심더.

(군인 1이 방아쇠를 당기려는 순간, 그 총구를 치우는 손. 돌아보는 군인 1. 군인 2다.)

군인 2 중사, 이 사람은 살려주지!

군인 1 안 됩니다, 상사님!

군인 2 (골짜기 시체를 총구로 가리키며) 이 사람들이 다 무슨 잘못이겠어? 총부리로 위협해서 어쩔 수 없이 부역한 사람

들 아니겠어? 이자도 그런 사람 중 하나일 뿐이야. 그만 내
려가자구!

(군인 1은 어쩔 수 없이 군인 2를 따른다. 군인 1은 절대로 발설하
면 안 된다고 위협하는 것도 잊지 않고 말한다. 이어서 군인들 모
두 골짜기 아래로 내려간다. 겨우 목숨을 구한 청년은 군인들이 돌
아간 후 숨죽여 목메어 운다.)

2001년 4월 13일, 비행기(D, 실내).

(자막: 50년 후.)

(현장검증을 하는 날, 서울에서 사천공항으로 향하는 비행기 안.
비행기 창문 아래를 내려다보는 황정근 부장판사. 뿌연 운무 속에
서 더 넓은 푸른 산맥으로 이어져 있는 산하가 눈에 들어온다.)

(N) 당시 나는 창원지방법원 진주지원 부장판사였다. 주말은
서울 가족들과 보내고 월요일 아침이면 진주로 내려가기 위
해 비행기를 타곤 했다. (창 아래를 내려다보며) 이렇게 아름
다운 산하에서 그렇게 끔찍한 사건이 일어났다니. 믿을 수
없었다.

"판사님은 대한민국 역사상 거창민간인학살 현장에 첨으로 온 공무원입니더!"

2001년 4월 13일 오후.

창원지법 진주지원 민사합의부 부장판사(황정근)와 배석 판사 두 명과 예비판사와 참여계장, 이렇게 다섯 명을 태운 자동차가 거창군 신원면에 들어서고 있었다.

마을 입구는 이미 사람들로 가득 차 있었다. 피켓을 든 유족들과 유족 대표가 띠를 두르고 시위를 하고 있었다. 그들은 보상입법을 요구했다. 군청 관계자와 현장을 정리하는 경찰관들, 방송 카메라와 기자들, 『경남일보』 등 지방지 기자들, 신원면 주민들, 정주환 거창군수도 나와 있었다. 그야말로 인산인해였다.

나는 거창군수와 인사를 했다. 그리고 유족 측 소송대리를 맡은 박준석 변호사를 불렀다. 현장검증을 해야 하니 유족들이 피켓을 내려놓고 조용하게 해달라고 부탁을 했다. 박 변호사는 그리하겠다며 고개를 끄덕였다.

먼저 합동묘소 및 위령탑에 가서 참배했다. 청연부락, 탄량골, 박산골의 학살 현장을 순서대로 둘러보았다. 당시 아홉 살 소년으로 유일하게 살아남았다는 문○○ 씨가 현장에서 생생하게 설명을 해주었다.

그때 유족 중 나이든 아주머니가 내게 급하게 다가왔다. 손을 붙잡았다. 주변 군청 관계자들이 막아서는데도 막무가내였다.

"아이고 판사님, 고맙심더. 고맙심더. 판사님은 대한민국 역사상 이 현장에 첨 온 공무원입니더."

가슴이 아팠다. 그동안 대한민국 어떤 공무원도 현장에 와보지 않았다. 그만큼 방치되어 있었다. 학살 현장에 오게 되면 빨갱이라도 된다고 생각했던 것이었을까? 그러는 사이 유족들은 50년 동안 빨갱이로 손가락질을 받으며 숨어 살 수밖에 없었다.

"판사님예, 우리 한을 꼭 풀어줘야 합니더. 꼭예."

슬픈 역사였다. 자그마치 514명의 생명이었다.

군이 현장검증을 할 필요는 없었다. 하지만 사건 현장을 눈으로 확인하고 목격자의 생생한 증언을 듣는 것은 사안의 실체를 파악하는 데 유용할 거라 생각했다. 유족들의 심정도 헤아릴 수 있겠다 생각했다. 이들의 한을 신원(伸寃)해주어야 한다고 생각했다.

그날의 현장검증은 『한겨레신문』과 『경남일보』에 보도되었다. 2001년 5월 15일 KBS창원방송 〈현장기록 21〉에도 보도되었다. 이 사건의 진실 규명에 대한 의지를 다루었다.

관련자 증언을 듣고 2001년 8월 24일 변론이 종결되었다. 사건 기록과 관련 자료는 방대했다. 충분한 법리 검토가 필요했다. 선고기일은 두 달여 후인 10월 26일로 지정했다.

나는 관사인 진주시 신안동 흥한스위트 아파트로 돌아왔다. 책상 위 스탠드 등을 켰다. 일기를 써 내려 가기 시작했다.

2001년 9월 26일

한 달 후 10월 26일에는 거창민간인학살사건 유족들이 제기한 손해배상사건에 대해 역사적인 판결을 해야 한다. 한 달밖에 안 남았다. 준비를 철저히 해야 한다.

'바람 부는 벌판에 외롭게 서서 옳은 판단을 하려고 최선을 다하는, 역사 앞에 자신을 내던지는, 마음을 비운 법관만이 강해질 수 있다.'

'사회정의에 대한 치열한 고뇌와 상식을 존중하는 고도의 균형감각이 필요하다.'

판결의 기본 방향은 다음 두 가지다.

'첫째, 거창민간인학살사건의 실체적 진실을 역사로 쓰는 기분으로 파악·정리하고〔진상규명 및 신원(伸寃)〕,

둘째, 학살사건 이후의 계속적인 인권 침해 상황과 국가의 보호의무위반을 인정하여 유족들의 상식적인 정서를 반영하기 위한 법원의 노력과 의지를 드러내야 한다.'

시간이 흘러가고 있었다.

배석판사 두 명과 함께 고심하며 판결의 방향을 잡아나갔다. 민법상 이 사건에서 소멸시효가 완성된 손해배상 청구권을 부활시키는 문제는 국회의 특별법 제정으로 해결할 수밖에 없다고 생각했다.

다만 유족들의 정신적 고통에 대한 위자료 청구는 받아들였다. 이 부분에 대한 판결문 일부다.

(1) 비무장 민간인에 대하여 조직적으로 군사력을 동원하여 그 생명권을 집단적으로 침해하는 이른바 민간인학살 사건은, 그 가해자가 한 개인이 아니라 국민에 대하여 우월한 지위를 가지는 국가 자신이므로, 이러한 민간인학살행위에 대하여, 국가는 학살사건 이후에 적어도, 첫째, 민간인학살행위의 진상을 공식적으로 규명하고, 둘째, 희생자의 명예를 회복시켜주고 적절한 배상을 하며, 셋째, 학살의 책임자를 처벌하고, 넷째, 재발방지책을 마련할 의무를 진다고 할 것이다. 또한, 국가는 그 구성원인 국민의 생명권을 보호할 의무가 있으므로(헌법 제10조 참조), 국가공권력에 의한 조직적인 민간인학살행위로 인하여 국민의 생명이 집단적으로 침해되었을 경우에, 국민은 국가에 대하여 그 진상을 밝힐 것을 요구할 권리(신원권 내지 알 권리)와, 그 희생자들에 대한 명예회복, 손해배상, 재발방지를 위한 사후조치를 취할

것을 요구할 권리가 있다고 할 것이다. 만약 국가가 국민에 대한 위와 같은 보호의무를 다하지 아니한 결과, 희생자들에 대하여 피해를 발생시킨 것에 그치지 아니하고, 살아남은 피해자나 그 유족들에 대하여도 파생된 권리 침해를 계속적으로 야기하는 경우에는, 이로 인한 정신적 고통에 대하여 위자료를 지급할 의무가 있다고 보아야 할 것이다.

(2) 위 인정사실에 의하면, 거창사건은 그 당시가 전쟁 상황이었음을 감안하더라도 피고 예하 국군이 전쟁의 당사자가 아닌 비무장 민간인에 대하여 조직적으로 군사력을 동원하여 그 생명권을 집단적으로 침해한 전형적인 '민간인학살 사건'이라 할 것인데, 위에서 본 바와 같이 피고는 지금까지 거창사건의 진상을 공식적으로 규명하지 아니하였거나 진상을 밝히려는 노력을 제대로 기울이지 아니하였고, 나아가 거창사건 희생자들에 대한 명예회복이나 손해배상에 관한 국가의 보호조치 등을 소홀히 함으로써 희생자 유족들의 신원권 내지 알 권리 및 희생자들에 대한 명예회복, 손해배상, 재발방지를 위한 사후조치를 취할 것을 요구할 권리 등을 계속적으로 침해하여 거창사건 유족들에게 정신적인 고통을 입게 하였다고 할 것이므로, 피고는 위와 같은 권리 내지 법적 이익의 침해로 인한 유족들 고유의 손해에 대하여 금전 지급으로나마 위자할 의무가 있다.

『경남일보』는 당시 판결을 이렇게 적고 있다.

마침내 50년 만에 6·25전쟁 당시 숨진 양민들의 명예가
회복됐다. (중략) 지난 1951년 학살사건이 발생한 지 50여년
만에 비로소 양민 학살에 대한 대한민국 법원의 공식적이고
올바른 판단이 내려진 것이다.

이렇게 해서 망자의 한을 달래줄 수 있었다.

뿌듯한 마음이었다. 보람이 느껴졌다.

그러나 거창민간인학살사건 손해배상 판결은 항소심 부산
고등법원에서 취소되었다.

아, 역시 나는 너무 앞서가는 것인가. 일개 판사로서 저 거
대한 역사에 대한 판결을 겁도 없이 내리려 했던 것인가. 약
간의 자괴감에 빠졌다.

그때 한 통의 전화를 받았다. 서울대 법대 한인섭 교수였다.

"황 판사, 거창민간인학살사건 판결문을 좀 받아보고 싶
습니다."

그는 거창사건특별법 개정 운동을 하고 있었다. 거창사건
에 대해 국가가 보상을 해주어야 한다는 내용의 특별법이었
다. 흔쾌히 판결문을 보내주었다.

보상입법이 만들어지는 데 조금이라도 보탬이 되었으면
하는 바람이었다.

그러나 내 예상은 다시 어긋나고 말았다.

2008년 5월 29일 대법원은 원고들의 상고를 기각했다 (2004다33469). 나의 1심 판결은 결국 대법원의 지지를 받지 못했다. 그렇게 종결되었다.

피고가 소멸시효 완성을 주장하는 것이 현저히 부당하거나 불공평하게 되는 경우에 해당한다고 보기 어렵고, 현 단계에서 거창사건에 관한 국가의 후속 조치는 국민 전체의 여론과 국가 재정, 유사사건의 처리문제 등 제반 사정을 종합적으로 고려한 입법정책적 판단에 근거하여 이루어져야 하는 것으로서, 이러한 입법이 선행되지 아니한 상태에서 법원이 법리적인 문제점을 초월하여 우리 헌법상 권력분립원칙에 위배되는 판단을 할 수 없고, 이러한 취지에서 피고의 소멸시효 항변을 받아들인 원심판결은 정당하다.

그러나 대법원은, 1949년 문경지역 민간인학살사건에 대해 새로운 판결을 내놓았다. 2011년 9월 8일이었다. "민간인학살사건과 관련하여 국가가 소멸시효 완성의 항변을 하여 그 손해배상채무의 이행을 거절하는 것은 현저히 부당하여 신의칙에 반하는 것으로서 허용될 수 없다"고 판시한 것이다.

이에 힘입어 1차 소송에 참여하지 않았던 거창사건 유족 여섯 명이 다시 소송을 제기했다.

제1심에서는 패소했다. 하지만 부산고등법원 제6민사부 (신광렬 재판장, 판사 박준용, 문상배)는 2012년 11월 22일 국가가 손해배상책임이 있다는 판결을 선고했다.

내가 판결했던 2001년 10월 26일로부터 딱 11년이 흘렀다.

어제의 소수의견이 오늘의 다수의견이 될 수 있고, 오늘의 소수의견이 내일의 다수의견이 될 수 있는 것이다.

그러니까 나는 10여 년을 앞서서 판결을 내린 셈이다. 그렇게 나는 시대와 불화했다.

법관은 시대가 지켜야 할 원칙과 상식을 고수하는 마지막 보루가 되어야 한다고 배웠다. 그런데 나의 판결은 늘 시대에 앞서갔다. 시대와 대결했다. 이 시대를 바꾸기를 원하는 판결이었다. 미래를 바꾸는 판결, 나는 그런 판결을 하고 싶었다.

미국 대법관은 현실을 바꾸어가는 판결을 내리곤 한다. 그런데 당시 나는 한국의 말단 판사였다. 대법관도 아니면서 그런 꿈을 꾸고 있었다.

나는 시대를 앞서가려 했고 더 먼 미래를 보고자 했다.

그것이 결국 새로운 문으로 들어서게 하는 계기가 되었다.

나는 그 문을 결국 열고 말았다.

차라리 LA모텔로 가자

"여보야, 우리 라스베가스는 못 가봤지만……."

"……."

"LA모텔에서 자니까 뭔가 LA 온 거 같지 않아?"

"흥, 무슨 전봇대로 이 쑤시는 얘기야? 여길 보고도 그런 얘기가 나와?"

아내는 철문으로 된 화장실 문 안쪽을 가리키며 말했다.

아닌 게 아니라 욕실 타일이 군데군데 깨져 있었다. 구석으로 검은 물때까지 끼어 있었다. 보기만 해도 역했다.

침대보는 요란한 꽃무늬였지만 낡아 변색이 되어 있었다. 한눈에 알 수 있었다. 누런 장판지 위 화장대 문갑과 텔레비전은 유행이 한참 지나 보였다. 조그만 흰 냉장고는 한쪽 귀퉁이에서 웅웅거리고 있었다. 운동회 날 엄마가 오지 않아 공터에 남아 울고 있는 초등학생 같았다.

아내는 1998년 3월 평택대학교 국어국문학과 전임교수로 발령을 받았다. 몇 달이 지나 우리 식구는 모두 서울 목동에서 평택으로 이사를 갔다. 우리 집 꼬마들은 평택 소사벌초등학교 4학년과 1학년으로 전학을 갔다. 나는 평택에서 서초동 서울고등법원으로 출퇴근을 했다.

그렇게 평택과 서초동 법원을 왔다 갔다 하며 피곤한 출퇴근을 하던 중에 내게도 기회가 왔다.

술을 많이 마시고 기차도 버스도 다 끊어졌을 때 나는 법원 근처에서 잠을 잤다. 그곳이 LA모텔이었다. '예술의 전당'에서 법원 쪽으로 올라가다 오른쪽 대로변 좁은 골목길로 들어서면 골목 끝에 그 모텔이 있었다. 난 점점 단골이 되어 갔다. 그만큼 술 마시는 일도 잦아졌다.

어느 날 아내가 서울에 일이 있어 올라온 적이 있었다. 우리는 함께 남부터미널에서 평택 갈 버스를 탈 요량이었다. 하지만 술자리가 늦어졌다. 내가 아내와 만났을 땐 이미 막차가 끊어진 후였다.

인적마저 드문 예술의 전당 앞 대로변이었다. 어쩔 수 없이 함께 밤을 보낼 수밖에 없는 처지가 되고 말았다. 난 이미 혀가 꼬여 있었다. 결혼 전 남녀도 아니지만 아내는 모텔 앞에서 한참을 망설이며 주저했다. 무슨 부부간에 내외를 하는 건지.

아무리 계산해도 평택까지 갈 택시비 5만 원보다야 모텔비 2만 원이 더 싸다고 판단한 아내는 어쩔 수 없이 내키지 않았지만 나의 단골집으로 들어서고 말았다.

마마스앤파파스의 〈캘리포니아 드림〉까지 기대한 건 아니다. 하지만 따뜻하고 온화한 LA에 대한 드림을 꿈꿀 만도 한 모텔이라 생각했다. 하지만 술이 만취가 돼서 들어간 모텔과 아내와 함께 들어간 모텔은 같은 모텔인데도 달라도 한참은 달랐다.

모텔 방으로 들어온 아내는 아연실색을 했다. '비록 판사 월급이래 봤자 얼마 안 되지만 이런 데서 꼭 자야겠어?' 하는 눈빛이었다.

오래된 담배 냄새가 퀴퀴하게 묻어나고 있었고, 두꺼운 암막 커튼이 조그만 유리창을 가리고 있었다. 하지만 나는 커튼을 차마 열기가 무서웠다. 환기라도 시킬 요량으로 유리창 문을 열었다가 풍경은커녕 창 바로 앞에 옆 건물의 벽이 떡하니 가로막고 있는 것은 아닐까 하는 불안감이 압도했다.

술이 다 확 깼다.

나는 이 찜찜한 분위기를 상쇄시키려는 듯 애써 명랑한 척했다. 그래도 밖은 화사하고 따사로운 봄밤이 아닌가. 낭만적인 봄밤에 부부끼리 서초동 모텔에 들어왔으면 뭔가 그래도 여자와 남자가 만나 세상에서 할 만한 가장 낭만적인 일을 벌일 만도 했다.

봄날의 생기와 충동으로 나는 아내의 입술 가까이 내 입을 대며 흥분된 콧김을 내뿜고 있었다. 한 손으로 아내의 티 속으로 손을 집어넣어 젖가슴을 만졌다. 창문 틈으로 들어온 달빛 속에서 더욱 풍성하게 보이는 가슴이었다. 한 손으로는 허리를 감싸 안은 채 검고 매끄럽게 반짝이는 허벅지를 껴안았다.

"어딜 만져?"

아내는 어이없다는 듯 나를 대번에 밀어냈다.

"아 좀! 가만있어봐!"

하면서 두 번째 공습을 시도했다.

하지만 이내 폭탄 투하도 하지 못하고 나는 나가떨어졌다. 세 번째 공습 시도에 아내가 힘껏 나를 밀어낸 것이다. 쿵, 어이없게 침대 아래로 나가떨어지고 말았다.

"밑에서 자! 올라오기만 해봐!"

아내는 소리를 빽 지르곤 침대 밑으로 베개를 던져주었다.

이 어이없는 현실이 대한민국 판사의 밤의 현실이었다. 생각하니 어이가 없었다. 공무원 월급이 얼마 안 돼서 이런 모텔에서 자게 됐지만, 그래도 바퀴벌레가 나오는 여관은 아니지 않은가. 방 따습고 온수 나오고, 담배 냄새가 진동을 하긴 하지만 잠은 잘 만한 방이다. 그렇게 생각했다. 당장 침대 위로 다시 올라가 목덜미라도 세게 빨며 아내를 유혹할 생각이었지만 이내 체념했다. 몸도 피곤했고 따뜻한 방바닥에 누우니 몸이 나른해졌다.

어디선가 아내의 콧노래 소리가 들렸다. 아, 여기가 어디지? 졸린 눈을 떴다. 벌써 창밖은 훤해져 있었다. 벌써 아침이야? 기지개를 켜다 천장을 보는 순간 '아악' 하고 소리를 지르고 말았다. 천장은 러브모텔처럼 온통 거울로 도배가 돼 있었다. 여기가 어디지? 아픈 관자놀이를 누르며 인상을 쓰자 이내 정신이 돌아왔다.

그렇구나 LA모텔. 어제 아내와 같이 이곳에 들어왔지.

"뭐해? 출근해야 되는 거 아니야?"

어제와 딴판이었다. 아내는 허밍을 하며 화장대 앞에 앉아 스킨과 로션을 척척 바르고 있었다.

이거 뭐지? 이 요상한 분위기는? 어제 나는 분명히 침대 아래서 자고 있었는데.

어느새 나는 침대 위에 올라가 있었다. 그러자 단편적인 기억들이 스쳐갔다. 새벽녘이었나? 창가에서 하얀 새의 깃털처럼 여명이 새어 들어오는 듯도 했던 것 같다.

나는 침대 위로 올라가 있었다. 어느 순간 아내가 내 위로 올라와 장난스럽게 나를 내려다보고 있었다. 그 깊은 눈동자. 나의 내면의 깊은 아래까지 다 훑을 듯이 지긋이 나를 바라보던 동그란 눈동자. 그것은 새벽의 별 같기도 했다. 그리고 아내의 탐스런 엉덩이를 내가 끌어안았던가. 거기까지 생각하자 물 밑에 가라앉아 있던 기억들이 물 표면 위로 솟아올라오기 시작했다. 나는 깜짝 놀라 이불을 들추어 내 아래를 내려다보았다.

악, 세상에. 이럴 수가.

뭔가 당했다는 생각이 들기 시작했다. 민망해서 몇 번 헛기침을 하며 일어나려 하는데, 도대체 내 사각팬티가 보이질 않았다. 두리번거리는 걸 눈치챘는지 아내가 휙 돌아오며 씽긋 웃었다.

"혹시 이거 찾아?"

파란 줄무늬가 망사처럼 얽혀 있는 헝겊 쪼가리를 휙 던졌다. 내 사각팬티였다.

아내가 어이없다는 표정으로 입꼬리 한쪽을 올리며 웃었다.

"왜 그래? 부부간에 내외야? 그냥 나와서 팬티 입어도 돼."

"으응……."

왜 그랬는지 나는 아내의 눈을 피해 팬티를 입었다. 동네 누나에게 동정을 뺏긴 10대 고등학생처럼 쭈뼛거리고 있는데 마침 그 어색한 분위기를 전환이라도 시켜주듯 전화벨이 울렸다.

침대 바로 옆 테이블 위에 놓인 전화를 받았다.

"여, 여보세요?"

"××××번 차 주인이슈?"

모텔 주인이었다. 자동차 주인이면 차를 빼달라는 거였다. 나는 아니라고 말하고 전화를 끊었다. 뒤돌아서려는데 또 전화가 울렸다.

'뭐야? 또 차 빼달라는?'

하는데 이번에는 내 휴대폰에서 나는 소리였다. 화장대 앞에 앉은 아내가 돌아보며 안 받고 뭐 하느냐는 듯 흘낏 눈치를 주었다. 자기 앞에서 받아선 안 되는 애인 전화라도 되는 거야? 하는 표정이었다. 화장대 거울 속에서 나를 지켜보고 있었다. 나는 조심스럽게 전화기를 잡았다.

"여보세요?…… 아, 아, 형님!"

그날 내가 받은 전화는 내 인생을 바꿔놓는 전화였다. 담배 냄새 찌든 조그만 삼류 모텔방에서, 흥얼거리는 아내 등 뒤에서, 쭈뼛거리며 사각팬티와 흰 난닝구를 입고 있던 남자에게는.

"나, 타임 루프*에 빠진 거야?"

청담동, 바텐더가 있는 이자카야.

벽 장식으로 걸린 일본풍의 커다란 부채가 노란 조명 속에

---

* 타임 루프(Time loop)는 주인공 혹은 출연하는 인물들이 반복되는 특정 시간대에 갇히는 것, 즉 똑같거나 비슷한 일을 여러 번 반복하며 사건을 풀어나가는 것을 말한다.

서 화려하게 빛을 뿜어내고 있었다. 높고 흰 조리사 모자를 쓴 일식 셰프는 나무찜기 속 촛물로 지은 밥으로 연신 초밥을 만들었다. 접시에 담아 우리 쪽으로 하나씩 내놓았다.

나를 불러낸 것은 선배 변호사였다. 나무테이블을 앞에 두고 나란히 앉은 내게 그가 먼저 술을 따르며 말했다.

"황 부장, 이제 법원, 나올 때도 된 거 아니야?"

"무슨 말입니까, 형님?"

"우리 회사로 와."

나는 고개를 들어 그를 바라봤다. 눈빛으로 봐서 단순한 농은 아닌 듯했다. 그로 말할 것 같으면 법대 선배인 데다 법원에서도 잘나가는 판사 1퍼센트에 속했다. 사시 수석 합격, 법원에서도 대법관은 이미 내정이 되다시피 할 정도의 실력파였다. 그랬던 그가 돌연 법원에 사표를 내고 로펌으로 간 것이다. '김&장'이었다.

법원 선후배들은 모두 충격을 받았다. 엘리트 판사의 돌연한 변신이었다. 2002년 당시만 해도 판사가 사표를 내고 로펌으로 간다는 것은 납득이 되지 않는 일이었다.

대한민국에서 판사의 직분이란 그리 만만한 자리가 아니다. 입법부가 정해놓은 법의 절차를 공정하고 엄정하게 지켜나갈 사명이 사법부에게는 있는 것이다. 급변하는 글로벌 시스템 속에서 민생과 복지라는 중차대한 문제를 법이라는 제도를 통해 이끌 사명이 사법부의 어깨에 놓여 있다. 대한민국을 선진법치국가로 이끌 사명이 있었다.

그런 막대한 책임을 져야 할 사법부를 박차고 선배는 로펌을 선택한 것이다.

가만히 있으면 대법원으로 갈 인물이었기에 충격은 더 컸다. 선배의 동기들이야 대법관이 될 경쟁자 한 명을 제쳤다며 속으로 쾌재를 불렀을 것이다. 하지만 나 같은 후배 입장에서는 그의 행보가 이해되질 않았다.

내가 사케 한잔을 입에 털어 넣고는 대답했다.

"형님, 저는 사법부에 뼈를 묻을 겁니다."

선배의 얼굴빛이 살짝 바뀌나 싶더니 진지한 빛으로 변해갔다.

"황 부장, 자네 눈에는 사법부만 세상으로 보이지. 그곳을 빠져나오면 또 다른 세계가 있네."

"형님, 예전부터 묻고 싶었던 게 있었어요."

"뭔데?"

"왜 김앤장으로 간 겁니까?"

김앤장이 한국 최고의 로펌이지만 기업 사건이나 가진 자를 변호한다는 모종의 비판을 받고 있는 것도 사실이었다.

김앤장의 사회적 윤리가 의심스러운 것도 어쩔 수 없었다.

"세상이 급변하고 있어. 큰물에서 놀아야지. 사법부에만 남아 있는다고 한국 법조계를 지키는 것은 아니야."

"……."

"이제 곧 법률시장이 개방될 거야. 법조인도 대량 배출될 거고. 우리 법조계도 해외로 진출해야 돼."

"그건 지도 압니다."

"앞으로 해외에 나간 한국 기업의 법률 수요도 충족시켜야 하고, 한국 법률문화, 법률서비스도 수출해야 해. 우리나라에 세계적인 수준의 국제중재센터를 구축하는 일도 해야 하고……. 대한민국이 국제분쟁 해결의 메카가 될 정도로 말이지. 앞으로 법률시장은 급속도로 변할 거야. 그런데 한국은 어떤 준비도 하지 않고 있어……. 법조계의 선진화에 자네가 필요해."

"형님, 제가 뭘 할 줄 안다고……. 저는 그냥 사법부에서 제 소명을 다할 겁니다."

"그래? 소명이라……. 그래, 그 소명이 뭔지 들어나 보지."

그것은 오랫동안 내가 고민해오던 사법개혁에 관한 과제였다.

우리 법조계에서 꾸준히 추진해온 일. 국민의 요구 수준에 신속하게 부응하는 사법 시스템을 만드는 일 말이다.

심리불속행제도와 상고심제도의 개선, 법조일원화와 평생법관제의 정착, 법관평가와 법관인사권 행사의 합리화, 양형의 적정화·합리화, 재판전문성의 제고, 심급구조와 재판관할의 재조정, 영장항고제와 영장보석제도 도입 문제, 대검 중수부의 수사 기능 폐지와 특별수사청의 신설 문제, 검·경 수사권 조정 문제, 법무부의 문민화 등.

그러나 그런 이야기를 다 늘어놓을 순 없었다.

소명이라……. 진지할 만큼 숨 막히는 침묵의 50초가 흘렀다.

적어도 당시 내겐 국민을 위한 사법개혁이 좌초돼서는 안 된다는 굳은 의지가 활활 불타오르고 있었다. 그러나 이상하게도 선배의 이야기를 들으면 들을수록 내 의지는 점점 흰 연기가 되어 훨훨 허공으로 날아가고 있었다.

그것은 내 안에 있는 미묘한 의심에서부터 시작되었다. 아니, 의심이라기보다는 조그만 자격지심이라 해두자. 한번 생긴 자격지심은 의기충천하던 자신감을 조금씩 파먹어 가더니 급기야 점점 몸집이 불어나 내 전체를 누르며 숨 막히게 했다.

대법원에서 내가 부장재판연구관으로 모셨던 대법관님이

떠올랐다. 대법관님은 내게 "황 부장은 일을 빨리하면서도 잘하는 것 같아"라는 말씀을 하시곤 했다.

나에 대한 칭찬으로 생각했다. 하지만 정작 대법관님은 법원행정처장이 되자 노무현 청와대와 함께 사법제도 개혁을 담당하던 사법정책총괄심의관으로 나와 함께 부장재판연구관을 했던 동기를 데리고 갔다. 노무현 대통령은 대법원과 사법제도 개혁을 공동으로 추진했는데, 이를 위해 대법원은 사법정책총괄심의관 직을 신설했다. 내가 재판연구관으로 모셨던 대법관이 처장이었고, 내가 송무심의관으로 모셨던 고등부장이 사법정책실장이었다. 사법정책총괄심의관 자리는 지방 부장이 가는 자리였다.

총괄심의관을 뽑기 전에 사법정책실장은 대법원 부장연구관으로 있던 나를 불렀다.

"사법개혁을 추진하는데, 무슨 과제부터 어떻게 하면 좋겠소?"

내가 호기롭게 대답했다.

"대법관추천위원회를 두어 대법원장이 대법관을 제청하기 전에 그곳에서 대법관 후보를 추천받아 임명 제청하는 방안부터 추진하는 것이 좋지 않겠습니까?"

실장이 말했다.

"그건 너무 과격한 방안 아닌가?"

"글쎄요. 대법원장이 독단으로 대법관을 제청하는 것은 자칫 공정성의 문제가 생길 수도 있지 않겠습니까?"

"하지만 대법관추천위원회를 만들면 대법원장의 대법관 인사권을 제약하는 꼴이지 않소? 대법원은 우리가 스스로 지켜야 하지 않겠나?"

나중에 생각해보니 그것은 나를 테스트한 일종의 시험이었다. 결국 지나치게 과격한 제안을 했다는 이유로 나 대신 동기를 총괄심의관으로 데려갔다.

지금이야 대법관추천위원회가 꾸려져 있다. 그곳에서 3-4 배수 복수 추천이 이루어져 그중에서 임명 제청하는 것이 당연하게 여겨진다. 하지만 2004년만 하더라도 내 제안은 10년을 앞서간 제안이었다.

법원 인사 담당자 쪽에서 내게 헌법재판소 연구부장으로 파견 가는 게 어떻겠냐고 제안을 해 왔다. 짧은 생각에 헌재로 가는 건 썩 내키는 일이 아니었다. 뭔가 배제된 느낌이었다.

윗분들의 뜻을 온전히 따르기보다 내 주장이나 소신을 굽히지 않으려 했기 때문일까? 내 생각이 보수적인 권위와 제도를 지켜가려는 법원의 통념보다 너무 앞서가기 때문일까? 내가 너무 개혁적인 인물이었나?

처장을 1년 6개월이나 모셨던 부장재판연구관이었음에도 불구하고 그분이 나를 내쳤구나, 하는 생각에 의기소침해 있었다.

알 순 없었다.

아침마다 아내의 지청구가 시작되었다.

"이젠 아주 개가 되기로 작성했구나. 이렇게 맨날 술 마시고 들어올래?"

영혼은 어디로 날아갔는지 아침이면 취기로 눈을 뜰 수도 없었다. 침대에 뻗어 있으면 하루도 빠지지 않고 들어오던 경구(警句)였다.

"빨리 씻어. 출근 안 할 거야?"

겨우 몸을 일으켰더니 이번에 아내가 이상한 소리를 했다.

"근데 여보……."

갑자기 아내의 목소리가 나긋하게 변하는 듯했다.

"혹시, 당신 어젯밤 한 말, 그거, 그거, 진짜지?"

응? 내가 무슨 말을 했지? 설마 사랑한다는 둥, 너 없이 단 한순간도 살 수 없다는 둥, 하는 그런 허언을 했을 리는 없고.

아내의 목소리가 더 이상 나긋해질 수 없을 정도로 나긋해지자 갑자기 술이 다 깼다. 나는 놀란 가슴을 차분히 쓸어내리며 진정을 시켰다. 애써 물었다.

"으응…… 뭐, 뭐, 내가 무슨 소릴 했는데?"

목소리가 갈라지고 있었다. 단순히 술이 덜 깨서가 아니었다. 덜컥 겁이 났다.

"당신이 새벽에 들어와서 그랬잖아. 가구 들여놔도 된다구. 소파랑 옷장."

"뭐어? 내가?"

다시 목소리가 높게 갈라졌다.

내가 대체 무슨 말을 한 건가? 내가 정말 개가 된 건가?

아내의 직장 때문에 내려간 평택 집에서 우리는 목동 집으로 다시 돌아와 있었다. 아이들 교육 때문이었다. 그런데 아내가 평택 직장 때문에 아무래도 강남 쪽으로 이사를 가야겠다고 했다. 겨우 빚을 내서 경부고속도로 근처로 이사를 가기로 한 것이다. 그것이 바로 다음 달이었다.

목동 집을 팔았지만 돈은 턱없이 부족했다. 빚을 갚아나가리라 생각했다. 하지만 당장 이사를 위해 도배며 이사 비용이 들어갔다. 아내는 강남 집으로 들어가기 위해 도배도 도배지만 신혼 때부터 써온 소파와 가구를 바꾸기를 원했다. 15년 가까이 우리가 끌고 다닌 소파와 옷장이었다. 처음엔 그들도 빛이 났다. 하지만 어느 순간 보니 남루한 아내와 나의 세월을 따라 다니느라 반짝거리던 빛이 사라져 있었다. 소파야, 옷장아, 너희들도 고생이 많았겠구나.

"무슨 말이야?" 내가 펄쩍 뛰면서 소리를 질렀다.

"선배 만났다며? 그래서 당신, 김앤장 간다며?"

"그래서?"

다시 목소리가 소프라노로 갈라지고 있었다. 그건 내가 원하던 목소리가 아니었다.

"그래서긴 뭐가 그래서야? 연봉도 올라갈 거구. 그러니까 이사 갈 집에 소파와 옷장 새거 들여놓아도 된다고 큰소리쳤잖아!"

"무슨 말이야? 난 절대로 사표 낼 수 없어!"

"사표를 못 낸다니, 사표 낼 거라며. 어젯밤에 자는 사람 깨워서 그 난리를 해놓구선?"

나는 고래고래 소리를 지르며 아내에게 말했다.

나는 사법부에 뼈를 묻기로 한 사람이다. 당신처럼 돈밖에 모르는 사람은 내가 사표 내고 로펌에 가길 원하겠지만, 난 절대로 사표 내지 않을 거다, 죽을 때까지 법원에 있을 거니까 내가 사표 낼 거라고 꿈도 꾸지 마라, 등등 소리를 쳤다.

아내는 아내대로 화를 냈다. 사표 내는 것은 자기가 주장한 게 아니라고 했다. 당신이 술 (처)먹고 와서 큰소리치며 다 해줄 테니 마음껏 좋은 가구 들여놓으라고 해놓고선 하룻밤 자고 나선 왜 딴소리냐고 응대했다.

그렇게, 나는 타임 루프에 빠졌다. 밤이면 밤마다 선배를 만나 김앤장에 가자는 말에 홀려 술 먹고 들어가선 당장 법원에 사표 내겠다고 아내에게 혀가 꼬인 목소리로 말하고, 아침이면 내가 언제 그런 소릴 했냐고 절대로 사표 낼 수 없다고 아내에게 다시 큰소리를 치곤 했다.

그렇게 똑같은 행동을 한 달 가까이 했다. 똑같은 하루라는 루프 속에 빠져버린 것이다.

결국 아내는 남편의 변덕에 모든 걸 포기했다. 저 인간, 원래 저러니까. 그러더니 신혼 때 쓰던 식탁과 소파를 그대로 이사할 집에 가지고 왔다. 그나마 용산 가구단지에 가서 싸구려 붙박이장을 맞춘 게 다였다. 2003년 12월 31일이었다.

날은 추웠다. 이삿짐을 올리기 위해 사다리차에 올라탄 가구들을 보니 모서리가 모두 나가 있었다. 하는 수 없었다. 나는 타임 루프에서 헤어나올 수 없었으니. 밤이면 로펌행, 아침이면 법원 사수. 그렇게 한 달을 반복했다.

다시 아침이면 아내에게 소리를 지르는 것이다.

"절대, 절대로, 난 사표 내지 않아! 사법부에 뼈를 묻을 거야!"

"아이구, 그러세요? 그놈의 뼈를 하도 묻어 사법부가 묘지가 됐겠어."

2004년 2월 아침, 대법관실.

"사표를 내야겠습니다."

"뭐라고?"

대법관은 어이없다는 표정으로 날 처다봤다.

"자네, 10년 후면 내가 앉아 있는 이 자리에 올 사람 아닌가?"

순간, 움찔했다. 내가 원하는 자리였다. 진심으로. 하지만 사법부에서 진정으로 날 원하고 있는지 나중을 기약할 순 없었다.

"……."

"안 되네. 사표 수리 못 하게 할 거야. 주말 동안 잘 생각해 보게."

이번엔 내가 놀랐다.

"네에?"

4 법복을 벗고 세상의 법정으로: 내가 생각하는 나라

—

로펌, 일하다 죽거나 사건이 없어 스스로 물러나거나

　어릴 때부터 법관의 꿈에서 한 치의 물러남이 없었던 나였다. 꿋꿋한 선비의 길, 지조를 꺾지 않는 법관의 길을 가겠다고 고집해왔던 나였다. 어떻게 법원에서 나올 생각을 했는지 지금 생각해도 모를 일이다. 당시 나를 뒤흔든 것이 무엇이었는지. 실체를 알 수 없는 미묘한 흔들림이 처음엔 형체도 없다가 어느 순간 점점 내 전체를 흔들고 있었다고나 할까.
　밤낮없이 판결문을 썼고, 보고서와 논문을 썼다. 내 판결이 너무 앞서간 판결이란 걸 알고부터였을까. 내가 그토록 원했던 세계가 실은 내가 속한 세계가 아닐 수도 있다는 미망한 의심이 점점 나를 다른 곳으로 손잡아 끌었는지 모르겠다.
　김앤장 대표 변호사를 만났다. 대표를 만나고 나는 세 가

200

지에 놀랐다.

우선, 생각했던 것보다 지나칠 만큼 겸손했다. 둘째, 사람을 무척 아끼고 탐을 낸다는 점이다. 어떤 사람을 자신의 사람으로 만들기 위해서는 아낌없는 투자를 했다. 셋째, 당장 눈앞의 이득보다 몇십 년 뒤를 보는 장기적인 안목이 뛰어났다.

커다란 조직을 이끄는 사람이었다. 그 정도의 포부와 야망과 포용력을 가질 만했다.

대법관의 만류로 내가 사직서를 제출하는 일이 자꾸만 미뤄지자 대표 변호사가 주말에 직접 대법관을 만났다. 대표 변호사가 어떤 말씀을 했는지 나는 모른다.

대법관이 날 찾은 것은 대표와 대법관의 만남이 있던 다음 월요일이었다.

"자넬 보내주지. 다만 조건이 있네."

"네에?"

나는 다시 놀란 표정으로 대법관을 바라보았다.

월요일에 사직서를 들고 수석재판연구관실로 갔다. 자리에 없었다. 비서에게 물으니 12층 연구관 휴게실에 갔단다. 가서 사직서를 내미니 동기들 허락을 받아 오라고 했다. 사표를 받아주지 않겠다는 표현이었다. 나는 동기 연구관 몇 명을 휴게실로 불렀다. 그런데 수석 부장은 휑하니 부장실로 가버렸다. 하는 수없이 수석부장실로 따라가서 책상 위에 사직서를 두고 나왔다.

내가 사표를 냈다고 하는 소문이 돌자 언론에서 "명쾌한 법 해석과 행정실무 능력까지 갖춘 엘리트 부장판사, 로펌행"이란 타이틀 기사를 내보냈다. 법원 선후배들도 내게 전화를 쏟아냈다. 가만히 법원에 남아 있으면 '장래 대법관 후보 1번'인데 왜 사표를 냈냐는 둥, 동기 중 선두 그룹이고 법원의 재목인데 아깝다는 둥 하는 말들이었다.

과분한 칭찬이고 고마운 평가였다. 반은 인사고 반은 아쉬움 정도로 해석했다.

법원을 떠나는 아쉬움은 오랫동안 가슴 언저리에서 떠나질 않았다. 당시 나의 내면 깊숙한 곳을 휘몰아쳤던 그 마음을 지금도 잘 모르겠다. 삶의 언저리에 숨어 있던 어떤 복병이 기습적으로 내게 달려와선 삶의 방향을 한번 회전해보라고 방향계를 돌려놓은 것은 아닌지.

어떤 운명, 어떤 우연의 힘을 믿어보기로 했다. 대법원 청사 내 책상을 정리해나갔다. 약간의 눈물이 나려고 했다.

2004년 3월 2일. 광화문.

나는 새로 맞춘 양복 깃을 곧추세워보았다. 아직 길이 안 들어서인지 양복은 뻣뻣했다.

첫 출근 날이다. 김앤장 건물은 정부서울청사 뒤쪽에 있었다. 커다란 건물을 몇 개나 사무실로 쓰고 있다는 것이 놀라웠다.

브라운빛 유리창으로 도배를 한 건물. 나는 현관 앞에 서서 끝이 보이지 않는 건물의 맨 꼭대기를 올려다보았다. 그때 수위가 날 보며 경례를 했다. 어색하게 엉거주춤 허리를 숙이고선 재빨리 현관문 안으로 들어섰다. 엘리베이터 안엔 짙은 감색 양복을 입은 사람들로 가득했다.

잔뜩 긴장해 있는 나를 따라오라며 여자 직원이 앞장섰다. 오리엔테이션을 맡고 있는 직원이었다.

"이쪽은 공정거래팀, 이쪽은 IT팀입니다……."

칸막이로 된 사무실 복도를 지나가며 비서가 말했다. 이쪽은 특허팀, 세무팀, 기업사건팀……. 로펌은 일종의 백화점 같았다. 변호사 숫자만 200여 명. 비서와 직원 수는 500여 명. 담당별로 부서가 있고 부서마다 책임자가 있었다.

거대한 조직이었다.

김앤장 비서들은 모두 외국어에 능통했다. 법률 사무처리에 능숙했다.

내 방은 대표 변호사와 같은 5층에 있었다. 비서와 함께 내 방으로 짐을 옮기고 있을 때였다. 대표의 방으로 계속해서 변호사들이 들락거리고 있는 것이 보였다.

"박사님 만날 사람들이 많은가 봐요?"

내가 비서에게 묻자, 비서가 살짝 웃더니 말했다.

"박사님 얼굴을 하루에 한 번은 보고 싶어 하는 분들이죠."

"아, 네."

나중에 다른 변호사들은 내가 대표와 같은 층에 있는 것을 부러워했다. 하지만 나는 왠지 내 사무실 층수가 잘못 정해진 듯한 생각이 들었다. 여전히 나는 숫기가 없는 사람이었다. 용건 없이 찾아간 적이 한 번도 없었으니.

인간이란 자신의 성격을 선택할 수는 없는 법 아닌가. 소심한 자가 되고 싶지 않다고 그 굴레에서 벗어날 수도 없는 노릇이었다.

"근데, 제가 들어가는 이 방은 누가 계셨던 방인가요?"

내 질문에 이번에도 비서가 그 예의 그윽한 미소를 띠고 대답했다.

"모 부장님이셨는데 얼마 전에 나가셨습니다."

"아, 네."

이번에도 나는 같은 대꾸를 하며 가슴이 서늘해졌다.

'여긴 법원이 아니야. 죽어라고 일하는 곳이지. 오래 견뎌야 하고 압박도 받아야 해. 한 사람 몫을 해내야 하는 곳이지.'

선배가 한 말을 다시금 떠올려보았다.

김앤장은 하나의 사건이 떨어지면 팀으로 움직였다. 팀워크가 중요하기 때문에 명령체계가 엄격했다. 기한을 맞춰 내지 못한다거나 납품이 제때에 이루어지지 않으면 팀에서 제외된다. 그런 일들이 자주 발생하게 되면 그 사람을 팀원으로 끼워주지 않게 되고, 그 사람은 어떤 사건도 배당받지 못하게 된다. 팀에 끼지 못하면 결국 그는 짐 싸서 나가는 수밖에 없다.

지금 내가 들어가는 이 방의 전 주인도 그런 이유로 짐을 쌌는지 모른다. 한 치 앞을 내다볼 수 없는 정글 속이었다. 긴장감이 전신으로 몰려들었다.

대형 로펌 변호사들은 저녁에 회식을 하고도 회사로 돌아와 새벽까지 일하곤 한다. 결혼한 여자 변호사들은 저녁에 애들 식사를 챙겨주고 다시 회사로 출근해 새벽까지 일했다. 과도한 업무에 여자 변호사들은 생리가 끊어진 경우도 있었다. 막강 체력은 기본이었다. 체력이 따라주지 않으면 대상 포진이나 암으로 스스로 물러났다.

여기서 일하다 죽어 나가거나 사건이 없어 스스로 사표 내고 나가거나, 둘 중에 하나였다.

근무 시간이 훨씬 길어졌다. 월급이 많아져서 아내는 좋아했다. 밤낮 안 가리고 일한 대가였다.

소송 전담 변호사들에게는 정확한 법리해석과 민첩한 순발력, 판단력이 요구되었다.

소송은 로마 원형경기상에서의 결투나 다름없다. 수많은 관중이 지켜보는 가운데 검투사끼리 싸움을 해야 하는 것이다. 심판의 결과를 황제에게 맡겨, 손가락을 아래로 내리면 죽이거나 아니면 스스로 죽음을 면치 못한다. 소송의 현장은 언제나 피가 튀고 살점이 찢어져나갔다. 삶과 죽음의 현장이었다. 피비린내가 물씬 풍기는 그곳을 1주일에 한 번 이상은 출전을 해야 했다. 검투사의 운명이었다.

로펌에서는 판사 출신 변호사를 선호했다. 송무에 능하고 변론을 잘한다고 생각했기 때문이다. 소송변호사는 전문변호사와 함께 협력해 사건을 다뤘다. 특히 소송의 경우, 화학방정식까지 익혀야 했다. 법정에서 변론을 하기 위해 변리사에게 화학공식을 배웠다. 그걸 판사들이 잘 이해할 수 있는 언어로 바꾸어 설명하는 것이 소송변호사의 역할이었다.

하지만 내가 판사 출신 소송변호사라고 해서 언제까지 메인이 될 수도 없었다. 새로운 판사 출신 변호사들이 공급되면 새로 온 변호사들에게 밀려날 수밖에 없다. 새로운 시대 변화와 지식이 요구되고 있었다. 위기감이 감돌았다.

나는 특화된 나만의 전문 분야를 개발해야겠다고 생각했다.

1998년부터 서울고등법원 수석부에 있을 때 선거 사건 전담을 한 적이 있었다. 1년 정도 선거사건 전담재판부를 하면서 판례와 연구자료를 정리했다. 『법조』라는 전문지에 선거 관련 논문을 계속 실었다. 2000년 7월 진주법원에 부장판사로 내려가서 자료를 정리해 600여 쪽짜리 책을 낼 수 있었다. 그것이 『선거부정방지법』(2001)이다.

그것이 내게 그렇게 큰 도움을 줄 줄은 몰랐다. 로펌에 와서 선거 사건, 정치 사건은 대부분 내가 주로 처리했다.

사무실에서 수천 페이지에 달하는 기록을 읽어 내려갔다. '포스트잇'을 수도 없이 붙여가면서, 노트에 메모를 해가며.

어느 때는 무지무지 잠이 쏟아져 나도 모르게 곯아떨어졌다. 깨보면 사무실에 아무도 없었다. 비서는 어김없이 6시에 퇴근했다. 날 깨워줄 사람은 아무도 없었다.

새벽 시간. 인적도 드문 광화문 뒷골목으로 나오니 가로등이 노란빛을 뿜어내고 있었다. 전신마비 환자가 눈꺼풀로 쳐주는 박수처럼 가로등이 내게 윙크를 한다는 생각이 들었다.

그 고요한 위로가, 그 무한한 윙크가 내게 힘을 주고 있는 듯 느껴졌다.

그때 법원을 나오기 전 대법관이 내게 당부하던 말이 떠올랐다.

"어딜 가든 친정인 법원을 욕되게 해서는 안 되네. 법관이었을 때와 똑같이 품위를 지키게."

싸늘한 바람이 불어오는 초겨울이었다.

로펌에서 팀플레이를 하면서 소통하고 배려하고 협력하는 것이 무엇인지를 배웠다. 팀을 이끌면서 대한민국에 수많은 정치 사건과 선거 사건이 있다는 것도 알았다.

나는 품위 있게 어둑한 광화문 뒷골목을 걷기 시작했다.

박연차 게이트의 숨겨진 진실

2009년 봄.

"걱정하지 마십시오. 의원님, 우리 회사 마지막 구원투수입니다."

대표 변호사 방 옆 회의실로 막 들어서는 참이었다. 회의실 앞에는 언론에서 보아왔던 국회의원이 앉아 있었다. 한나라당 박진 의원이었다.

박진 의원. 경기고, 서울대 졸업. 일명 KS 출신의 엘리트. 과거 청와대에서 김영삼 대통령 통역 비서관을 5년간 지냈던 인물. 당시 한국을 방문했던 정상들에게 통역을 기가 막히게 잘한 일화로 유명한 인물이었다. 김영삼 대통령의 '대도무문(大道無門)'을 빌 클린턴 대통령에게 영어로 어떻게 통역했는지 클린턴이 고개를 끄덕였다고 한다. 이후 한나라당 소속으로 3선 국회의원으로 승승장구하던 중 그의 인생에 절체절명의 위기가 찾아왔다.

일명 '박연차 게이트'에 연루된 것이다.

"어떻게 하면 좋겠소?"

나를 바라보는 그의 얼굴에는 절망의 빛이 서려 있었다. 억울해 견딜 수 없다는 분노가 느껴졌다.

박연차 회장은 노무현 대통령의 후원자로 잘 알려진 인물이다. '박연차 게이트'는 정관계 로비 사건이었다. 서울지방국세청이 박연차 회장을 탈세 혐의로 고발하여 검찰의 수사를 받게 되는 과정에서 시작되었다. 그가 노무현 대통령 일가를 비롯한 수많은 정치인들에게 정치자금을 제공했다고 밝히면서 포문이 열렸다. 박 회장의 입에서, 돈을 받았다는 유명 정치인들의 이름이 줄줄이 새어 나왔다. 검찰 조사는 집요했다.

박진 의원은 박 회장으로부터 정치자금 2만 불을 받았다는 공소사실로 이미 1심에서 벌금 300만 원 유죄판결을 받았다. 항소심에서 나를 찾아왔다. 벌금 100만 원 이상을 선고받으면 의원직 상실이다. 박 회장의 진술로 정치인 생명도 끝이었다.

항소심에서 1심을 뒤집기란 쉽지 않은 일이었다. 이미 다른 병원에서 개복수술을 해 다 헤집어놓고 다시 재수술을 해달라고 찾아오는 격이나 다름없었다.

팀이 꾸려졌다. 회의실에서 주니어 변호사의 브리핑이 이어졌다.

"박연차 회장이 신라호텔 행사 때 화장실에 따라가서 박진 의원에게 정치자금으로 2만 달러를 주었다고 주장하고 있습니다."

"경위를 설명해봐."

내가 말했다.

"박연차가 김해에서 아침에 서울로 올라올 때 비서를 시켜서 빳빳한 100불짜리로 달러 지폐 두 묶음을 자기 양복 주머니에 넣어 가지고 왔다는 겁니다."

"그래서?"

"그 돈 봉투를 가지고 있다가 저녁에 행사장에서 박진 의원이 화장실 갈 때 뒤를 따라갔다가 화장실 안에서 건네주었다고 주장하고 있습니다."

"화장실 안 CCTV는?"

"당연히 없습니다."

"그래서 화장실 안이라고 주장하겠지."

그러자 김변이 뜬금없이 신이 나서 말했다.

"그래서 조폭들이 화장실에서 막 찌르고 그러나봐요, 부장님."

어이없는 표정으로 내가 말했다.

"김변, 지금 내가 막 찔러줄까?"

그러자 그가 움찔했다. 심드렁 말투로 나는 다음 말을 이어갔다.

"1심 판결 내용은 뭐야?"

"돈을 줬다는 박연차 회장의 진술 과정이 자연스럽고 특별한 모순이 발견되지 않는 점, 기념 촬영 후 박진 의원이 나갈 때 박 전 회장이 따라 나갔다는 사진사의 진술, 당시 찍은 사진 중 박 회장의 상의에 2만 달러 봉투 크기와 비슷한 직사각형 모양이 보이는 것이 있다는 점 등을 고려해볼 때 박진 의원이 돈을 받은 사실을 인정할 수 있다, 뭐 이렇습니다."

"흠……."

김변이 말을 이었다.

"부장님, 정치자금 사건의 경우 두 사람만 있는 장소에서 일이 벌어지니 진위 여부를 따지기 정말 곤란하잖아요. 그렇지만 박연차 회장이 정치인들에게 돈을 준 건 사실이고 일관되게 주장하고 있으니 박진 의원도 빠져나갈 길이 없어 보입니다. 부장님이 아무리 우리 회사 구원투수라 하더라도……. 쉽지 않겠는데요."

내가 말했다.

"구원투수는 무슨……. 몇 할 몇 푼이라고. 승률이 좋지도 않아. 약 팔려고 그냥 그러는 거지."

"하긴 부장님이 선거법, 정치자금법 전문이지만 매번 이긴 건 아니셨죠. 이번 사건은 구원이 안 보이는데요?"

순간 회의실 안에 있던 주니어들이 모두 김변을 일제히 쳐다봤다. 그제야 그는 몸을 움찔하며 창백해지더니 이내 날 쳐다봤다. 나는 심드렁한 표정으로 볼펜을 들고 노트 위를 탁탁 치고만 있었다.

그때 회의실 문이 덜컹 열렸다. 박진 의원이었다.

"어떻게 정황이나 사진사 말을 듣고……. 그런 사소한 증언으로 사람을 죄인 취급 할 수 있습니까? 박연차 그 사람, 딴 사람에게 돈을 주어놓고 물귀신처럼 날 끌어들였다니까요. 뭔가 감추려 하는 거예요. 뒤에서 누구 사주를 받아 날 죽이려고 하는 거라구요!"

분에 차서 가슴을 쳤다. 손바닥으로 테이블을 쾅쾅 쳐댔다. 나는 다가가 말했다.

"의원님, 저랑 잠깐 얘기 좀 하시죠."

밖으로 나와 복도에서 내가 박진에게 물었다.

"정말, 돈 받으신 적 없습니까? 꼭 2만 불이나 되는 돈 아니어도?"

"제 말을 못 믿으시는 겁니까? 황 부장님, 전 박 회장과는 모르는 사이라니까요. 절대로 받은 적 없습니다."

"의원님, 정치자금 사건이 그렇습니다. 아무리 돈을 받은 적이 없다고 해도 주는 쪽에서 정황을 들이대며 일관되게 돈을 주었다고 하면 돈을 받았다고 판결이 나기 마련입니다."

그의 얼굴빛이 잿빛으로 변했다.

"하지만 의원님이 정말 돈을 받으시지 않았다고 하시니, 그 말을 믿어보죠. 어떻게든 판결을 뒤집어봐야죠."

박진 의원의 얼굴빛은 절박해 보였다. 그것이 내 마음을 움직였다. 그는 진실을 말하는 듯 보였다.

하지만 1심 판결을 뒤집기는 쉽지 않을 것이다. 박진 의원과 함께 박 회장에 연루되어 정치자금을 받은 혐의로 기소된 이광재 강원도지사는 징역 6월에 집행유예 1년, 추징금 1억 1400만 원을 선고한 원심이 확정된 상태였다. 그는 정치자금법과 공직선거법에 따라 취임 7개월 만에 도지사직에서 물러났다. 민주당 서갑원 의원도 벌금 1200만 원과 추징금 5000만 원을 선고한 원심이 확정돼 의원직을 잃었다.

수많은 정치인들이 박연차의 혀끝에서 추풍낙엽처럼 쓰러지고 있었다. 그런데 박진 의원이 이 살벌한 살생부 게임에서 살아남을 수 있을까.

"부장님, 갖고 오라 하신 사진들입니다."

김변이 가지고 온 사진은 수백 장이었다. 행사장 현장 사진이라 몇 시 몇 분 몇 초까지 기록이 되어 있었다. 박연차가 찍힌 사진도 다수였다. 하루 종일 사진을 들여다보아도 별로 특별한 점이 눈에 띄지 않았다. 피곤하고 답답한 시간들이 흘러가고 있었다.

마지막 재판기일이 돌아오고 있었다.

아침 출근길에 나는 늘 그렇듯 10년째 입던 양복을 입고 있었다. 편했기 때문이었다. 아내가 왜 맨날 같은 옷만 입냐고, 이번엔 양복점에서 새로 맞춘 양복을 입으라며 옷걸이에 걸린 새 양복을 꺼내 왔다. 하는 수 없이 옷을 갈아입었다. 현관을 나서려 했다. 엘리베이터를 타려는데 아내가 뒤따라 쫓아왔다.

"이걸 놓고 가면 어떡해?"

벗어둔 양복에 넣어두었던 휴대폰과 손수건과 지갑이었

다. 엘리베이터 문이 닫히려 해 급하게 받아 상의 안주머니
에 넣었다. 엘리베이터 안 거울에 비친 내 모습을 보니 뭔가
이상했다. 그러자 뭔가 번쩍 생각이 떠올랐다. 서류가방에
있던 사진들을 급하게 꺼내보았다. 거울 속 내 얼굴에 희미
한 미소가 번지고 있었다.

"김변, 김변!"

"부장님, 왜요? 스트라이크 아웃시킬 거라도 떠오르셨나
요?"

"이 사진, 이 사진을 자세히 봐. 돈 2만 불이 들어 있었다
는 박연차 회장 양복 주머니가 이상하지 않아?"

"글쎄요. 뷔페에서 나중에 먹으려고 갈비를 몰래 넣어둔
것 같진 않네요."

"사진으로 봐선 그닥 뭐가 들었다는 건지 알아볼 순 없어.
하지만 화장실 들어갔다 나온 후와 별 차이가 없어 보여. 어
때?"

사진을 유심히 보던 그가 말했다.

"음……. 그리고 보니 그렇네요. 박 회장이 박진 의원을
화장실에서 만나 봉투를 건네주었다고 하면……."

나는 수첩과 휴대폰 지갑을 잔뜩 포개서 양복 안주머니에
넣어보았다.

"아무리 새 지폐라고 해도 만 불씩 두 묶음이면…… 이 정

도 두께는 돼야 하잖아? 그러면 옷이 이렇게 불룩 튀어나와야 하는 거구."

"그렇겠죠."

"그런데 사진에서 옷매무새는 그저 말쑥하단 말이야."

김변이 활짝 웃으며 말했다.

"오오, 부장님, 이번엔 방어율 좀 올리겠는데요?"

김변은 내게 하이파이브를 외치며 손바닥을 내밀었다. 나는 씩 웃곤 김변이 내민 손바닥을 못 본 척하고 즉각 뒤로 돌아섰다. 내 자리로 왔다. 변론 요지를 준비하기 시작했다.

법정 안은 기자들로 가득 차 있었다. 박진 의원 지역구 당원들과 몇몇 정치인도 눈에 띄었다. 마지막 공판이었다. 오늘 뒤집지 못하면…….

"결론부터 말씀드리겠습니다, 재판장님. 저녁 행사장에서는 애초부터 돈 봉투 같은 건 없었습니다."

"확실한 증거라도 있습니까?"

"네, 돈을 주기 전에 찍힌 사진 상의와 주고 난 후의 사진 상의가 차이가 없습니다."

나는 법정에 호텔 만찬장 의자를 가져오게 했다. 김변이 만찬장 의자를 법정 중앙으로 가져오자 검사가 소리를 쳤다.

"지금 뭐 하는 겁니까?"

내가 차분하게 말했다.

"당시 상황이 어떠했는지 재현해 보이려 하는 겁니다."

재판장이 눈짓으로 고개를 끄덕했다. 검사가 다시 제자리에 앉았다.

"여기 이렇게 100달러짜리 2만 불 넣은 돈 봉투를 재킷 안주머니에 넣어보겠습니다."

김변의 양복 상의 안주머니에 돈 봉투를 넣었다.

"2만 불이 든 재킷은 이렇게 불룩합니다. 자, 그럼 의자에 앉아보겠습니다. 두꺼운 봉투가 들어가니 이렇게 옷깃이 앞으로 크게 벌어지죠?"

검사의 얼굴이 다시 살짝 일그러지고 있었다. 검사가 일어나 말했다.

"그건, 원래 늘어진 옷을 입고 와서 그런 것 아닙니까, 재판장님?"

"늘어진 옷이라뇨? 회장님이 오래된 늘어진 양복을 입고 다니는 분입니까?"

그러자 다시 검사가 자리에서 벌떡 일어나 말했다.

"재판장님, 변호인 팀은 현장을 재현한다고 하면서 실은 팩트를 희석시키고 있습니다. 실제 당시 찍었던 사진에 주목해주십시오. 현장에서의 사진과 지금 우리에게 보여준 재현은 큰 차이가 있습니다."

그러자 재판장이 사진을 유심히 보며 말했다.

"사진에서는 그렇게 식별이 되는 것 같지 않은데요. 육안으로는 분명치가 않습니다. 혹시 변호인 쪽에서 이에 대한 다른 증거자료 있습니까?"

난감해졌다. 검사가 의기양양한 표정으로 날 쳐다보고 있었다. 이렇게 마지막 심리가 끝나면 유죄는 확정이다.

"자, 더 이상 제출할 증거 없으면 오늘 결심을 하겠습니다. 다음 기일에 판결하겠습니다."

박 회장을 흔들어볼 생각이었다. 본인의 증언에 허점을 들이밀 생각이었다.

선배는 고객이 지게 해선 안 된다고 말했다. 지고 싶지 않았다. 그러나 예상과 달리 재판에서 지게 생겼다.

박진 의원을 돌아봤다. 그는 돌이킬 수 없는 듯 낙담한 표정이었다. 고개를 푹 숙이고 있었다.

안형환 의원 사건, 상상력의 틀을 깨는 변론

"자, 변론을 마치겠습니다."

재판장이 재판을 막 끝내려 했다.

내가 다급한 목소리로 말했다.

"재판장님, 잠깐만요. 5분만 기다렸다 종결하면 안 될까요?"

재판장이 말했다.

"변호인, 지금 무슨 소립니까?"

"아니, 5분만 기다렸다가……."

검사가 다시 벌떡 일어나더니 호기롭게 말했다.

"재판장님, 결심은 끝났습니다. 빨리 판결을 내려주십시오."

그는 나를 비웃듯 바라보더니 다시 재판장에게 살짝 고개를 숙여 인사를 했다.

나는 이젠 끝났구나, 아, 왜 빨리 안 오는 거지? 속으로 초조해하며 법정 중앙 문을 바라보고 있었다. 그때 문이 벌컥하고 열렸다. 김변이었다. 뛰어왔는지 얼굴은 상기되고 땀에 젖어 있었다.

"재판장님, 지금 막 도착했습니다."

"뭐가 말이오, 변호인?"

"증거자룝니다. 행사장 사진을 포렌식 사진을 전문으로 다루는 고려대 교수에게 보여드려 사진 감정을 의뢰했습니다. 시간별로 박 회장의 옷매무새를 비교해보았습니다. 이를 전부 살펴본 결과 화장실 가기 전과 후의 자켓의 옷매무새는 다름없다는 것으로 판명이 났습니다."

검사 얼굴이 붉으락푸르락 상기되면서 벌떡 일어나려 했다.

재판장은 검사에게 자중하란 뜻으로 자리에 앉으라 손 신호를 보냈다. 내게 서류 제출을 요구했다.

"증거로 채택하겠습니다."

이번에 내가 나설 차례였다.

"재판장님, 박연차 회장을 증인으로 신문할 기회를 주십시오."

역공할 타이밍이었다. 역공의 태세로 전환해 재판장을 바라보았다.

재판장이 고개를 끄덕해 보였다.

"증인의 말대로 재킷 안에 돈 봉투가 있었다면 그 돈은 어디로 간 걸까요? 박연차 회장에게 질문하겠습니다. 이제까지의 정황으로 보아 박진 의원을 만난 저녁 시간에는 돈 봉투가 없었습니다. 그렇다면 김해에서 아침에 들고 온 돈 봉투가 어디로 간 걸까요? 증인은 아침에 2만 달러가 든 봉투를 들고 김해에서 항공편으로 서울로 왔고, 서울에 와서는 하루 종일 신라호텔에 머물렀지요? 중식당 '팔선'에서 누군가와 오찬을 하였지요? 증인, 점심시간에 누구를 만났는지 말씀해주십시오."

그러자 박 회장의 얼굴빛이 변하더니 시선이 마구 흔들렸다. 그는 검사를 바라보았다. 그러더니 다시 고개를 돌려 바닥을 응시한 채 한참 동안 할 말을 찾지 못했다.

한참 만에 그는 웅얼거리듯 대답했다.

"그건……, 말할 수 없습니다."

박연차 게이트에 연루돼 재판에 넘겨진 사람만 21명. 그중에 노무현 대통령도 있었다. 한국 정치계를 흔들어놓은 '박연차 게이트'는 2009년 5월 노 대통령의 자살로 정점을 찍었다. 그러나 대통령의 죽음조차도 진실은 좀처럼 드러나지 않았다. 진실은 유보되었다. 진실은 역사의 몫이 되나 싶더니 신의 영역으로 넘어가게 되었다.

점심시간이 되면 광화문의 빌딩숲에서는 개미 떼처럼 감색 양복 차림의 샐러리맨들이 쏟아져 나왔다. 신촌 설렁탕집은 언제나 붐볐다. 붉은 깍두기 국물을 뚝배기에 붓고 우적우적 먹고 있는데 맞은편 테이블에 앉은 김변이 날 보며 씩 웃었다.

"소문이 맞나 봐요."

"무슨 소문?"

국물을 들이키며 물었다.

"황 부장님이 마지막 투수라는 거."

"또 맞을래?"

"부장님은 평소 땐 표정을 알 수 없는, 음…… 일종의 무심 캐릭터거든요. 근데 법정에만 나가면 달라져요."

"김변, 너 김○○ 사건 선임계하구 증인 출석 요구서는 제출했냐?"

김변은 내 질문에 답할 생각도 없다는 듯 자기 혼자 떠들어대기 시작했다.

"뭐랄까. 웅크리고 있다가 가장 적절한 타이밍에 먹이를 향해 달려드는 사자 같달까. 상대의 빈틈을 정확하고 빠르게 공격하는 게……. 음 무림 최고의 검객이죠."

"김변, 김○○ 사건 서면 다 안 쓴 거지?"

"참 내, 이렇게 제가 좀 띄워주면 좋아라도 좀 해주시고, 설렁탕 값도 내주시고……."

내가 휴대폰을 챙기며 나무의자에서 일어났다.

"나 바빠서 먼저 일어난다. 설렁탕 값은 내고 갈 테니 천천히 먹고 와. 그리고 서면, 오늘 중으로 납품 안 하면 너……."

목을 긋는 시늉을 하며 말했다.

"킬이야!"

그러자 김변은

"부장님, 부장님, 나 수육도 하나 더 시켜주세용."

하며 너스레를 떨었다. 그러고는 희극적으로 웃으며 어김없이 또 내 아픈 곳을 찔러댔다.

부장님이 아무리 무림의 고수지만 이번엔 벙커를 만난 것 같다, 안형환 의원 사건은 아무래도 이기기 힘들 거 같다, 선거법을 명백하게 어긴 건데 별수 있겠냐, 이번엔 방어율에 '기스' 가게 생겼다, 약을 빡빡 올리고 있었다. 다시 돌아가서 뒤통수를 갈겨주고 싶었지만 가까스로 참았다.

'아예 기름을 드럼통으로 들고 와서 내 속에 붓는구나 부어.'

그렇잖아도 어젯밤 소줏집에서 안형환 사건 담당 검사를 만난 일이 내내 마음에 켕겼다. 안형환 의원 사건으로 팀원들과 하루 종일 회의를 했지만 어떤 수학공식으로도 문제는 풀리지 않았다.

안형환 의원은 원래 KBS 기자 출신이다. MB 때 2008년 총선 두 달을 앞두고 갑자기 영입이 된 케이스였다. 당시 총선에서는 한나라당이 서울을 휩쓸었다. 얼떨결에 금천구 공천을 받게 된 안형환 후보는 지역구로 내려가 당원들을 우선 만나야겠는 생각을 했다. 그러나 그것이 안형환 후보에게 그렇게 큰 걸림돌이 될 줄은 당시 전혀 알지 못했다. 언론인이었기에 정치의 생리를 몰랐던 거다.

단순히 당원들과 안면 인사는 터야겠다 생각한 것이다. 당원들을 동네별로 사무실에 모아서 상견례 겸 인사를 한 것이 결국 당원집회라고 고발이 되었다.

선거법에서는 선거를 앞두고 당원집회를 못 하게 되어 있다.

안 의원이 우리 사무실에 찾아왔을 때 이미 1심에서 유죄 판결이 난 상태였다. 내게 찾아오는 의뢰인들은 하나같이 1심에서 진 사람들이 대부분이다. 사건이 그만큼 어렵다는 것을 의미했다. 어떤 사건도 쉬운 사건이 없었다. 의뢰인들은 언제나 내 능력 밖의 것을 요구했다. 나는 확실히 '미친 변론'을 해야 할 운명에 놓여 있었다.

서초동 근처 소줏집에서 혼자 술을 마시고 있는데 구석 자리에서 떠들썩한 소리가 났다. 왁자지껄한 회식 자린가 싶었다. 그중에 하나가 날 알아보고 다가왔다. 이 사건의 담당 검사였다.

그는 이미 이 사건은 유죄라고, 어떤 용을 써도 이기기 힘들 거라고 혀 꼬인 목소리로 말했다. 마지막으로 그는

"법을 어겼으면 그에 응당한 대가를 받아야죠? 안 그렇소?"

라고 했다.

그의 말이 쓴 소주보다 더 쓰게 내 속으로 넘어가고 있었다. 소줏집 유리창을 보니 노란 전등 불빛에 비친 내 얼굴에는 시뻘겋게 상기된 패자의 기운이 역력해 보였다. 설마 이 표정을 상대에게 들킨 건 아니겠지?

술집에서 걸어 나오는데 가랑잎이 또르르 하고 거리를 제멋대로 굴러다녔다. 옷깃을 여몄다. 짙은 술기운으로 무거운 현실의 중력을 견뎌볼 생각으로 천천히 걸어갔다. 전철역 막차 시간이 다가오고 있었다.

'법전에 뭐라 쓰여 있는 거지?' 갑자기 낯선 궁금증이 몰

려들었다.

물론 선거법 조항은 이미 알고 있는 조문이었다. 하지만 이상한 오기였다. '그래, 법에 적힌 대로 해야겠지.' 다시 법전을 펼쳤다.

> 정당은 선거일 전 30일부터 선거일까지 소속당원의 단합·수련·연수·교육 그 밖에 명목 여하를 불문하고 선거가 실시 중인 선거구 안이나 선거구민인 당원을 대상으로 당원수련회 등(이하 이 조에서 "당원집회"라 한다)을 개최할 수 없다.(공직선거법 제141조 제1항)

조문을 읽고 다시 읽었다.

"정당은…… 당원집회를 개최할 수 없다."

"정당은……."

나는 노트를 꺼내 법조문을 필사하기 시작했다.

"부장님, 뭐하고 계세요?"

또 예의 김변. 그의 말투는 언제나 똑같다. 만화영화 〈톰과 제리〉에 나오는 제리 같았다. 귀엽게 약을 올려대는 톡톡 튀는 말투였다. 심드렁한 표정으로 대꾸도 하지 않았다. 그러자 그는 내 노트를 흘낏 봤다. 무슨 이 연세에 글씨 연습을 하냐는 둥 하고 놀려댔다.

역시 나는 미친 게 분명했다. 갑자기 법조문의 글자가 내게 말을 해 오기 시작했다. 글자 주변에 후광이 비치면서 판화의 부조처럼 종이의 평면을 뚫고 솟아올랐다. 나의 어떤 집중력이 글자가 종이를 탈출하게 도운 것일까.

이런 것을 안광(眼光)이 지배(紙背)를 철(徹)한다고 하는 것이겠지?

어떤 대상을 뚫어져라 집중해서 바라보면 그 속의 깊은 뜻을 알게 된다는. 그러니까 나의 안광이, 강렬한 시선이 글자와 종이를 뚫어낸 것일까. 전광석화와 같은 생각이 머릿속에 전류처럼 흘렀다.

나는 재빨리 변론 서면을 써 내려가기 시작했다.

2004년 정당법이 개정되면서 지구당이 없어졌다. 따라서 공직선거법 제141조의 정당은 정당법상의 중앙당과 시·도당을 의미하고, 국회의원 지역구의 당원협의회는 정당이 아니다. 따라서 피고인이 당협 차원에서 개최한 당원집회는 정당이 개최한 것이 아니므로 무죄다.

항소심에서 무죄를 주장했다. 하지만 얄미운 변론이었다고 보았는지 유죄판결이었다. 예상은 했지만 마음이 편칠 않았다. 마음속에 먹장구름이 잔뜩 끼어 떠나질 않았다. 소줏집에서 만났던 검사의 말이 떠올랐다. "법을 어겼으면 그에 응당한 대가를 받아야죠? 안 그렇소?"

항소심 법정에서 재판장은 엄격한 표정으로 날 내려다보고 있었다.

재판장이 질문했다.

"그럼 당원협의회는 선거 직전에 당원집회를 해도 됩니까?"

"당협은 정당에 속하지 않습니다. 지구당이 없어졌기 때문에 당협은 정당이 아닙니다."

"무슨 말이오, 변호인? 당협이 정당이 아니라니."

"법률에 없지 않습니까. 당원협의회는 2004년부터 정당이 아닙니다. 선거법에는 정당이 당원집회를 개최하지 말라고 쓰여 있으니 당협이 개최한 것은 위법한 행위가 아니라는 겁니다."

"하, 이거 참, 당원집회를 한 건 사실이지 않소?"

"하지만 재판장님, 당원협의회가 당원집회를 개최하지 말라는 규정이 법에는 없습니다."

재판장은 약이 올라 죽겠다는 표정으로 나를 노려봤다. 2004년까지 있던 지구당이 사라지면서 2004년 이후 지구당 개념에 속했던 당원협의회에 대한 규정을 공직선거법에 넣었어야 했는데 이것이 빠지게 되었다. 나는 이 법의 허점을 알아챈 것이다.

법의 공백을 알아내게 된 데에는 이유가 있었다. 꾸준하게 독서해온 덕분이었다. 한국 정당사를 몰랐다면 이러한 선거법의 허점을 찾아내지 못했을 것이다. 1심과 2심에서 유죄판결이 선고되었으나 대법원에서는 무죄판결이 났다. 법정에 있던 안 의원과 지역구 당원들이 환호성을 질렀다.

안형환 의원 무죄판결 선고가 있고 나서 2010년에 공직선거법 제141조가 개정되었다. '정당은'이 '정당(당원협의회를 포함한다)은'으로 개정되었다. '당원협의회'도 선거 직전에 당원집회를 개최할 수 없는 것으로 법이 바뀌게 되었다. 변론 하나로 법을 바꾸었다. 내 의견이 미래의 법으로 피어났다. 가슴 떨리는 순간이었다.

의뢰인들은 상담을 할 때, 유죄냐 무죄냐, 이길 수 있느냐 지겠느냐를 묻고 한다. 이들은 변호사가 아주 명쾌한 답을 내놓을 거라 기대한다. 이것은 김두식 교수의 말대로 TV 예능 프로의 폐해다. 예능 프로는 몇몇의 변호사들을 패널로 앉혀놓은 후 OX 중 하나의 팻말만을 들게 한다.

그러나 대부분의 사건에서 명쾌한 OX는 없다. 1심에서의 판결과 2심, 3심에서의 판결도 결국 그들 각 법관들의 '하나의 입장'이거나 '의견'인 셈이다. 법률가들은 정답을 갖고 있지 못한다. 정답에 가깝게 판결을 내리려 노력할 뿐이지.

그런 이유로 자기가 원하는 판결이 나지 않았을 때 판결이 잘못되었네, 정의가 무너졌네 따위의 말도 할 필요가 없다. 내가 이기면 정의고 지면 정의가 아니란 식의 논리도 자기 식의 신념에 불과하다. 엄밀히 말하면 판결은 법관의 '하나의 법 해석', '하나의 상식', '하나의 통찰'일 뿐이기 때문이다.

인간이 만들어놓은 법과 사법제도의 어쩔 수 없는 숙명이다.

다만 법제도는 민주주의의 성숙, 인권의 증진, 복지의 증대라는 목적지를 향해 한 걸음씩 나아가고 있을 뿐이다. 그렇게 믿으며 한 발자국씩 나아가는 것이다.

당시 내게 미래를 보는 법적인 통찰(insight)이 있는 줄 알았다. 그렇게 믿었다. 직관과 통찰은 독서에서 오는 거라 믿었다. 법 관련 책뿐만 아니라 사회과학 쪽 책들을 폭넓게 읽었다. 넬슨 만델라, 리콴유, 토니 블레어, 마거릿 대처, 윈스턴 처칠, 마오쩌둥, 덩샤오핑, 시진핑, 링컨, 조지 부시, 빌 클린턴, 버락 오바마, 이순신, 박정희, 김영삼, 김대중, 노무현 등 수많은 세계 지도자들의 평전과 정치사, 전쟁사, 군사력 관련 책들도 꾸준히 찾아가며 읽었다.

그러나 단 한 번도 생각지 못했던 일이 일어났다. 조금도 예상치 못한 일이었다.

그날은 새조위 행사 날이었다.

"변호사님, 누군가 절 죽이려 해요!"

새조위는 '새롭고 하나 된 조국을 위한 모임'의 줄인 말이다. 탈북자들을 지원하는 NGO 시민단체. 1988년 설립되었다. 처음에는 소외된 계층을 위한 봉사활동을 하다 2000년대 이후 북한이탈주민들의 정착을 도왔다. 통일예행연습을 지속적으로 펼치고 있었다.

당시 새조위에 후원을 하고 있었다. 매달 후원금을 내면서 재능기부로 탈북자들에게 생활법률을 강의하고 틈 나는 대로 법률상담을 했다. 2013년 새조위의 공동대표를 맡기도 했다.

새조위에서 하는 프로그램 중 대표적인 것이 탈북자들을 위한 의료지원, 교육지원, 일자리지원이라 할 수 있다. 그중에서 탈북자들이 가장 좋아하는 것은 의료지원이었다. 국립의료원 내에 탈북자들만을 상담해주는 상담실을 차려놓고 북한 출신 상담원을 고용해서 탈북자들이 병이 나서 오면 진찰과 입원 수속을 도와주었다. 살아남기 위해 남한으로 내려왔는데 몸이 아프면 모든 것이 끝난다. 그들에게 의료지원은 가장 절실한 부분이었다.

연회장 무대에 가수의 노래가 흘러나왔다. 주현미의 〈신사동 그 사람〉이었다. 꺾기 창법이 간드러졌다. 무대 아래 관객들이 일어나 함께 춤을 추었다. 트로트와 댄스가 합쳐진 만큼 중독성 강한 곡도 없겠단 생각이 들었다. 이어서 〈진도아리랑〉이 흘러나오고, 한국 가곡 〈그리운 금강산〉이 흘러나왔다.

성량이 풍부한 목소리였다. 가수는 젊은 시절 유명 가수를 꿈꾸었지만 대중들에게 인기를 끌 만큼의 운이 오지 않아 지방 행사장을 돌다 어느 순간 나이가 먹어버린 듯했다. 히트곡이 한 개도 없어 행사장에서 남의 노래만 부르고 자기의 곡은 부를 수 없는, 불운한 무명 가수였다.

분위기를 어느 정도 띄웠다고 생각하자 다음 순서가 돌아오고 있었다. 북한에 두고 온 가족에게 보내는 편지 낭송 시간이었다.

자주색 스웨터에 맘보바지를 입은 파마머리의 중년 여성이었다. 앞으로 성큼성큼 걸어 나왔다. 마이크를 잡았는데 좀 전 걸어 나올 때와 달리 뭔가 머뭇거리고 있었다. 잠시 1분가량의 아슬아슬한 침묵이 흘렀다. 모두가 빨리 그녀가 이 무거운 침묵에서 빠져나오길 기다리고 있었다. 좌중의 기다림을 눈치챘는지 여인이 심호흡을 했다. 이내 주섬주섬 호주머니에 손을 넣더니 편지를 꺼냈다.

"아들아! 자유의 터전 한복판에서 한가득 쌓인 풍요한 삶을 향유하고 살면서도 사탕 한 알 너의 입에 넣어주지 못하는 이 엄마를 제발 용서해다오. 먹는 밥이 모래알 같고 잠자리가 바늘방석 같아 안절부절 맴돌아 치는 이 엄마의 생은 말 그대로 한의 절규의 연속인 것만 같구나⋯⋯."

그러자 좌중 어디선가 홀쩍이기 시작했다. 그것은 일종의 전염처럼 신속하게 퍼져갔다. 늙수레한 남자는 눈물을 보이기 싫은지, 이런 슬픔마저도 탈북민들의 것이어야 한다는 것에 짜증이 났는지, 담배를 물고 행사장 밖으로 나갔다.

가수의 노래가 시작되기 전 연회장 벽 쪽에 나란히 뷔페 음식을 마련해두었다. 음식은 삽시간에 동이 났다. 양장피 국물까지 따라 마셔 뷔페에서 흔히 나오는 음식물 쓰레기는 거의 없을 듯 보였다. 바닥까지 깨끗한 흰 접시들을 보니 인생이 초라하게 느껴졌다.

수많은 뷔페 음식 냄새와 흥겨운 노랫가락, 북한 가족 생각에 홀쩍거린 슬픔과 그것보다 더 힘겨운 자기 처지의 무거움이 대기 중에 한데 섞이고 있었다. 그 냄새가 이상하게도 견디기 힘든 분위기를 만들어내고 있었다.

앞자리에 앉아 있던 나는 잠시 눈을 감았다. 약간의 시간이 흘렀을까.

그때 선뜻한 기운이 느껴져 눈을 떴다.

누군가 호주머니에 손을 집어넣었다. 그 느낌이 날카로웠다. 주위를 둘러보았다. 아무도 보이지 않았다. 호주머니에 손을 집어넣어보았다. 꼬깃꼬깃 접어놓은 편지였다. 편지지를 펼치는데 께름칙했다. 다시 주위를 둘러보았다. 급하게 행사장을 빠져나가는 누군가의 뒷모습이 보였다. 저자인가? 뒷모습으로 봐서 그가 누구인지 도저히 가늠이 안 되었다.

왜 내게 편지를 건네주었을까? 그를 뒤따라가 캐물으려다 그대로 앉았다.

"변호사님, 저는 지금 살해 위협에 시달리고 있습니다. 며칠 전에도 탈북한 동지 하나가 테러를 당해 죽었습니다."
로 시작하는 편지였다. 그는 얼마 전 내게 생활법률 특강을 들은 적 있는 탈북자 K였다. 나는 K를 기억했다. 투명하면서 똑똑해 보이는 맑은 눈빛을 가진 청년이었다.

갑자기 귀에서 윙 하는 소리가 들렸다. 심호흡을 하고 천천히 읽어 내려가기 시작했다.

탈북자 단체에서 추천해주는 일자리를 얻어 계약직으로 일하게 되었습니다. 하지만 차별이 만만치 않았습니다. 계약도 채 채우지 못하고 나오게 됐습니다. 탈북민이라는 것을 숨기고 할 수 있는 일을 찾기 시작했지만 할 수 있는 일은 전단지 돌리기, 술집에서 술병 옮기기 등이 고작이었습니다. 하지만 한마디라도 입을 떼는 날엔 북한 말투가 새 나와 차별이 시작되었습니다. 시간당 4000원밖에 주지 않거나 아예 일을 그만두라고 협박까지 했어요.

제가 12살 때 아버지가 숙청되었습니다. 수용소로 끌려가다 탈출해서 꽃제비가 되었습니다. 그러다 다시 연변으로 도망쳤고 중국 공안을 피해 남조선으로 넘어왔어요. 목숨을 걸고.

하지만 125라는 숫자가 영원히 나를 옥죄는 숫자가 될지 정말 몰랐습니다. 하나원에서 나온 후 제게 부여된 주민증에 찍힌 숫자 125로 시작되는 주민번호는 저를 영원히 따라다니는 인식표였습니다. 어느 곳에도 돈 벌기가 힘들어요. 늘 주인이 감시하고 있고 모욕적인 욕설을 퍼붓는 것도 다반삽니다.

북한에 있을 때 고위 간부 비리를 고발하는 영상물을 몰래 만든 적이 있습니다. 그로 인해 저는 요주의 인물이 되었습니다. 얼마 전 함께 김일성대학을 나온 친구가 변사체로 발견됐습니다. 이건 분명 절 죽이겠다는 협박입니다. 누군가 날 죽이려 한다고 남조선 경찰에 말해도 제 얘기를 잘 들어주지 않아요. 다른 제3국으로 가고 싶습니다. 법적인 절차가 어떻게 되는지 궁금합니다. 변호사님, 도와주세요. 살고 싶어요…….

이렇게 이어지는 편지는 장장 석 장이나 되었다. 나는 목이 뻣뻣해져오는 걸 느꼈다. 내게 편지를 전해준 자가 K일까. K는 아닌 듯했다. 황급하게 도망치듯 문을 열고 나가는 뒷모습은.

그럼 지금 K는 어디에 있을까. 새조위 상임대표에게 K의 연락처를 물었다.

그의 편지 마지막 문장, "자유를 얻은 대신 자본주의가 얼마나 냉혹하고 잔인한지 알게 되었다"는 문장이 계속 뇌리에서 떠나질 않았다.

전활 받지 않는다. 전화기는 아예 꺼져 있었다.

K는 어디로 사라진 걸까. 내게 편지를 전해주라고 누군가에서 시키고선.

나는 K에게 걱정되니 되도록 빨리 전화를 달라고 문자를 넣었다.

초조한 마음으로 휴대폰을 만지작거렸다. 대표에게 K에 대하여 물어보니 최근에 본 적이 없다고 했다. 혹 벌써 테러를 당한 건 아닐까. 아니면 다른 누군가의 도움으로 제3국으로 밀항이라도 이미 했는지 모를 일이었다. 초조한 시간이 더디게 흐르는 듯했다.

그때였다.

전화가 울렸다. 번호도 보지 않고 급히 전화를 받았다.

"부장님."

내가 기다리던 전화는 아니었다. 김변이었다. 그의 목소리
는 평소 때 그 유들유들하게 튀는 목소리가 아니었다. 무거
운 안개처럼 심각하게 가라앉아 있었다.

"부장님, 뉴스 보셨어요?"

사뭇 진지한 목소리.

"뭐? 뭔데?"

잠시 참을 수 없는 침묵이 흘렀다.

"성완종 회장이 자살했답니다."

"뭐어?"

내 목소리는 높게 갈라지고 있었다.

순간 망연자실했다. 어떤 말도 나오지 않았다.

성완종 의원과 살생부, 그 죽음의 기록

성완종 의원은 90년대에 서산장학재단을 설립했다. 당시
서산, 태안 쪽 사람 중에 이 재단 돈을 안 받고 공부한 사람

이 거의 없다고 할 정도였다. 그는 죽기 전에 자신에게 돈을 받은 정치인들의 명단을 써놓았다. 그러나 그에게 장학금을 받았든 정치자금을 받았든, 그에게서 돈을 받은 이 어느 누구도 그의 장례식장에 오지 않았다. 혹여라도 검찰의 의심을 사게 되는 게 두려웠기 때문이다.

충남 서산 출신. 소학교를 중퇴하고 상경. 1970년경 귀향하여 단돈 1,000원으로 사업 시작. 서산토건에 입사. 서산토건, 대아건설, 경남기업 등을 인수. 서산장학재단 설립. 19대 국회의원 역임. 박근혜 당선을 위해 힘썼지만 비리 혐의로 구속영장이 청구되자 극단적 선택.

김앤장에서 성 의원 선거법 사건을 맡았을 때 그는 내게 자신의 자서전이라며 건네주었다. 한 사람의 생애에 대해 깊은 관심을 갖고 있던 터였다. 하룻밤 사이에 그 책을 다 읽었다.

그의 삶은 말 그대로 입지전적이라고 해야 할까, 시골 촌놈의 성공기라 해야 할까. 기가 막힌 삶이었다.

그가 어린 시절 소학교를 중퇴한 것은 계모의 학대 때문이었다. 열세 살 때 계모의 폭력을 피해 돈 벌겠다고 서울로 올라왔다. 서울에서 어머니를 찾고 동생들을 상경하게 해서 함께 살았다. 낮에는 약국 심부름을 하고 밤에는 교회 부설학교에서 공부했다. 남의 집 헛간에서 잠을 자고 신문 배달, 휴지 수집에 막노동까지 했다. 돈을 벌 수 있다면 안 해본 일이 없었다. 그렇게 청소년기를 보내며 생계를 이어가다 돈을 모아서 1970년대 어머니와 함께 고향으로 돌아왔다. 화물영업소를 차렸다. 단돈 1,000원으로 사업을 시작한 것이다.

성 의원 동생은 며칠 잠을 못 잔 사람 같았다. 눈에 핏발이 서 벌개져 있었다. 조문을 하고 식사 자리에 앉았다. 육개장과 몇 가지 반찬으로 상이 차려졌다.

하얀 비닐 커버가 씌워진 테이블 위에 육개장 김이 모락모락 올라오고 있었다. 차마 국물을 뜰 수가 없었다. 목에서 뭔가 뜨거운 것이 올라오려 했다. 그것은 어떤 참혹함이었다. 말로 할 수 없는 참담함이었다.

"황 부장님!"

김변이었다.

변호사 선후배들이 식사 자리로 우르르 몰려왔다. 저녁 시간 맞춰서 함께들 온 모양이었다. 식사 내내 다들 말을 아꼈다. 악착같이 살고자 했던 한 사업가 혹은 한 정치인의 말로에 대하여 어떤 말 한마디를 얹는 것조차 힘들었으리라. 우리가 서 있는 이 현실이 끔찍했다. 말 많던 김변마저 그날은 입에 재갈을 물려놓은 듯했다. 육개장만 퍼먹어댔다.

식사가 끝나갈 무렵이었을까.

"오늘 신문에서 난리 났던데요? 김기춘 비서실장은 전혀 돈을 받은 일이 없다고 하던데."

성 회장은 대통령(당시 국회의원 시절)이 독일을 방문할 때 김 실장에게 10만 달러를 롯데호텔 헬스클럽에서 전달했다고 주장했다. 비서실장에게도 2007년 한나라당 대선 후보 경선 당시 7억 원을 건넸다고 말했다.

"죽은 자는 말이 없으니까요."

"참 내, 산 자와 죽은 자의 진실게임이군."

"그럼 결론은 뻔하지 않습니까?"

"어떤 건데?"

"죽은 자가 산 자를 이길 수 있겠습니까?"

"그래도 성 회장이 10만 달러 주었다는 발언은 돈을 건넨 날짜, 장소, 너무 구체적이야. 죽음을 앞둔 상황에서 인터뷰를 한 거야. 설득력이 있지 않겠어?"

"맞아요. 정치권 일각에서는 이번 발언으로 자원외교 비리 수사와는 별도로 비서실장들에 대한 조사에 들어가야 하지 않겠냐고도 하던데……."

"오늘 뉴스 기사에 났더라구요. 검찰 수사 과정에서 성 전 회장의 '현금 수수 발언'이 사실로 드러날 경우, 후폭풍은 자원외교 비리 수사를 넘어설 거래요."

"그러니까……. 현금 수수 사실을 어떻게 밝히겠냐구?"

"죽음을 앞둔 사람이 유력 인사 실명까지 거론하면서 말을 지어냈겠어요?"

이런저런 말들이 오가는 중에도 나는 어떤 말도 하지 않았다. 소주잔만 기울이고 있었다.

"황 부장님, 무슨 말씀 좀 해보세요."

또 김변이었다. 그 유들유들하면서 톡톡 튀는 말투는 그대로였다. '짜아식, 너 또 나한테 맞아볼래?' 손바닥을 내밀며 하이파이브를 외치던 김변에게 등짝 스매싱으로 친분감을 표하던 나였다. 그날만은 망자의 침묵 앞에 나 또한 어떤 말도 하고 싶지 않았다.

성 의원이 날 찾아온 날은 2014년 봄. 광화문 유리창으로 흰 벚꽃이 눈꽃처럼 날리던 날이었다. 서면을 쓰느라 정신없던 터였다. 그의 안색을 보니 높은 절벽 위에 서 있는 사람처럼 위태로워 보였다. 넓은 이마에서 땀이 삐질삐질 흐르고 있었다. 난처한 일에 빠진 게 분명했다. 이야기인즉슨 이러했다.

서산장학재단에서 지역을 돌면서 무료 음악회를 했다. 수천만 원을 들여서 가수들 불러서 공연을 했다. 충남 쪽은 다 돌았지만 자신의 지역구에선 음악회를 열 수 없었다. 선거법 위반이었다. 해서 서산장학재단에서 '자율방범연합대'에 돈을 기부해 '방범연합대'가 음악회를 개최하게 했다. 그것과 연말에 1,000만 원을 지원한 것이 기부 행위로 기소된 것이다.

1심에서 음악회 개최와 천만 원 지원 모두에 대해 유죄가 선고되었다.

나는 서산장학재단이 자체 예산으로 자율방범연합대를 지원한 것은 기부 행위가 아니라고 무죄를 주장했다.

"심각한 문제가 될 것도 같아서 선거관리위원회와 협의를 해서 자율방범연합대에 장학재단이 예산을 지원하고 자율방범연합대의 이름으로 음악회를 열었으니 피고인이 직접 기부 행위를 한 것은 아닙니다."

항소심에서는 음악회 개최는 무죄, 1000만 원 지원은 유죄였다. 결국 그는 국회의원직을 잃었다.

경남기업으로 돌아왔지만 상황은 녹록지 않았다. 회사 상황은 어려웠다. 하노이에서 가장 높은 빌딩이 경남기업 소유였다. 당시 그 건물만 팔렸어도 회생했을 터였다. 하지만 건물은 팔리지 않았다. 은행 지원을 받아야 했는데 예전에 그에게서 정치자금을 받았던 어떤 이도 도와주지 않았다. 회사 비자금 사건으로 조사까지 받는 입장이 되고 말았다.

그는 구속되기 전 영장실질심사를 앞두고 내게 전화를 걸어왔다. 늦은 밤이었다.

"변호사님, 제가 구속되더라도 절 도와주셔야 합니다."

나는 선거법에서 그를 구하지 못했다는 자책감에 걱정하지 말라며 안심시켰다.

그리고 그날 밤 나와의 전화를 끊고 살기 위한 궁리를 하며 여러 군데 전화를 돌렸다. 그리고 밤늦게 비서실장을 만나러 갔다. 마지막으로 비서실장이 자신을 살릴 수 있을 거라는 희망을 가지고 갔다. 하지만 그마저 좌절된 듯했다. 그는 속으로 '아무도 날 도와주는 이가 없구나' 통탄했다.

13세 때 계모의 학대를 피해 상경해 바닥에서부터 일해 거대 기업을 일군 기업인. 어릴 때부터의 꿈이 국회의원이어서 그 꿈을 이루는가 싶더니 결국 정치에서 배신당하고 스스로 목을 맬 수밖에 없었던 비운의 사나이.

그는 새벽에 스스로 목숨을 끊기 전에 자신이 정치자금을 준 정치인의 이름을 메모지에 한 자 한 자 기록했다. 그는 최후로 『세계일보』 기자에게 전화를 걸어 명단을 불러주었다. 식은 그의 몸속 호주머니에서 나온 쪽지에는 기자에게 읊어주었던 명단이 그대로 쓰여 있었다.

내가 그를 선거법 사건에서 이기게 해주었다면 그는 국회의원직을 그대로 유지했을 것이다. 그랬다면 이렇게 극단적인 선택까지 하지 않았을 것이다.

씻을 수 없는 자책감이 몰려왔다.

어두운 봄밤이었다.

봄의 대기는 절규하며 목을 맨 누군가의 죽음과 달리 능청스러우리만큼 따사롭고 포근했다. 말할 수 없는 혼란과 고통이 몰려왔다. 누군가 내장 깊숙이 창으로 찌르고 있는 것 같았다. 문득 새조위에서 만난 탈북자 K의 실종과 겹쳐지면서 죽음에 대한 공포가 불현듯 솟아났다.

성 의원 사건은 아직도 해결되지 않은 정치자금 게이트다. 아마도 그 안에 박힌 작살을 빼내려고 하면 할수록 상처는 더욱 넓게 벌어질 것이다. 찢어진 거죽 사이로 더 많은 어두운 비밀들이 핏물처럼 쏟아져 나올 것이다. 정치의 비정함과 냉혹함에 몸서리쳐졌다.

장례식장 현관 앞에는 검은 상복을 입은 젊은 남자 무리들이 담배를 피우고 있었다. 10여 년 전에 끊은 담배가 몹시도 그리웠다.

언제 왔는지 김변이 날 뒤따라와 있었다. 담배 한 개비를 권했다. 정말 피워야 하나 주저하는데 김변이 담배를 깊숙이 빨더니 물었다.

"근데 부장님, 김앤장은 왜 그만두신 거예요?"

'새끼, 아픈 데만 골라서 콕콕 찌른다니까.' 내가 씩 웃으며 김변의 등짝에 스매싱을 하려는 순간이었다. 위기를 눈치챈 김변이 급하게 말을 이었다.
"부장님! 아 부장님, 전화 왔잖아요!"
그러고 보니 내 휴대폰이 울리고 있었다. 젖을 달라고 울어대는 신경질적인 아기처럼 쉬지 않고 울어대고 있었다.

"조희연 서울시 교육감 사건을 왜 황 변호사님이 맡으신 거죠?"

2004년 3월 입사한 김앤장을 2015년 2월에 나왔다. 그만둔 이유를 묻는 사람들에게 어떤 답을 내놓기도 어려웠다. 딱히 명확한 이유가 없었다. 그것은 마치 내 안에 있는 내가 어딘가로 나를 이끌었고, 그 욕망이 마치 나인 것처럼 보였지만 정작 그 욕망이 실제로 나인지 아닌지 구분이 가질 않았기 때문이다. 세상에서 가장 알 수 없는 것이 제 마음이고, 또 가장 움직이기 힘든 것도 제 마음인 경우가 많다.

어느 날 상사가 날 불렀다.

"황 부장, 신문 기고는 사무실을 생각해서 좀 그만하는 게 어떻겠소?"

이미 다른 변호사들을 통해 그 언질을 듣던 중이었다. 당시 나는 『중앙일보』의 일요판 『중앙선데이』 등에 소속을 안 쓰고 '변호사 황정근'이란 타이틀만 달고 칼럼을 기고하고 있었다. 언론에 노출되다 보면 정치적으로 예민한 곳을 건드리게 되고, 그렇게 되면 법률회사 이미지에 좋을 게 없었다. 그러나 회사에서는 내가 김앤장 소속 변호사란 타이틀을 숨긴다고 해서 숨겨질 순 없다고 생각한 듯싶었다.

당시의 나는 뭐랄까. 내가 계속 먹어오던 호빵을 빼앗긴 어린애 같았달까. 후배들은 자꾸만 올라오고 있었고 내가 맡은 사건은 점점 줄고 있었다. 나는 적절히 침울했고, 그 침울함을 독서와 글쓰기로 해소하고 있었다. 이 사회와 현실에 대한 견딜 수 없는 발화 욕구를 느꼈다. 그것은 고스란히 언론 기고가 되고 있었다.

그런데 선배 변호사의 그 한마디로 무슨 객기라도 생긴 걸까. 어른들에게 소심하기 이를 데 없던 내가 무슨 용기로 그런 대꾸를 준비한 걸까. 내 속에는 나도 모르는 어떤 개구리가 살고 있는 것이 분명했다. 개구리가 대꾸했다.

"만약……, 제가 계속 기고를 한다면요?"

"그럼……, 이 사무실에 남아 있긴 힘들 거 같네."

단호한 대답을 듣자마자 내 안에 개구리가 팔짝 뛰어올랐다. 개구리가 대답했다.

"그럼, 제가 그만두겠습니다."

그렇게 말하고 뒤돌아서서 짐을 쌌던 것이다.

집으로 돌아와 아내에게 김앤장에 사표를 냈다고 했다. 아내는 어쩌면 그렇게 인생에서 결정적인 순간에 모든 걸 혼자서 결정하냐고 타박을 했다. 하지만 늘 그렇듯 그건 내가 저지른 일이 아니었다. 내 안에 내가 알 수 없는 욕망이 서서히 자라고 있었고, 그것이 어느 순간 모습을 드러낸 거라 나도 어떻게 할 수 없는 거였다. 그러니까,

"우리는 우리가 하는 행동으로 우리가 된다."

천명관 소설 『고래』에 보면 이런 명제가 있다. 인간의 부조리한 행동에 관한 귀납적 설명이다. 한 인물의 성격이 미리 정해져 있어 그 성격에 따라 행동하는 것이 아니라, 그가 하는 행동을 보고 나서야 비로소 그의 성격을 알 수 있다는 의미다.

이것은 닭이 먼저냐, 알이 먼저냐 하는 헷갈리는 질문이다. 하지만 적어도 나는 나의 행동을 보고 나 스스로 무엇을 지향하고 있었는지 스스로 알게 되었다. 몸담고 있는 조직에

서 이제 내 역할이 다 되어가고 있다는 것, 이제 새로운 우물을 파기 위해 스스로 새로운 길로 떠나야 한다는 것, 광야에서 또 다른 나만의 우물을 찾아내어 샘물을 길러내야 한다는 것, 그것만은 명백한 사실이었다.

나는 광화문 근처에 조그만 개인 법률사무소를 열었다. 비서만 하나 있고 사무장이 없어서 사무장을 공동으로 활용하기 위해 대학 동기 오승원 변호사가 하는 '법무법인 소망'의 광화문 분사무소로 개업했다. 작은 법인 소속의 분사무소에서 나만의 작은 우물을 만들어보기로 했다.

아이러니하게도 개인 변호사로 개업하고 나선 어떤 신문 칼럼도 쓰지 않았다. 언론 기고를 해야겠다고 호기롭게 말하고 김앤장을 나왔는데.

칼럼을 쓰고 싶어도 쓸 수가 없었다. 사무실을 혼자 힘으로 꾸려가는 일이 쉽지 않았기 때문이다.

2014년 지방선거 이듬해라서 내 전공인 선거 사건을 몇 건 수임하여 그럭저럭 사무실은 굴러갔다.

"황정근 변호사님이시죠?"

"네, 그런데요?"

"저는 한겨레신문 ○○○ 기잡니다."

모르는 기자의 전화였다.

"무슨 일이시죠?"

"변호사님은 보수 쪽 정치인들을 계속 변호하던 분 아니신가요? 그런데 조희연 서울시 교육감 사건을 맡으셨더라구요. 왜 맡으신 거죠?"

잠시 어이가 없어 허허 웃음이 났다. 밤하늘을 올려다보았다. 날씨가 흐려서인지 달조차 보이지 않았다. 먹먹한 하늘 그대로였다.

"기자님, 의사가 전쟁 중에 아군, 적군을 가려가며 치료해야 되겠습니까? 그리고 또, 진보는 보수에게 적이고 보수에게 진보는 적인가요? 변호사는 진영을 나눠서 변호해야 할까요?"

진영논리를 두고 변호사의 입장을 묻는 질문은 이후에도 여러 차례 받은 적이 있다. 법은 진영의 이분법 이전에 놓여 있다. 누구나 똑같이 법의 보호와 법의 변호를 받을 권리가 있는 것이다.

조희연 서울시 교육감은 1심에서 벌금 500만 원을 받아 거의 낙마의 위기에 몰려 있었다. 그는 항소심 때 날 찾아왔다. 그는 선거운동 당시 기자회견에서 상대 고승덕 후보에 대해 미국 시민권자라는 의혹을 제기했다. 그 의혹은 허위사실로 드러났다. 기자회견까지 했으니 증거가 확실했다. 무죄가 불가능한 상태였다. 작량감경을 해도 벌금 250만 원이 하한

인 사건이었다. 살아날 유일한 방법은 선고유예였다. 그런데 1심에서는 선고유예 변론을 하지 않았다.

나는 항소심을 맡아 선고유예 변론을 했다. 교육감 선거를 다시 치르려면 유권자 규모를 보아 약 400억 원의 지출이 불가피하다. 선거판에서 오가는 말싸움과 의혹을 제기한 것에 대한 피해치고는 너무 큰 지출이다. 선거 과정에서 제기된 의혹에 대한 공방이 오고 간 것으로 선거 직전에 다 해명이 되었으므로 '선고유예'를 선고해주십사 하고 변론했다. 다행히 2심에서 '선고유예' 판결을 받게 되었다. 조희연 교육감은 자리를 유지할 수 있었다. 그래서 2018년 선거에서도 재선될 수 있었다.

"나, 문재인입니다"

"변호사가 브로커를 쓰지 않고도 살아남을 거 같아?"

친구들이 놀려댔다. 브로커를 쓰지 않는 변호사들은 서초동에서도 문을 닫기 일쑤였다.

그러나 자존심 때문에라도 브로커를 쓸 순 없었다. 명백한 불법이니까.

광화문 내 사무실 오피스텔 현관문 앞에는 사실 '변호사 황정근' 같은 간판 하나 없다. 간판 없는 변호사 사무실이었

다. 내게 사건을 맡기러 온다면 누군가의 소개로 오는 것일
테고, 그 누군가의 소개를 신임해 나는 사건을 맡을 생각이
었다. 지나가는 뜨내기 손님은 내게서 법적 정보만을 얻어
낸 후 종적을 감추기 일쑤였다. 선거법과 정치관계법 전문
가로 조금씩 소문이 나고 있다는 것은 감지할 수 있었다. 사
무실 문을 닫지 않을 만큼 의뢰인들이 소개를 받아 찾아들
고 있었다.

겨울이 다가오고 있었다.
나는 내 작은 우물을 파 샘을 퍼 올리고 집을 지을 수 있을까.
추운 겨울 벌판에 하늘의 별빛만을 의지해 길을 가는 방랑
자 같단 생각이 들었다.

나의 고독과 달리 2016년 12월 광화문은 뜨겁기만 했다.
그 무렵, 나는 문재인 민주당 대표의 전화를 받았다.

"나, 문재인입니다."
사무실 식구들과 회식을 하기 위해 차를 타고 이동 중이었
다. 차 안에 타고 있던 어쏘 변호사(Associate Lawyer)들이 전
화기 속 목소리를 들었는지 일순간 조용해졌다. 우리는 어
디로 저녁을 먹으러 갈 것인지 사다리타기를 해야 하나 하며
왁자지껄 떠들어대고 있었다.

일순간 목소리를 낮추어 대답했다.

"아, 네."

당시 야당 대표 문재인이었다. 가슴이 덜컥 내려앉는 것 같았다. 그런 내 감정과 달리 목소리는 그 어느 때보다 침착해 있었다.

창밖은 광화문 촛불집회로 불빛과 함성이 어지럽게 쏟아지고 있었다. 나는 혼미해지는 정신을 곤추세웠다. 전화기에 귀를 쫑긋하고 더 가까이 댔다.

"말씀하십시오."

전등은 잘 끼워지지 않고 있었다.

"아니, 그쪽으로 달면 어떡해?"

아내가 말한 부분은 부엌 싱크대 쪽 전등이 아니었나 보다. 아내가 오는 길에 전등을 사 오라고 했다. 집에 들어오니 아내는 보이지 않았다. 욕실에서 물소리가 나서 아내가 씻고 있겠거니 생각했다.

집안의 불을 켜보니 싱크대 위쪽 천장 전등이 나가 있었다. 옷을 갈아입고 잽싸게 의자를 갖다 놓은 뒤 전등갓을 벗기고 있던 터였다.

언제 씻고 나왔는지 아내는 말개진 얼굴로 서 있었다. 씻고 나온 수건을 목에 걸고 의자 옆에 서서 날 올려다보고 있었다.

"공부방 쪽이라니까."

"으응, 공부방 쪽도 전구가 나갔어?"

"응, 거기가 더 급해. 나 작업할 게 있단 말야."

그럼 처음부터 전구를 두 개를 사 오라고 할 것이지. 아니면 아예 이참에 LED로 바꾸든가. 새 전구를 가지고 공부방으로 갔다. 천장으로 고개를 쳐들고 전구를 끼우는데 아내의 질문은 끝이 없었다.

"그래서……, 그래서 뭐라 했는데?"

"뭐라 그러긴."

"아니, 차기 대통령이 될 야당 대표가 전화를 했으면 '앞으로 잘 부탁합니다!'라든가, 뭐, 뭐 그런 말이라도 해야 되는 거 아니야?"

아내의 목소리가 살짝 하이톤으로 올라가고 있었다. 왠지 그다음 진도가 나갈 것 같은 불길함이 조금씩 느껴졌다.

전구는 잘 끼워지지 않고 있었다. 점점 목이 아파오고 있었다. 경추가 딱 부러질 거 같았다. 내 안의 개구리가 튀어나와 다시 아내에게 뭐라고 버럭 소리를 지르고 싶어 했다. 가까스로 개구리를 달래서 참았다. 아내에게 대꾸했다.

"부탁은 무슨……. 문재인 대표가 내게 잘 부탁한다고 하던데?"

"응, 응, 그러니까 대통령 탄핵 사건 맡은 거 때문이겠지.

그, 그래서, 그래서? 그래서 당신은 뭐라 했는데?"

아내는 궁금해 죽겠다는 목소리로 다급하게 내게 물었다. 뜸을 들인 후 대답했다.

"뭐라 그러긴. 그냥 '네'라고 대답했지."

"뭐어? 그게 다야?"

"음, 응."

나는 떨떠름하게 대답하고 손을 탁탁 털면서 말했다.

"이제 다 됐어. 불 켜봐!"

그러자 역시 기다렸다는 듯이 아내의 지청구가 시작됐다. 내 그럴 줄 알았다는 둥, 숫기가 없으니 무슨 말이라도 했겠냐는 둥, 어떻게 전화 통화에서 '네, 네'만 하다가 전화를 끊었냐는 둥, 그때 자기 소신도 밝히고 해야 분명한 인상을 심어줄 수도 있는 거라는 둥 말들을 쏟아냈다. 아내의 말을 멈추게 할 요량으로 내가 소리치며 말했다.

"나, 배고파. 밥 줘!"

그대, 다시는 고향에 돌아가지 못하리

박근혜 대통령 탄핵 사건에서 국회 소추위원 대리인단 총괄팀장이 된 것은 아주 우연한 계기였다. 지인들과의 저녁 모임에서였다. 2016년 12월 9일 국회에서 탄핵이 의결되기 딱 1주일 전인 12월 2일이었다. 국회의원도 한 분 있었다.

"만약 탄핵이 의결되면 나는 변호사로서 코너에 몰린 대통령을 변호해보고 싶어요."

국민의 80퍼센트가 탄핵에 찬성했다. 나는 뭔가 약자로 몰려 있는 대통령의 편에서 변호를 해보고 싶었다.

"그러지 말고, 국회 쪽 변호를 해주세요."

소심스럽고도 신중한 목소리였다.

갑작스런 제안에 나는 선뜻 대답하지 못했다.

"글쎄요. 그건 좀……."

전혀 예상치 못한 제안이었다. 감당할 수 있을까. 역사의 중요한 매듭을 지어야 할 재판이다. 온 국민들이 지켜볼 것이다. 그만큼 온 힘을 다 쏟아야 한다. 기질상 끝장을 보는 성격이지만 이 재판이 언제 끝날지도 모를 일이었다.

그 후 12월 6일에 국회 법사위원장이 내게 전화를 걸어왔다.

"탄핵 의결이 곧 되는데, 탄핵 재판 국회 측 총괄팀장을 맡아주세요."

법률상 소추위원은 국회 법사위원장이 당연직으로 맡게 되어 있으나 당시 국회는 여야 9명 국회의원으로 소추위원단을 구성하였다. 헌법재판소는 탄핵 재판 때 대심판정에 소추위원단의 자리도 마련해주었다. 법사위원장을 제외한 다른 소추위원단 의원들은 법정에 출석하였으나 현행법상 발언권은 없다.

대리인단 구성에 대해서는 여당과 야당이 팽팽히 줄다리기를 하고 있었다.

"우리 쪽 전체 실무를 총괄하는 팀장을 맡아주시죠."

그 말을 듣는 순간 3일 전의 걱정은 짧은 서곡에 불과하다는 것을 알았다.

"의원님, 한번 생각해보겠습니다."

나는 예의를 갖춰 정중하게 거절을 했다. 총괄팀장이라니. 국가적인 큰 사건에 좀 더 경험이 많은 원로 변호사가 필요하지 않을까 하는 생각이 들었다. 그 중차대한 일과 그 일의 책임과 무게를 내가 다 지고 가야 한다고 생각하니 감당할 수 없을 듯했다.

법사위원장은, 국회 대리인단의 단장은 대법관 또는 헌법재판관 출신 원로 변호사를 한 분 나중에 모시기로 하고, 나에게는 일단 실무를 총괄할 총괄팀장을 맡아달라는 것이었다.

그러나 대리인단의 단장은 그 후 인선에 대한 여야의 의견 불일치로 끝내 임명되지 않았다. 내가 단장 겸 총괄팀장으로 대리인단을 이끌었다. 대통령 측 대리인단에는 헌법재판관을 지낸 이동흡 변호사와 대법관을 지낸 정기승 변호사가 포진해 있었던 데 비하면, 국회 측 대리인단의 단장이 공석이어서 내 부담은 컸다.

검찰 특별수사본부에서 기소한 최순실·정호성·안종범 사건은 언론에 보도된 것으로 유추해볼 때 수사기록만 해도 몇만 쪽이 되고도 남을 거였다. 트럭으로 몇 대 분량일 듯했다.

사건의 성격상 로펌들은 모두 이 사건에 빠지고 싶어 할 게 뻔했다. 예민한 정치 문제였다. 그렇다고 국회에서 서초동 개인 변호사에게 맡길 수도 없었다. 기록 분량도 분량이지만, 무엇보다 쟁점이 많은 거대한 사건을 개인 변호사가 컨트롤할 수는 없다. 대개의 개인 변호사는 그런 큰 사건을 해본 경험이 없다. 대형 로펌에서 방대한 기록을 다뤄보고 팀플레이를 해본 경험이 있으며, 현재는 로펌 변호사가 아닌 법관 출신 개인 변호사. 국회에서 나를 선택한 이유는 바로 그것이었다. 김앤장에서 일하다 나와 개인 변호사가 된 지 2년이 채 안 된 변호사. 바로 나였다.

개인 변호사들로 팀을 꾸려야 할 것이다. 서초동 개인 변호인들을 코디하는 일 또한 쉽지 않을 것이다. 개인 변호사들은 제각각 자존심이 센 프로들이어서 총괄팀장 말을 잘 따라줄지도 모를 일이었다. 모든 일을 총괄해야 한다니. 생각만 해도 감당하기에 벅찼다. 아무래도 할 수 없을 듯했다.

"당신이 이런 일을 맡기 위해 김앤장을 나온 거 같지 않아?"

아내의 대답은 명쾌했다.

"그래?"

"그렇다니까. 이게 당신의 운명이야."

이상했다. 운명이라는 말에 홀렸다.

나도 모르게 법사위원장에게 전화를 걸었던 것이다.

"좋습니다. 해보겠습니다."

"네, 근데 지금 대리인단 구성을 놓고 여야 간에 알력이 심해요. 민주당 쪽 인물을 추가로 뽑아야 할 겁니다."

"민주당에서 추천하는 변호사들 중에서 함께 일할 변호사를 제가 추천드리겠습니다."

"그건 아무래도 좋습니다."

일단 민주당 추천 변호사가 정해지지 않은 채 권성동 법사위원장과 국민의당 김관영 의원과 함께 2016년 12월 15일 국회 정론관에 섰다. 거기서는 내가 총괄팀장이고 분야별 팀장으로 헌법연구관 출신 이명웅 변호사, 검사 출신 문상식·김현수·이금규 변호사 및 판사 출신 최규진 변호사가 대리인단으로 발표되었다. 김앤장에서 나와서 단독 개업한 판사 출신 최규진 변호사는 내가 추천하여 대리인단에 합류시켰다.

법사위원장은 기자회견에서 "전문성과 능력 그리고 경험 이 세 가지를 고려했다. 총괄팀장 지휘 아래 변호사가 일사

불란하게 움직이는 그런 체제를 마련했다"고 했다.

그러나 야당은 법사위원장이 여야 간 충분한 협의 없이 일방적으로 대리인을 선정했다며 반발했다.

법사위 민주당 간사인 박범계 의원은 페이스북을 통해 "이번에 권 위원장이 구성한 소추 대리인들은 촛불 민심과 민주당의 관점에서 동의하기 어렵다. 탄핵 찬성 234명 중 민주당 123명에 상당하는 대리인들이 민주당 추천 몫으로 보장돼야 한다"고 요구했다.

내가 탄핵 의결 전에 한 언론 인터뷰도 문제가 되었다. 나는 『한국일보』, 『뉴시스』 등 다수 매체에 "헌재가 최순실 씨 등에 대한 형사재판 결과를 보기 위해 헌법재판소법 제51조에 따라 탄핵심판 절차를 6~12개월 정도 중지할 수도 있다"고 말한 바 있다. 소추위원 총괄팀장이라는 자가 탄핵 의결 직전 언론 인터뷰에서 '탄핵심판 선고가 오래 걸릴 수도 있다'는, 말도 안 되는 견해를 밝힌 것이다. 그 이유로 야당이 반발했다. 그런 생각을 가진 변호사이니 신속한 탄핵심판을 요구하는 여론에 배치되는 인선이라는 것이었다.

"탄핵심판 절차가 신속하게 이뤄져야 한다는 것이 헌법과 국민의 뜻인데 총괄팀장의 견해가 이와 동떨어져 우려된다." 신문과 뉴스에서 연일 황정근 총괄팀장이 재판을 늦추려 한다는 둥 비난을 쏟아냈다. 소셜미디어에서 원색적인 비난은 도를 넘고 있었다. 사실 나의 인터뷰 내용은 그런 탄핵 재판 연기 가능성을 사전에 차단하자는 것이었다. 여론을 환기함으로써 헌재가 신속히 재판을 해야 한다는 것을 강조하는 내용이었다.

사람들은 결국 상대가 속해 있던 조직이나 환경으로 상대를 평가하려 한다. 그 소속과 조직이 그 사람의 본질적 자아와 아무런 관련이 없음에도 불구하고. 그것이 우리 사회의 오랜 사회적 분위기였다. 내 편이냐 내 편이 아니냐, 이쪽이냐 저쪽이냐, 그 무수한 편 가르기와 편 가르기의 강요가 얼마나 많은 폭력과 전횡을 낳았는지 알면서도 말이다.

그것이 권력과 명성을 얻기 가장 손쉬운 방법이라 생각했을 수 있다. 사실 쥐고 있는 권력과 명성도 아슬아슬한 지위에 불과한 것인데. 세상이란, 대중이란, 얼마나 간사하고 변덕스러운지.

2016년 12월 18일, 국회의원회관의 작은 회의실에서 소추위원단과 대리인단의 첫 연석회의가 열렸다. 소추위원단과 대리인단의 상견례 자리였다. 창밖은 을씨년스러운 겨울 하늘이 한껏 내려앉아 있었다. 그 자리에서는 대리인단 구성 문제만이 아니라 그 직전에 제출된 대통령 대리인의 답변서를 언론에 공개할 것인지를 놓고 충돌했다.

회의실 안 민주당 의원들은 의심스러운 눈길을 내게 쏟아내고 있었다. TK 출신에다 새누리당 법사위원장이 일방적으로 임명했으니 보수적 인물이 틀림없다고 생각한 것이다. 탐탁지 않은 표정으로 나를 노려보고 있었다. 얼마 전 내가 한 인터뷰 기사 때문에 더욱 심사가 뒤틀어져 있었다.

"기사를 보니 이번 탄핵 재판이 6개월 이상 걸릴 수 있다고 말씀했던데, 시간을 끌자는 뜻이오? 대체 재판에서 이길 생각이 있는 겁니까? 혹시 재판 뒤엎을 생각으로 페이크하는 거 아니오?"

"시간을 끌겠다는 뜻이 아닙니다. 자료를 충분히 검토하지 않고 섣불리 대응하다 오히려 역공을 당할 수도 있습니다. 만전을 기해야 된다는 뜻입니다. 국민의 여론을 등에 업고 쉽게 대응하다 오히려 법리에서 밀릴 수도 있단 뜻이죠. 직권주의 방식으로 심리하면 빨리 끝날 겁니다."

그렇게 내가 대답을 했다. 하지만 몇몇만이 고개를 주억거렸다. 대부분 의원들은 의심스런 눈초리였다. 옆 사람과 나직이 얘기를 주고받고 있었다.

"그래도 TK인데, 저 사람이 맡아서 일이 빨리 끝나겠어요? 대체 재판을 이길 생각은 있는 거야? 내 참."

"왜 이 재판을 우리 민주당에서 주도하지 못하는 겁니까? 왜 권성동과 황정근 손에 다 넘겨야 되는 거냐구요?"

반문과 의심의 질문들이 쏟아졌다. 비판과 탄성이 날아들었다. 법정에서 적과 싸우기 전에 내부와 싸워야 했다.

지금 당장 내가 '탄핵 재판을 최대한 빨리 끝내겠소' 하는 한마디만 한다면 수많은 이들이 그 말 한마디에 무슨 커다란 함의가 담긴 것처럼 그 말에 붙들려 떠들어댈 것이다. 각자의 '정의'를 만들어낼 것이고 각각의 해석으로 자신들의 '진실'을 떠들어댈 것이다.

대기 중에 반지르르하고 무책임한 말들이 안개처럼 떠다녀도 아침이 되면 유령처럼 말들은 사라져버린다. 그러면 다시 유능한 아첨꾼이 새로운 말들을 만들어내곤 하는 것이다.

삶에서 중요한 것은 진지한 내면의 힘을 지키는 것이지 않는가. 나는 떼쓰고 고집부리는 비판에 조금도 개의치 않기로 마음먹었다.

나는 나에 대한 일련의 비판적 시각에 대해 우려를 해소시키며 말했다.

"공정하면서도 신속하게 재판이 진행되도록 노력하겠습니다. 탄핵 재판은 직권주의 요소가 강하므로 헌재가 신속하게 직권주의적으로 진행하도록 요청하겠습니다."

그렇게 해서 그 자리에서 여야의 동의를 받았다. 최종적으로는 민주당에서도 나를 총괄팀장으로 인정하고 힘을 실어주는 것으로 정리가 되었다. 다만 민주당 쪽에서 추천한 변호사들 중에서 두세 명을 대리인단에 추가하기로 결정했다. 운명이든 우연이든, 국회 대리인단 총괄팀장이라는 중책이 내게 내려졌다. 무거운 책임감과 잘해내야겠다는 의욕이 불길처럼 타올랐다.

거대한 역사의 재판이 될 것이다. 나는 법정에서 '메인 스피커' 역할을 해야 한다. 쉽지 않은 싸움이 될 것이다. 상대방 대리인단과 싸워야 할 법리 다툼에 대한 준비만으로 모든 것이 벅찼다. 힘들었다. 칼을 갈아야 할 시간도 부족했다.

그 후 민주당에서 추천한 변호사들 중에서 판사 출신 이용구 변호사(현 법무부 법무실장)와 전종민 변호사가 나와 함께 일하기 좋을 것으로 보여 대리인단에 합류시켰다. 이렇게 해서 대리인단은 판사 출신 황정근(임종욱·최지혜)·이용구(탁경국)·전종민(김현권)·최규진(김봉준·한수정) 변호사, 검사 출신 문상식·이금규·김현수(김훈) 변호사, 헌법연구관 출신 이명웅·신미용 변호사로 꾸려졌다. 총 아홉 개 사무실, 변호사와 어쏘 변호사들까지 총 열여섯 명의 대리인단이 꾸려졌다. 나는 '황 총괄님'이라고 불렸다. 9개 팀 명단과 탄핵소추 사유들을 책상 위에 올려놓았다. 전략을 위한 그림을 그리기 시작했다. 대리인단 내에서 업무를 분배했다. 회의를 하고 싸울 전략을 구상했다. 그런 일들은 매우 익숙했다. 김앤장에서 11년간 팀플레이에 대한 노하우를 쌓아왔던 터였다.

 국가에서 전쟁이 나면 '상황실'을 만든다. 상황실에 대통령과 주요 인사들이 모여 머리를 맞대고 의논을 한다. 상황실 커다란 전광판을 보며 그때그때 상황을 보고받는다. 모든 정보가 모이고, 모든 전략이 세워지는 곳이다. 그렇듯 로펌에서도 큰 사건이 떨어지면 상황실을 만든다. 그것이 '워룸(war room)'이다. 일종의 컨트롤타워. 나는 내 방을 컨트롤타워로 삼았다. 자주 모이기 어려워 재판이 있는 날에 헌재 연구관 식당에서 회의를 하고, 대개는 단톡방과 이메일로 일을 했다. 우리 사무실 어쏘 임종욱 변호사가 상황실장 격이었다.

 헌법연구관 출신 이명웅, 신미용 변호사는 당연히 헌법과 헌법소송법 파트를 맡았다. 중요한 헌법 법리 담당이다. 이용구 변호사는 세월호 파트를 맡았다. 세월호에 대한 대통령의 책임을 묻는 것은 여론의 최고 핫이슈였다. 최종적으로 받아들여지지는 않았으나 중요한 탄핵 사유였다. 전종민 변호사는 언론자유 파트를 맡았다. 그 밖의 소추 사유는 4등분하여 문상식, 이금규, 김현수, 최규진 변호사가 나누어 맡았다. 그 외 어쏘 변호사들이 각 사무실의 시니어 변호사들을 보조했다. 빠른 시일 안에 재판 준비를 해야 하는 상황이었다. 다행히 변호사들 모두 베테랑이었다. 팀워크만 잘 갖추면 드림팀이 될 듯도 했다. 민주당에서 추천받은 이용구, 전종민 변호사 두 사람은 정치적 성향은 달랐지만 같은 판사 출신 후배였다. 기대 이상으로 팀워크를 잘 이루어나갔고 일도 잘해주었다. 증인 신문 때는 다른 소추 사유에 대해서도 많이 도와주었다. 마음이 든든했다.

"탄핵 재판, 그거 얼마 받았어요?"

사람들은 수임료를 가장 궁금해했다. 대리인단 총괄팀장이 됐다는 소식을 듣자마자 바로 나오는 질문은 결국 돈이었다.

수임료는 낮았다. 대리인단을 꾸리는 데 가장 어려운 장애 중 하나였다. 대리인단에 속한 변호사들은 각각 소규모 사무실에서 일하는 중이었다. 얼마나 시간이 걸릴지 모르는 재판이다. 사무실의 다른 일은 거의 할 수가 없다. 중대한 사안인 만큼 모든 일을 접고 전념해야 할 일이었다. 변호사 사무실은 바쁘기 마련이다. 스케줄 바꾸기도 어려운 일이었다. 매달 들어가는 월세, 직원들과 어쏘 변호사들 월급이 무섭다. 시니어 변호사 살림살이 고민은 사무실마다 대개 비슷한 사정이었다. 국가의 부르심을 따라 당장 달려가기란 쉽지 않은 결정인 것이다.

아이러니하게도 이런 사정은 대통령 측 변호사들도 마찬가지였다. 지갑이 감시당하고 있어서일까. 한 나라의 대통령을 탄핵하는 역사적 사건의 무게, 그 중압감과 업무량에 비해 수임료는 턱없이 낮았다고 한다. 명분과 명예만으로 쉽게 뛰어들 수 없는 속사정이 있었다.

보이지 않는 적은 외부에도 있고 내부에도 있었다. 그 중압감은 견디기 어려웠다.

법리의 사각지대, 생각지도 못한 실수, 음모의 가능성……. 잠을 자고 나면 버섯처럼 내부의 두려움은 커져 있었다. 광화문 조그만 내 사무실에서 어둠이 내린 창문을 바라보았다. 내일이다. 어둠이 물결처럼 밀려오고 있었다. 상대 변호사를 생각했다.

이럴 때 우리 대리인단에 대법관이나 헌법재판관을 지낸 원로 변호사가 단장으로 있었으면 한결 마음이 편했을까. 단장은 재판이 끝날 때까지 공석이었다. 총괄팀장으로서 소추위원단과 협의하여 팀워크를 조직하고 재판의 방향을 정하는 전략에는 거침없는 나였다. 하지만 모든 무게를 홀로 지는 것은 버거웠다. 마음의 짐을 덜 수 있는 노장 선배의 한마디가 아쉬웠다. 수많은 전쟁을 치러왔다. 백발노장의 선배가 법정에 앉아 있는 것만으로 필드는 힘을 낼 수 있다.

지붕 없는 날림집에 앉아 있는 느낌이랄까. 탄핵 재판이 있던 92일 동안 나는 아버지 없이 전쟁을 치러야 하는 고아처럼 치열했다. 외로웠다. 92일 동안 기존 내 사무실 사건 변호는 올 스톱이었다. 다행히 사건을 담당하는 재판부에서 나의 처지를 알았기에 나의 기일변경신청을 모두 받아들여주었다. 탄핵 재판 이후에 변론을 진행하도록 배려해주었다.

밤 12시. 집으로 돌아가는데 고향 예천 친구에게서 전화가 왔다.

"정그이, 니는 배신자다! 이 재판 끝나도 절대로 고향에 오지도 말그래이!"

"……."

"아니, 절대로 오면 안 된대이. 내 못 오게 막을끼다!"

"……."

경북 예천은 탄핵 반대 일색이었다.

그대, 고향에 돌아가지 못하리.

난 어쩌면 고향을 잃게 될지도 몰랐다. 고향 친구, 친지들도 잃게 될지 몰랐다.

나의 적은 사방에 깔려 있었다.

박근혜 대통령 탄핵 사건의 전말

"지금부터 2016헌나1호 대통령 탄핵 사건에 관하여 제1차

준비절차기일을 시작하겠습니다."

2016년 12월 22일 헌법재판소 소법정에서 탄핵심판이 시작되었다. 수명재판관은 이정미, 이진성, 강일원 재판관 세 분이다. 주심은 강일원 재판관.

피청구인 대리인은 답변서에서 이 사건 탄핵 절차 자체가 부적법하다는 주장을 하고 있었다. 탄핵 사유가 있는지 여부 및 그 사유가 중대한지 여부에 앞서 탄핵심판 청구가 애당초 부적법하다는 이른바 본안 전 항변을 몇 개 내세웠다. 내가 보기에 가장 중요한 주장은 '국회가 법사위 조사절차를 생략한 채 바로 본회의에서 의결한 것은 절차 위반이니 탄핵심판 청구가 각하되어야 한다'는 주장이었다.

물론 2004년 노무현 대통령 탄핵 재판 때도 동일한 주장이 있었다. 그때 헌법재판소는 이미 법사위 조사절차가 생략되어도 위법이 아니라는 입장을 표명한 바 있었다(2004헌나1). 노무현 대통령 탄핵 사건에서 헌재는 "국회가 탄핵소추를 하기 전에 소추 사유에 관하여 충분한 조사를 하는 것이 바람직하다. 그러나 국회법 제130조 제1항에 의하면 '탄핵소추의 발의가 있은 때에…… 본회의는 의결로 법제사법위원회에 회부하여 조사하게 할 수 있다'고 했다. 조사의 여부를 국회의 재량으로 규정하고 있으므로, 이 사건에서 국회가 별도의 조사를 하지 않았다 하더라도 헌법이나 법률을 위반하였다고 할 수 없다"고 판시한 바 있다.

그런데 내가 이 쟁점에 대해 두려워한 이유는 다른 데 있었다.

내 서울법대 동기 헌법학자인 전북대 로스쿨 송기춘 교수가 어느 세미나에서 "국회법 제130조 제1항이 위헌"이라고 주장하였다는 것을 나는 알고 있었다. 만약 대통령 대리인이 국회법 제130조 제1항 자체가 헌법 위반이라고 주장하면 2004년 선례가 있지만 이번 재판이 지연되는 상황이 벌어지게 된다. 그러나 끝까지 그런 주장은 없었다.

하여튼 2016년 12월 27일 제2회 준비절차에서 피청구인의 본안 전 항변은 철회하는 것으로 잘 정리되었다. 나중에 2017년 1월 말에 가서 김평우 변호사가 대통령 대리인단에 들어오면서 다시 본안 전 항변을 되살려놓았지만, 그도 내가 내심으로 우려했던, 국회법 제130조 제1항 자체가 위헌이라는 주장은 하지 않았다.

2016년 12월 27일 제2차 변론준비기일에서 대통령 측이 본안 전 항변을 철회하는 과정은 이랬다.

재판관 강일원 그러면 이제 남는 하나가 법사위 조사절차 등을 거치지 않고 본안 표결을 한 것, 말하자면 사실관계를 충분히 조사하고 법사위 조사절차도 거쳐서 본안 표결을 했어야 되는데 그거를 거치지 않아서 국회법 위반 등으로 위법하다, 이런 주장을 지금 하셨거든요?

피청구인 대리인 변호사 이중환 임의적 조항인데 법은…….

재판관 강일원 그 부분은 아주 적절한 지적이기는 한데, 이미 지난번에 말씀드린 유일한 선례인 2004헌나1(노무현 대통령 탄핵사건)에서도 같은 쟁점이 문제가 되었고, 그때 재판부에서는 "지적한 게 옳다. 탄핵소추하기 전에 여러 가지 사실 조사를 하는 게 바람직하지만, 지금 지적한 국회법 130조 1항이 임의조항이기 때문에 바로 각하 사유는 되지 않는다"고 이미 전 재판부에서 판단이 있었습니다.

그래서 저희들이 한번 논의를 해봤습니다만, 혹시 이 부분이 꼭 필요하다 그러면 저희들이 다시 한번 논의를 해보고요, 그렇지 않고 말씀하신 것처럼 이 사건의 쟁점은 사실인정 부분이니, 말하자면 본안에 집중한다는 취지에서 앞서 말씀드렸던 여러 가지 적법 요건 부분은, 이 건 소추가 좀 부실하게 되었으니 증거조사나 본안 판단에서 그런 부분을 참작해야 된다, 이렇게 좀 이해하면 안 될까 싶습니다만.

피청구인 대리인 변호사 이중환 예, 그렇게 이해하겠습니다.

소추위원 대리인 변호사 황정근 저희도 피청구인의 본안 전 항변, 각하 주장은 그냥 철회하는 걸로 정리를 하는 게 어떨까 싶습니다.

재판관 강일원 지금 이제 그런 취지인 것 같습니다.

소추위원 대리인 변호사 황정근 예, 저희도 그렇게 했으면 좋겠습니다.

피청구인 대리인 변호사 이중환 예.

재판관 강일원 충분히 이해하셨으리라 믿습니다. 그러면, 이른바 절차적인 건 좀 치워버리고, 저희가 정말 이른바 진검승부를 한번 해보지요. 본안에 대해서 사실인정을 중심으로 해가지고.

피청구인 대리인 변호사 이중환 예, 알겠습니다.

2016년 12월 30일의 3차 준비절차를 마치고 2017년 1월 3일 첫 변론기일이 열렸다. 피청구인 박근혜 대통령은 모습을 드러내지 않았다. 첫 번째 변론은 단 9분 만에 종료됐다. 그 와중에 대리인단 양측은 서로를 살피며 서서히 워밍업을 시작했다.

2017년 1월 5일 2차 변론에서 대통령 측근 윤전추의 증인신문부터 시작하여 증인신문이 본격적으로 진행되었다. 그 후 증인으로는 이영선, 유희인, 조현일, 조한규, 최서원, 안종범, 정호성, 유진룡, 정현식, 노승일, 박헌영, 차은택, 이승철, 김종, 김종덕, 김상률, 김규현, 유민봉, 모철민, 조성민, 문형표, 이기우, 정동춘, 방기선 등이 법정에 섰다.

대통령 탄핵심판이 이루어지는 동안 특검의 수사와 국정조사 청문회는 별도로 계속되었다. 그러나 특검의 수사 결과는 탄핵심판에 반영되지 않았다.

재판을 거듭할수록 상대측 대리인단의 허술한 모습이 드러났다. 제각각 중언부언했다. 그들에게는 컨트롤타워가 없었다. 상황을 그때그때 정리하고 지휘할 오케스트라의 지휘자가 없었다. 모두 각각의 개인 변호사들일 뿐이었다. 팀워크가 잘 이루어지지 않았다.

재판을 지연시키려고 재판관 측과 계속 갈등을 빚었고, 무리한 변론을 하다 재판부로부터 제지를 받기도 했다.

그들은 헌법재판관들에게 재판이 공정하지 않다는 주장도 했다. 재판 지연책을 노골적으로 구사했다. 2017년 1월 23일 8차 기일에 가서 난데없이 증인을 39명이나 무더기로 신청했다. 재판부는 그중 10명을 채택했다. 그들의 주장에 끌려갈 수 없었다. 헌정 공백이 더 이상 계속돼서는 안 되고 신속한 재판이 이루어져야 한다는 변론문을 미리 준비했다.

2017년 1월 31일 박한철 헌재소장이 퇴임해 재판관이 8명이 되었다. 대통령 측은 후임 재판관을 임명할 때까지 재판을 멈춰야 한다고 주장했다. 그러나 헌재소장을 임명해야 하는 대통령에게 직무 정지가 내려진 상황이었다. 대통령 권한대행은 헌재소장을 임명할 수 없다는 것이 헌법학자들의 다수설이다. 대통령이 없는 상태에서 재판관은 영원히 공석일 수밖에 없다. 순환적 딜레마에 빠진 상황이었다. 2월 1일 변론기일에 피청구인 측은 다시 증인을 10명이나 신청했고, 재판부는 그중 8명이나 채택했다.

2월 1일 변론기일.

　지난해 12월 9일 탄핵소추 의결로 대통령의 직무가 정지되고 대한민국은 민주적 정당성이 약한 대통령 권한대행 체제로 운영된 지 벌써 두 달이 다 되어 가고 있습니다. 이는 심각한 국정 공백이자 헌정 위기로서, 그 공백이 조기에 해소되지 않으면 주요 국정과 정치는 계속 지장을 받을 수밖에 없습니다.

　급기야 오늘부터 헌법기관장으로서 이 사건 심판의 재판장이던 헌법재판소장님이 공석이 되어 8인 재판관님이 비상 체제로 운영해야 하는, 헌법이 예정하지 않은 비정상적인 상황을 맞이하였습니다.

　탄핵심판이 장기화되면서 이를 둘러싸고 국론이 분열되고 있으며, 급기야 지구보다 무겁다는 귀중한 생명을 버리는 일까지 발생하고 있습니다. 국민들의 정치 생활의 조속한 안정을 위해서는 이 사건 탄핵심판이 최대한 신속하게 진행되고 신속하게 결정되어야 한다는 것은, 그 결론 여하를 떠나서 너무나도 당연하고, 국민들도 공감할 것입니다.

무용(無用)한 증거조사로 인하여 신속한 재판의 이념이 손상되어서는 결코 안 됩니다.

그동안 세 차례의 준비절차와 아홉 차례의 변론기일이 진행되었습니다. 청구인 소추위원단과 대리인단은 헌법재판소의 '신속하고도 공정한 심판'에 대한 의지를 신뢰하고 나름대로 심판 준비에 만전을 기해왔고 소송지휘에 전폭 협조해왔습니다.

그런데 피청구인 대리인은 불필요한 증인을 무더기로 신청하고, 하물며 피청구인 본인에게 불리한 증인들마저 신청하는 등으로 노골적인 심판 지연책을 구사하고, 지난 변론기일에는 '중대 결심' 운운하면서 공정성 시비까지 하고 있는 데 대해 이 자리에서 유감의 뜻을 밝히고 넘어가지 않을 수 없습니다.

대한민국의 헌정이 사실상 올 스톱되어 있는 이 상황에서 대통령에 대한 탄핵심판은 최대한 신속히 마무리되어야 합니다.

특히 피청구인 주장대로 이 사건 탄핵소추 사유가 그 이유가 없는 것이라면 더욱 조속히 기각 결정되어 피청구인이 빨리 대통령직에 복귀해야 하지 않겠습니까? 피청구인이 그동안 그토록 강조해온 애국심을 조금이라도 가지고 있다면 당연히 조속한 심리와 결정을 바라고 협조해야 하지 않겠습니까?

한 개인의 형사소추나 특검 수사와 같은 이유 때문에 탄핵 심판 절차를 늦추고자 시도한다면 이는 국정 공백이야 장기화되든 말든 자신만 살길을 찾겠다는 것으로, 애국심과는 너무나 거리가 멀다고 생각됩니다. 누가 보더라도 노골적으로 피청구인 측이 만약 지연책을 강구한다고 비춰진다면, 피청구인 측조차 이 사건 탄핵소추 사유가 이유 있다는 깃을 스스로 인정하고 들어가는 것이라고 국민들 눈에 비칠 수밖에 없습니다.

국민들은, 심판 절차를 주재하는 재판부의 소송지휘에 성실하게 협조하고 탄핵소추 사유 본안에 대해 진검승부를 펼치고 법리 논쟁을 하는 당당한 대통령의 모습을 보고 싶어 하지 않겠습니까?

대통령이 헌법기관인 헌법재판소를 어떻게 대하느냐 하는 것은 평소 헌법 가치와 헌법 정신에 대해 어떤 생각을 갖고 있는지에 대한 시금석이라고 할 수 있습니다. 법치와 준법의 상징적 존재로서 국민들에게 모범이 되어야 할 대통령이 국가기관을 무시하거나 경시하는 태도는 결코 국민들의 공감을 얻지 못할 것이라고 생각합니다.

매주 두세 번의 재판을 진행했다. 이정미 재판관이 퇴임하는 2017년 3월 13일 전에 선고를 해야 할 사건이다.

대통령은 한 번도 출석하지 않았다. 만약 대통령이 나와서 발언하게 된다면 헌재가 목표로 하는 날짜에 선고하기 힘들 것이다. 또 국민 여론이 탄핵 재판에 큰 영향을 끼치는 만큼 대통령에 대한 동정 여론이 생겨 재판에 영향을 끼칠 가능성도 높았다. 모든 재판이 국민에게 생중계되다시피 하고 있었다.

그러나 대통령 측 대리인은 대통령 출석 카드를 함부로 쓸 수 없었다. 대통령이 임기응변에 능하지 못했기 때문이다. 질문에 대한 답변에서 실수를 하여 오히려 불리해질 수도 있었다. 국회 측 검사 출신 변호사들이 벌떼같이 달려들어 질문할 게 뻔했다. 공개 법정에서 아무도 도와주지 않는 고립무원의 상태에 대통령을 그냥 둘 수 없는 노릇이었다.

우리 대리인단에서는 '신문사항'을 준비해놓고 대통령을 기다렸다. 공개적으로는 법정에 부디 나와달라고 요청했다. 재판관들도 마찬가지였다. 세월호 일곱 시간 동안 뭘 했는지 사실 확인을 할 필요가 있다고 했다. 끝내 대통령은 법정에 나오지 않았다. 서면으로 의견서를 제출했다. 최종 변론 날 이동흡 변호사가 그걸 읽었다.

나는 재판 흐름을 읽고 상대팀 공세를 예상해야 했다. 재판 과정에서 돌발상황이 일어나면 메인 스피커 역할을 해야 했다. 손가락 사이에 늘 노트를 끼운 채 일을 했다. 법정에서 제기될 수 있는 논리와 법리, 법조문, 근거를 빼곡히 써두었다. 상대방이 내가 예상했던 문제를 들고 나오면 노트의 메모를 훑어보고 바로 응수했다.

어떤 순간도 임기응변은 없었다. 즉흥적인 것도 없었다. 예상되는 모든 쟁점을 미리 노트에 써두었기 때문이었다.

매 재판이 끝나면 기자회견이 이루어졌다. 기자들은 질문을 쏟아냈다. 하지만 나는 국회 소추위원들이 카메라 앞에 서도록 했다. 그들이 기자의 질문에 답하게 양보했다. 나는 그들 뒤로 물러서 있었다. 국회의원들은 TV 뉴스와 신문에 한 번이라도 얼굴이 나오길 원했다. 소추위원들이 이 사건의 주인공이었다. 난 그 법률대리인에 불과했다. 나는 절차와 관련한 기자들의 확인 요청 전화나 문자에만 응대해주었다.

재판이 끝나 사무실로 돌아오면 기자들의 전화와 메시지가 온통 내게 쏟아졌다. 휴대폰과 사무실 전화통이 쉬지 않고 울려댔다. 재판 업무만으로도 벅찼다. 이에 응대해주느라 시간을 빼앗겨 죽을 맛이었다. 재판 동안 헌재에 40여 개의 서면을 제출했다. 서면 한 개당 수십, 수백 페이지에 이르렀다. 모든 서면은 나를 거쳐서 나가야 했다. 모두 꼼꼼히 수정해야 했다.

헌재의 재판관들도 마찬가지였다. 증거조사된 자료만 4만 8,000여 쪽에 달했다. 사방에서 날아온 탄원서 등 문서만 해도 40박스의 분량이었다. 수고가 헤아릴 수가 없었다.

재판관 8명 중 6명만 찬성해도 파면이었다. 나는 만장일치를 목표로 했다. 재판 과정 중에 시종일관 말씀을 잘 안 하시는 재판관이 두 분 계셨다. 그 속내를 알기가 어려웠다. 변론 마지막 날까지 불안했다.

재판은 마지막으로 치닫고 있었다. 2017년 2월 22일, 대통령 측 김평우 변호사는 주심 강일원 재판관을 향해 노골적 불만을 토로했다.

"법관도 아니오! 국회 대리인이오. 수석대리인!"

신경이 날카로울 대로 날카로워진 상황에서 김 변호사는 모욕적인 언사를 멈추지 않았다. 삿대질을 하면서 "(당신들이) 헌법재판관씩이나 하느냐?"고 소리를 질렀다. 국회 대리인단은 온 신경을 곤두세워 말을 가려가며 변론을 하는 중이었다. 신경전이 극치에 다다르고 있었다. 이정미 재판장도 지쳐갔다.

"그만하시지요."

"지금 뭐 하는 겁니까?"

"피청구인 측 대리인은 용어 선택을 조심해주시기 바랍

니다."

이 말은 2004년 노무현 대통령 탄핵 사건의 법정에서 나왔던 말을 내가 찾아서 노트에 메모해둔 것인데, 나도 법정에서 그렇게 말하려고 하다가 꾹 참고 또 참았다.

다만 마지막 변론을 할 때 나는 그동안의 부적절한 변론 행태에 대해 점잖게 지적하고 기록에 남겼다.

"그러한 엄숙한 판단을 구하는 변론 활동도 국민과 역사 앞에 부끄럽지 않게 해야 한다고 생각합니다. 이 자리에서 어떠한 변론도 할 수 있겠지만, 어디까지나 심판정의 존엄과, 법과 원칙을 철저히 준수하면서 해야 하고, 특히 그 용어의 선택에 있어서는 더욱 신중해야 합니다."

2017년 2월 어느 날 정기승 전 대법관, 이시윤 전 헌법재판관을 위시한 원로 법조인들이 『조선일보』 1면에 탄핵이 부당하다는 법리 주장을 몇 가지 설명하는 대국민 홍보광고를 냈다. 쟁쟁한 선배 법조 원로들의 법리 의견인지라 상당히 여론을 뒤흔들 수 있었다. 이에 대한 대응도 내가 할 일이다. 반박 광고를 할 수는 없는 노릇이므로, 내가 그 주장에 대해 논리적으로 반박하는 내용으로 'Q & A' 메모를 만들어 언론에 배포하는 방법을 택했다.

Q 1. 국회는 아무런 증거조사 절차나 선례 수집 과정 없이 신문 기사와 심증만으로 탄핵을 의결하였으므로 증거재판을 요구하는 헌법의 법치주의, 적법절차의 원리에 반하는 것이 아닌가?

○ 국회는 '신문 기사와 심증만으로 의결'한 것이 아님.

○ 국회는 국가기관인 검찰 특수본의 수사 결과 발표 및 대통령이 공동정범으로 기재된 최서원·안종범·정호성 등에 대한 공소장을 비롯하여 각종 언론 보도 등을 근거로 소추 의결을 한 것임.

○ 국회법 제130조 제1항은 "탄핵소추의 발의가 있은 때에는… 본회의는 의결로 법제사법위원회에 회부하여 조사하게 할 수 있다"라고 하여 탄핵 사유에 대한 법사위의 조사 여부를 국회의 재량으로 규정하고 있고, 국회가 별도의 조사를 하지 않았다고 해도 헌법이나 법률을 위배하였다고 할 수 없음(노무현 대통령 탄핵 사건에 대한 헌재 2004. 5. 14. 선고 2004헌나1 결정).

○ 국회의 탄핵소추 절차는 국회와 대통령이라는 헌법기관 사이의 문제로서, 국가기관이 국민과 관계에서 공권력을 행사할 때 준수해야 할 적법절차 원칙이 직접 적용될 수 없음(2004헌나1).

○ 법무부도 헌재에 제출한 의견서에서 이 사건 탄핵소추 절차상 하자가 없다는 의견을 개진했고, 이 사건 준비절차에서 피청구인 대리인단도 절차상 위법 주장을 철회하였음.

○ 따라서 국회가 아무런 증거조사 절차나 선례 수집 과정
  없이 신문 기사와 심증만으로 탄핵을 의결하였다는 주장
  은 사실 왜곡임.

Q 2. 특검 조사가 본격적으로 시작되기도 전에 탄핵소추를 의결한
것은 탄핵이 비정상적으로 졸속 처리된 것이 아닌가?

○ 대통령 탄핵소추는 형사 절차가 아니라 대통령에 대한 파면
  절차이며, 300명 국회의원은 각자가 헌법기관으로서 자유
  로운 심증으로 각종 증거자료와 참고자료를 기초로 의결
  의 시기 및 의결 여부 등을 충분히 판단할 수 있는 것임.

○ 국회의 탄핵소추는 특검 조사와 직접 관련이 없고, 특검
  조사 기록이 이 사건 탄핵심판에 현출 된 것이 없음.

○ 탄핵소추 사유는 오히려 대통령이 공동정범으로 기재된
  최서원·안종범·정호성 등에 대한 공소장 등에 근거한 것
  인데, 헌재에서의 관련 증인의 증언에 의하여 사실로 확
  인되었음.

Q 3. 국회가 13개 탄핵소추 사유(특히 세월호 부분)에 대하여 개
별적으로 심의·표결하지 않고 일괄하여 표결한 것은 중대한 적법
절차 위반이 아닌가?

○ 이는 미국에서의 소추 사유별 의결에 관한 법리를 가지고
  국민을 오도하는 주장이고, 우리나라의 탄핵심판 제도의

법리를 오해한 근거 없는 주장임.

○ 소추 사유별로 심의·의결할 것인지 여부는 국회가 자율적으로 정할 수 있고, 소추 사유별로 의결하지 않아도 위법이 아니라는 것이 판례임(헌재 2004. 5. 14. 2004헌나1 결정).

○ 그리고 탄핵심판의 소송물(訴訟物)은 피청구인을 파면할 것인지 여부이고, 개개의 소추 사유의 존재 여부가 아님.

Q 4. 대통령은 대한민국 헌법의 원리나 원칙을 부정하거나 반대한 사실이 없고, 몇 개의 단편적인 법률 위반이나 부적절한 업무집행 의혹을 근거로 하여 헌법 위반이라고 주장하는 것은 논리의 비약이 아닌가?

○ '대통령이 헌법의 원리나 원칙을 부정하거나 반대한 사실이 없는지' 여부는 현재 헌재가 심판 중이고 헌재가 최종 결정할 사항임.

○ 헌재가 심리 중인 구체적인 탄핵소추 사유는 다음과 같이 '몇 개의 단편적인 법률 위반'이 아니라 광범위하고 중대한 헌법 및 법률 위반임.

  1) 공무상 비밀누설 행위
  2) 사인에게 국정을 맡긴 행위
  3) 공무원 임면권의 남용 행위
  4) 재단 설립·모금 관련 권한남용 행위

5) 최순실 등에 대한 특혜 제공 등으로 인한 권한남용 행위

6) 언론의 자유 침해

7) 생명권보호의무와 직책성실수행의무 위반

○ '법률 위반'도 탄핵 사유이고, 국회는 '부적절한 업무집행 의혹'을 근거로 하여 헌법 위반이라고 주장'하고 있지 아니함.

○ 특히 세월호 부분도 대통령의 생명권보호의무 위반 및 구체적인 성실직책수행의무 위반을 주장하는 것으로, 이 부분 헌법 위반 여부는 헌재가 최종 결정할 사항임.

Q 5. 대통령의 공익법인 설립 및 그 기본재산의 출연을 기업들로부터 기부받는 행위는 선례도 많고, 목적이 공공의 이익을 위한 것이므로 이를 범죄행위로 단정하는 것은 선례에도 맞지 않고 공익재단법인의 법리에도 맞지 않는 것 아닌가?

○ 미르재단과 케이스포츠재단의 설립 및 출연이 종전 선례와는 전혀 다르다는 사실, 대통령과 안종범 경제수석을 위시한 청와대가 주도하여 재단을 설립하고 기업들을 강요하여 출연을 받은 직권남용 및 강요 사실 및 최서원에게 그 운영을 맡긴 사실 등은 검찰에서 이미 기소한 부분이고, 나아가 검찰 수사 기록 및 관련 증인들의 증언에 의하여 모두 밝혀진 사실임.

○ 방대한 기록을 직접 검토하지도 않고, 관련 증인에 대한

신문 내용도 보지 않고 그렇게 단정하는 것이 오히려 더 문제임.

○ 이 부분도 헌재가 최종 결정할 사항임.

Q 6. 헌법재판소가 9인 재판관으로 구성될 때까지 이 사건 탄핵 심판을 중지해야 하지 않는가?

○ 대통령 권한대행 국무총리는 헌법기관장인 헌법재판소 장을 임명할 수 없다는 것이 다수설이므로, 위 주장에 의 하면 이 사건 탄핵심판은 앞으로 대통령 임기 말까지 진 행하지 말고 중지하자는 것이 됨.

○ 헌법정신에 반하는 상황이 발생하지 않도록 9인 체제에 서 선고를 못 하였으면 이제 8인 체제에서라도 선고하는 것이 차선책임.

2017년 2월 24일 금요일에는 원래 변론 종결이 예정되어 있었다. 그런데 2017년 2월 22일 수요일 변론기일, 피청구 인 측의 장황한 변론이 끝나갈 무렵 오후 5시 30분경 피청구 인 측 조원룡 변호사가 갑자기 강일원 주심 재판관에 대한 기피신청을 하겠다고 하는 것이 아닌가. 순간적으로 당황했 다. 이것은 정말 예상치 못한 돌발상황이었다. 나도 모르게 자리에서 일어났다.

소추위원 대리인 황정근 변호사: 재판장님, 이의 있습니다.

피청구인 대리인 조원룡 변호사: 아니, 구두로 기피신청을 하는 데 왜 끼어듭니까?

재판장: (황변을 저지하며) 조 변호사님, 계속 말씀하세요.

내가 일어나서 이의기 있다고 하며 발언권을 요청한 이유는 별건 아니었다.

"아니 세상에, 아무리 그래도 변호사가 재판관 면전에서 직접 기피신청을 하는 게 어디 있습니까? 구두로 하지 말고 기피신청서를 그냥 접수하면 어떻겠습니까?"라고 제안하고 싶었을 뿐이다. 나는 하고 싶은 말을 꾹꾹 누르며 조 변호사가 읽어 내려가는 기피신청서를 묵묵히 듣고 있었다. 재판부도 묵묵히 듣고 있었다.

조 변호사가 기피신청서를 다 읽고 자리에 앉자 이정미 재판관이 말했다.

"기피신청서를 서면으로 지금 제게 제출하세요."

그러자 조 변호사는 이를 거부했다. 구술로 기피신청을 하면 3일 내에, 즉 25일과 26일은 휴일이니 2017년 2월 27일 월요일 24시까지 기피신청서와 소명자료를 제출하면 되기 때문이었다. 그렇게 되면 변론 종결을 2월 28일 이후로 늦출 수 있을 것이라 계산한 것이다. 그렇게 변론 종결을 지연시켜 이정미 재판관이 퇴임하는 3월 13일 이전에 선고를 못 하게 하고, 그 후 7인 체제에서 승산을 노려보자는 소송 전략이었다.

조 변호사가 서면 제출을 거부하자 재판장은 내 쪽을 보며 말했다.

"소추위원 대리인이 좀 전에 뭔가 말할 게 있는 거 같던데, 말씀해보시죠."

나는 앉은 자리에서 순발력을 발휘해 말했다.

"오로지 소송 지연을 목적으로 하는 기피신청은 각하할 수 있다는 법률 조문에 따라 기피 사유에 대한 본안 판단을 하지 말고 피청구인의 기피신청을 각하해주시기 바랍니다."

이정미 재판관은 휴정을 선언했다. 10분 뒤에 돌아온 재판관들은 평의를 하고선 내 의견과 동일하게 기피신청을 바로 각하했다.

나는 안도의 숨을 몰아쉬었다. 다행이었다.

재판장은 대통령 측의 변론 준비 시간을 배려하여 2017년 2월 27일 월요일 오후 2시를 최종 결론 기일로 지정했다.

그날 재판이 끝나고 팀원 변호사가 내게 와서 나직이 말했다.

"총괄님, 저 완전 쫄아 있었어요. 기피신청한다고 해서. 근데 어떻게 기피신청 각하 주장을 바로 그 자리에서 할 수 있었어요?"

나는 씨익 웃으며 답했다.

"내가, 법조 경력 30년이오."

이제 최종 변론만 남았다. 어떻게 마지막 변론문을 쓸 것인가. 고민이 깊어갔다. 3호선 전철역에서 내렸다. 어둑하고 추운 바람이 훅 하고 밀려왔다. 옷깃을 여몄다. 2월이었다.

"아빠, 나 변시에서 떨어질 거 같아."

딸애는 임신 5개월의 몸으로 변시(辯試)를 본 상태였다. 수험생 중 임신부들만 따로 방을 만들어 시험 보게 했단다. 임신부들은 네 명. 만약의 사태를 대비해 침대 시트를 방에 비치해두었다고 했다. 만삭인 임신부는 배가 책상에 닿아 땀을 뻘뻘 흘리며 1주일간의 시험을 치렀다고 했다. 로스쿨 3학년 때 임신을 하게 된 딸애. 임신 초기에 잠이 몰려들어 공부도 못 하고 잠만 잤다고, 인생 망쳤다고 엉엉 울던 녀석. 벌써 변시를 보고 시험 결과를 기다리고 있었다.

"뭐…… 떨어지면 어때? 너 원래 공부 벼락치기로 하는 쓰따일이잖아."

"아빠, 이러기야?"

딸애가 앙탈을 부리듯 징징대던 모습이 떠올랐다. 갑자기 설핏 웃음이 났다. 귀여운 녀석.

집 근처에 가까워졌을까. 건널목을 건너려고 발을 내려놓왔다. 그때였다. 갑자기 헤드라이트를 쏘면서 자동차 한 대가 나를 향해 돌진했다. 막대한 힘 같았다. 피할 틈도 없이 달려왔다. 해일처럼.

『문화일보』 이현미 기자가 태극기부대가 데모를 하면서 누군가가 무대에 올라가 탄핵 대리인 황정근 변호사를 칼로 찔러 죽이겠다고 장담했다는데, 그 말이 진짜일 수도 있다는 생각이 번개처럼 스쳐 갔다. 이렇게 죽는 건가.

헤드라이트 빛의 프레임 속에서 한 걸음도 움직일 수 없었다. 얼음처럼 얼어버렸다.

아악, 나도 모르게 외마디 비명을 질렀다.

복면을 쓴 무리다. 그들은 차에서 내리자마자 주저앉아 있는 내게 달려들었다. 회칼, 쇠파이프, 야구방망이, 오토바이 체인 같은 인마살상용 장비를 갖고 있진 않았다. 하지만 역광의 불빛 속에서 본 몸집은 거대했다. 온몸이 바들바들 떨렸다. 순식간에 달려들었다. 무자비하게 나를 두들겨 패기 시작했다. 턱뼈가 얼얼한가 싶더니 이내 코에서 진득한 물기가 흘렀다. 붉은 액체가 이마에서 정수리를 타고 흘러내렸다. 이내 복부와 갈비뼈 쪽으로 주먹이 내려꽂혔다. 사정없는 발길질이 이어졌다. 창으로 찌르는 듯한 통증이 쏟아져 내렸다. 머리를 말고 온몸을 벌레처럼 웅크린 채 신음 소리만 내뱉고 있을 뿐이었다.

"읍, 읍……."

"여보, 여보……."

깊고도 진득한 어둠의 밑바닥이다. 그곳에서 누군가 구원처럼 날 부르는 소리가 들렸다.

"으응?"

간신히 눈을 떴다. 온몸이 땀으로 흥건했다.

"뭐야? 꿈에서 18 대 1로 싸우기라도 했어?"

"아, 아, 꿈이구나."

안도의 숨을 내쉬었다. 식은땀을 닦고 있으려니 아내가 물 한 잔을 가져왔다.

"뭐야, 흑염소라도 고아서 먹여야 되는 거야? 반송장 다 됐네, 울 남편."

한 나라의 대통령을 법정에 세워 탄핵 판결을 받게 하는 것은 그다지 기뻐할 수만은 없는 일이다. 아픈 고발이었다. 슬픈 변론이었다. 역사의 현장에, 내가 그 자리에서 그 일에 앞장서야 했다는 것이 한없는 큰 부담으로 다가왔다. 참담하고 쓸쓸한 일이기도 했다.

"탄핵이 사람 잡겠네. 뭐, 수임료도 쥐꼬리만큼 주면서. 그동안 사건도 못 맡았는데……. 탄핵 끝나면 당신 사무실 제대로 굴러가기나 하겠어?"

끝없는 지청구를 늘어놓았다. 그러더니 갑자기 내 몸을 자신의 정면으로 돌려놓았다. 두 손바닥으로 양 뺨을 잡더니 지긋이 눈을 보며 말했다.

"이제 다 왔어. 힘내. 벌판에 당신 혼자만 촛불 들고 서 있는 거 아니니까."

광화문 유리창 너머는 여전히 어둡고 세찬 바람 속이었다. 그곳에서 일렁이는 불빛들이 보였다.

마지막 변론문을 써 내려가기 시작했다.

존경하는 재판장님, 그리고 재판관님 여러분!

이 사건 소추 사유의 내용, 증거 관계, 법리 적용 및 피청구인 측의 주장에 대한 반박 등에 대해서는, 변론 과정에서 수시로 제출한 총 40여 개의 준비서면과 지난 2월 23일자 종합준비서면에서 이미 상세히 말씀드렸습니다. 그리고 그동안의 심리 과정에서 더욱 분명하게 밝혀졌으므로, 이 자리에서 일일이 반복하지는 않겠습니다.

지금까지 증거조사 결과에 따라 확인되는 바와 같이, 이 사건 탄핵소추 사유는 모두 충분히 인정됩니다.

결론부터 말씀드리자면, 피청구인은 '헌법과 법률을 광범위하게, 그리고 중대하게 위배'하였습니다. 국민에 대한 신임 위반이 중대하고 그 권력 남용이 심각하기 때문에, 국민의 이름으로 파면하는 것이 불가피하다고 생각합니다.

헌법 위배를 다루는 탄핵심판에서, 돈을 안 받았으니 책임이 없다는 식의 논리는 성립하지 않습니다.

먼저, 피청구인 대리인 중 일부는 국회의 탄핵소추 의결 자체가 부적법하므로 각하되어야 한다고 주장하지만, 이유 없는 주장입니다. 국회법상 국회 법사위의 조사절차는 재량 사항이고, 국회가 소추 사유를 하나의 안건으로 묶어서 의결 해도 위법한 것이 아닙니다.

국회는 당시 검찰의 수사 결과 발표 및 피청구인이 공동정 범으로 기재된 최서원·안종범·정호성 등에 대한 공소장을 비롯하여 각종 언론 보도 등을 근거로, 국민의 대표인 국회 의원 300명 각자가 헌법기관으로서 자유로운 심증으로 적법 하게 의결한 것입니다.

다음, 소추 사유 총 17개 사실에 대해 말씀드리겠습니다.

(중략)

이상과 같은 총 17개의 소추 사유는 피청구인의 파면을 정 당화할 만한 중대한 헌법 및 법률 위배 사유에 해당합니다. 2004년 대통령 탄핵심판 사건에서 인정된 소추 사유가 단 두 개였던 것과는 비교가 되지 않을 만큼 광범위하고 중대합 니다.

그리고, 그동안 피청구인이 취한 태도야말로 파면 여부 결 정에 당연히 참작되어야 한다고 생각합니다.

작년 9월 '미르재단과 케이스포츠재단 비리 의혹은 청와대와 최서원 등이 개입된 권력형 비리'라는 폭로가 있었을 때, 피청구인은 '비상시국에 난무하는 비방과 확인되지 않은 폭로성 발언들은 우리 사회를 뒤흔들고 혼란을 가중시키는 결과를 초래할 것'이라고 일축했으나, 지금은 그것이 거짓임을 누구나 다 알게 되었습니다.

최서원이 사익을 추구하고 이권에 개입하는데 대통령이 나서서 직접 또는 비서진을 통해 영향력을 행사한 것을 보면, 공(公)과 사(私)를 제대로 구분하는 것에 대한 피청구인의 정치·사회적 의식의 한계를 엿볼 수 있습니다.

그동안 심판 과정에서 취한 피청구인의 태도도 일국의 대통령답지 않았습니다. 트레이드마크인 원칙과 신뢰라는 이미지에 걸맞지 않게 '모른다', '아니다', '나는 관여한 바 없다', '억울하다'는 등으로 상황을 정확하게 인식하지 못하고 있습니다. 피청구인은 아직도 그 잘못을 느끼지 못하고 있는 듯이 보입니다.

잘못은 부끄러움이라는 마음의 소리를 들을 때 제대로 알고 고칠 수 있습니다.

이상 말씀드린 바와 같이, 이 사건에서 헌법과 법률 위배 행위의 종류와 성격 및 각각의 중대성, 그것이 미친 영향과 결과, 그리고 피청구인이 그동안 취한 태도, 소추의결 이후 추가로 드러난 법 위반 사항 등을 종합적으로 고려하시어, 피청구인을 대통령직에서 불가피하게 파면하는 결정을 내려주시기 바랍니다.

이 시점에 여기 이 대심판정에 모여 있는 모든 분들이 비록 그 자리와 역할은 다르지만, 함께 바라보아야 할 것은 두 가지, 그것은 바로 국민과 역사라고 생각합니다.

현재를 살고 있는 국민의 뜻과, 그리고 미래를 살게 될 후세 역사의 심판, 이 두 가지를 기준으로 판단해주십사 부탁 말씀 드립니다. 그러한 엄숙한 판단을 구하는 변론 활동도 국민과 역사 앞에 부끄럽지 않게 해야 한다고 생각합니다.

이 자리에서 어떠한 변론도 할 수 있겠지만, 어디까지나 심판정의 존엄과, 법과 원칙을 철저히 준수하면서 해야 하고, 특히 그 용어의 선택에 있어서는 더욱 신중해야 합니다.

이번 탄핵심판의 결론이 어떻게 나오든 탄핵소추와 변론의 전 과정 및 그 결과는 다시 역사의 심판에 맡겨질 것입니다.

이미 국민들 다수는 피청구인에 대해 직접선거로 부여했던 정치적인 신임을 과감하게 거두었습니다. 이 점에서도 피청구인이 대통령의 막중한 책무를 계속 수행하게 하는 것은 어렵게 되었습니다.

모쪼록 이번 심판을 통해 국가의 최고 지도자인 대통령이 국민을 위해 마땅히 어떻게 행동해야 하고 어떻게 행동해서는 안 되는지를, 그리고 '대통령은 결코 법 위에 있지 않다'는 법치의 대원칙을 분명하게 선언해주시기 바랍니다.

작금의 혼란스럽고 불안정한 헌정 위기를 깔끔하게 정리

종결함으로써 국민의 가슴속에, 그리고 역사의 기록 속에 헌법의 가치를 선명하게 아로새겨주실 것을 앙망합니다.

존경하는 재판장님과 재판관님들의 현명한 판단을 바랍니다.

감사합니다.

마지막 문장까지 다 쓰자 지금껏 참아왔던 모든 졸음이 밀려들었다. 새벽 4시였다.

책상에 엎드렸다. 지구상에서 가장 오랜 잠을 자기 시작했다.

"현재를 살고 있는 국민의 뜻과, 그리고 미래를 살게 될 후세 역사의 심판, 이 두 가지를 기준으로 판단해주시라."

"대통령도 결코 법 위에 있지 않다는 법치의 대원칙을 분명하게 선언해주시라."

"국민의 가슴속에, 그리고 역사의 기록 속에 헌법의 가치를 선명하게 아로새겨주시라."

2017년 2월 27일 최종 변론기일이 돌아왔다.

법정 안은 팽팽하게 당겨진 활시위 같았다. 극한 긴장감으로 숨이 막힐 지경이었다. '나는 오늘 최선을 다해야 한다.' 마음속으로 다짐했다.

이정미 재판장은 소추위원과 피청구인 측이 가급적 각 1시간 안에 최후 변론을 해달라고 했다.

소추위원 측은 소추위원단을 대표하여 권성동 법사위원장이 총론을, 내가 총괄팀장으로서 소추 사유 17개 전반을, 이용구 변호사가 세월호 부분을, 이명웅 변호사가 헌법 법리 부분을 나누어 변론했다. 대리인단의 다른 변호사들도 구술 변론의 기회를 갖기를 원했다. 하지만 소추위원단과 논의하여 간결하게 핵심만 변론하는 것으로 했다.

원래 내 구상은 권성동 법사위원장과 나와 이용구 변호사가 20분씩 하여 1시간 안에 변론을 마치려고 했었다. 하지만 나보다 나이가 많은 이명웅 변호사가 최종 변론을 꼭 하고 싶다고 했다. 그 의견을 받아들였다. 그래서 1시간 20여 분 만에 변론을 마쳤다.

피청구인 대리인단은 거의 전원이 순차 변론에 나섰다. 이동흡, 전병관, 이중환, 김평우, 정기승, 서성건, 채명성, 황성욱, 정장현, 이상용, 송재원, 손범규, 서석구, 구상진, 조원룡 변호사가 변론을 하는 바람에 오후 2시에 시작한 변론은 오후 8시 37분에야 끝났다. 변론 종결 후 선고기일은 추후 지정.

윤배경 변호사는 『대한변협신문』 2017년 2월 27일자 칼럼에서 탄핵 재판의 의미를 적확하게 설파했다.

헌재의 재판기능이 갖는 가장 큰 역할은 국가·사회의 가치체계를 선언하고 분쟁을 평화적으로 마무리하는 것이다. 그런 점에서 헌법 해석과 관련된 정치적 사건을 해결하는 헌재가 지닌 가치와 위상은 중대하다. 1987년 헌법 개정을 통하여 새로이 탄생한 헌재가 답할 차례다. 시간이 다가오고 있다.

최종 선고를 기다리는 것은 분만실로 들어간 아내의 출산을 기다리는 시간만큼 진땀이 났다. 헌재 재판관 8명 중 2명이 왠지 불안했다. 그 두 분으로 인해 6 대 2가 될 수도 있을 거란 생각을 했다. 하지만 그러면서도 알 수 없는 어떤 믿음이 내면의 바다에서 흐르는 것을 느꼈다. 만약 그분들이 이 나라의 혼란을 원치 않는다면, 국론 분열을 원치 않는다면 8 대 0으로 만장일치의 판결을 할 것이다. 나는 그렇게 믿었다. 나의 믿음은 단순히 낭만적 예측이 아니었다.

1959년 미국에서 흑백분리를 위헌이라고 판결한 사건이 있었다. 흑인과 백인은 같은 버스를 타면 안 된다는 법이 있었는데 그것을 위헌이라고 연방대법원이 판결을 한 것이다. 그때 대법관들은 9 대 0으로 만장일치 판결을 내렸다.

만약 9명 중에서 5 대 4로 위헌판결을 할 수도 있다. 미국은 진보와 보수 대법관이 항상 팽팽한 균형을 이루고 있으니까. 만약 그렇다면 나머지 4를 보면서 국민들이 승복을 하지 않을 게 뻔했다. 미국 국민들은 이렇게 떠들 게 뻔했다. "대법관들도 의견이 갈린다. 우리 각 주에서 새로 법을 만들자. 그래서 우리는 계속 흑인 백인 분리해서 버스를 타게 하자." 만약 그렇게 된다면 대법원은 혼란을 잠재운 것이 아니라 되려 혼란을 증폭시키는 꼴이 된다. 연방대법관들은 고민했을 것이다. 그리고 5명의 대법관들은 4명의 대법관들을 설득했을 것이다.

나는 미연방대법원의 역사를 알고 있었다. 헌재가 당연히 만장일치 판결을 할 것이다. 소수의견이 있어도 설득할 것이다. 그분들도 고수니까, 미연방대법원의 판결을 모를 리는 없을 테니까.

나는 그렇게 예측했다. 내 예상은 적중했다. 8 대 0 만장일치였다.

세월호 사건, 『세계일보』 언론자유 부분, 문체부 1급 공무원 면직 부분 등은 아쉽게도 탄핵 사유로 받아들여지지 않았다. 대통령의 여러 가지 권한남용, 그것이 탄핵의 중요한 사유로 받아들여졌다.

한편으로 대통령 측 대리인단에게 아쉬운 점도 있었다. 처음부터 이동흡 전 헌법재판관 같은 분이 중심이 되어 움직였다면 재판은 다른 방향으로 가지 않았을까 하는 생각. 재판이 거의 끝난 1월 말에 가서야 이동흡 변호사가 투입되었다. 이동흡 변호사가 변론을 시작하자 재판부는 "이제야 헌법재판 같다"고 공개적으로 평가했다.

이동흡 변호사가 투입되기 전에 대통령 측 대리인단은 탄핵 사유를 모두 부인하는 것으로 나아갔다. 그럼 그 사실(팩트)이 인정이 되면 파면이 되는 것인가? 만약 소추위원 대리인단에서 탄핵 사유가 있다는 그 사실을 사실로 입증만 하면 파면이 되는 것인가? 자기들이 그런 사실 자체를 부인하는 것은 그 사실을 입증만 하면 파면이 되는 것이니까 파면 사유라는 것을 스스로 인정하는 꼴이 되는 상황이었다.

이동흡 변호사는 방향을 바꾸었다. 그 사실(팩트)이 인정이 되더라도 대통령을 파면할 정도로 중대한 사유가 아니라고 주장했다. 경미한 법 위반이라는 것이다. 노무현 대통령 탄핵 사건 때도 그랬다. 공무원법 위반을 했는데 파면을 할 만큼의 위법적인 것이 아니라는 주장. 그렇게 해서 노무현 대통령은 살아났다. 그랬던 것처럼 박 대통령도 처음부터 그런 방향을 잡아 변론했다면 파면까지 가지 않았을 수도 있다. 그런데 명백한 사실마저도 아니라고 부인을 했으니 첫 단추를 잘못 끼운 꼴이었다.

이동흡 변호사는 내가 예상했던 주장을 차곡차곡 하나가

기 시작했다. 대통령 측 대리인단이었으면 내가 했음 직한 주장들이었다. 심장이 떨려왔다. 아, 이렇게 하면 질 수도 있겠는데…….

그러나 이미 잘못 끼워진 단추는 레일을 벗어난 기차처럼 다시 제자리를 찾기에는 너무 멀리 가 있었다.

재판관이 판결을 내렸다. 환호를 지를 순 없었다. 소추위원들과 악수를 하며 서로 수고했다며 위로했다.

그리고 나는 집으로 돌아왔다. 길고도 긴 잠에 빠져들었다. 92일 만의 해방이었다.

대법관 후보, 헌법재판관 후보, 후보, 후보, 후보의 나날

2018년 5월.

법원행정처 인사총괄심의관실에서 걸려온 전화였다. 나는 어떤 말도 못 하고 가만히 서 있었다. 광화문 창문 유리창 너머는 온통 봄빛이었다. 이팝나무가 숨 가쁘게 햇빛을 들이마시고 있었다. 흰 꽃봉오리를 피워 올리고 있었다. 정신이 아득해지려 했다.

"변호사님? 변호사님? 듣고 계신 거예요?"

"…… 아, 네."

가까스로 대답을 했다.

"변호사님이 대법관 후보로 추천되었는데 검증에 동의하실 건지 묻고 있습니다."

다시 마음속에 수많은 풍랑이 일었다. 거친 물결이 잔잔해지기를 기다렸다. 천천히 대답했다.

"좀 더 생각할 시간을 주시면 좋겠습니다."

그렇게 전화를 끊었다. 많은 상념들이 지나갔다.

대법관 후보로 처음 추천된 것은 김앤장에서 11년을 근무하다가 나온 직후인 2015년 7월이었다. 민일영 대법관 후임을 뽑을 때였다. 당시 대법관후보자추천위원회에 오른 사람은 총 27명. 그중 22명은 현직 법관, 나머지 5명은 변호사였다. 대법원도 '다양화 요구'를 수용해야 한다는 분석이 지배적인 여론이었다.

재야 변호사가 대법관을 꿈꾸는 것. 법원 내부에 남아 있던 사람에게 지나친 욕심처럼 보일 수도 있다.

하지만 누군가 나를 후보로 추천했다는 사실을 알게 됐을 때 가슴 밑바닥에서 기쁨일지 슬픔일지 모르는 어떤 게 벅차올랐다. 이미 법원을 나왔을 때 다른 길을 걷겠다 생각했다. 그런데 누가 나를 추천했다는 사실을 알자마자 법원으로 돌아가고 싶은 마음이 강렬한 불길처럼 일었다. 11년 전,

대법관 부장재판연구관으로 일했던 대법원으로 돌아가고 싶었다.

법대 아래에서 산전수전을 겪은 직업변호사로서의 변론 경험이 제대로 된 상고심 재판을 하는 데 장점이 되리라 생각했다. 나는, 대법원은 구체적 사건을 통해 국민들의 일상 생활 특히 경제생활에 중요한 가이드라인을 설정해주는 데 중점을 두어야 한다는 생각, 그리고 대법원이 분쟁의 핵심과 법리적 쟁점에 대해 회피하지 않고 용기 있게 정면으로 법을 선언해야 한다는 생각을 실천해보고 싶었다.

변호사가 되고 나서 알게 되었다. 대법원이 사건을 다루는 모습을 한마디로 정리하면 '회피(回避)의 사법'이었다는 것을. 법원 밖에 있어 보면 보였다. 비겁하게도 중요한 법적 쟁점에 대한 용기 있는 판단을 비껴가고 새로운 선례를 만들어달라는 상고이유 주장에 대해 제대로 된 답변을 하지 않고 '회피'하면서 그냥 당해 사건을 떼는 데 치중한 대법원 판결을 일상적으로 목도했다.

내 의지와 상관없이 사법선진화를 위한 개혁 과제들이 순간적으로 머릿속을 관통했다. 정연하게 떠올랐다. 상고심제도의 개선, 법조일원화의 대폭 확대, 관료적 사법 시스템의 개선, 재판전문성의 제고, 재판관할의 재조정 등. 사법개혁의 과제들이 마치 준비가 다 되었다는 듯이 머릿속에서 쏟아졌다. 미래 사법을 위한 로드맵을 꾸준히 그려가고 있었다. 그것을 실현시키고 싶다는 욕망이 나 자신도 모르게 커져가고 있었다는 것을 그제야 알게 되었다.

그렇다면 내 마음 깊숙한 곳에 대법관에 대한 갈망이 숨어 있었던 것인가. 누군가 그 욕망을 눈치채고 선수를 친 것인가. 법원에 돌아가고 싶은 욕망을 들킨 것인가.

부끄러움이 맴돌았다. 하지만 두근거림도 감출 수 없었다.

대법원 후보 추천은 국민이면 누구든 추천서를 써서 제출하면 되는 시스템이다. 누가 날 추천을 했는지 알 수 없는 상황 속에서 은근히 기분 좋아 있었다.

"당신 알바 쓴 거지?"

아내가 장난기 가득한 목소리로 어깨를 툭 건드렸다.

"대체 알바비는 얼마 준 거야? 추천서 쓰려면 상당히 공을 들여야 한다던데?"

아내가 킬킬댔다. 하지만 누가 날 추천했는지 중요하지 않았다. 오직 내 머릿속에는 대법관이 되면 몸이 가루가 되도록 법원을 위해 제대로 일하리라 결의에 불타고 있었으니까.

대법관 후보 추천에 동의하면 제출해야 할 서류만 열 가지가 넘었다. 동사무소, 세무서 등을 쫓아다니며 서류를 뗐다. 대학입시의 결과를 기다리는 심정으로 며칠 잠을 설쳤던가.

아내는 "김칫국 마시고 있네" 하고 악의 없이 놀려댔다.

2015년에 결국 3배수에 들지도 못했다. 보기 좋게 떨어지고 말았다.

대법관후보자추천위원회(위원장 김종인)는 현직 법관 3명만을 추천하고 변호사 중에는 적격자가 없다고 발표했다.

2017년 5월 박병대 대법관 퇴임을 앞두고 대한변호사협회는 김영혜, 김형태, 윤재윤 변호사와 나를 공개 추천했으나, 이미 2015년에 부적격자로 발표된 터라 나는 검증부동의서를 법원행정처에 제출했다. 그 후 2017년 9월 대한변협은 박한철 헌법재판소장 퇴임 후 공석인 대통령 몫 헌법재판관 후보로 우리법연구회 출신 유남석 광주고등법원장(현 헌법재판소장), 윤영미 고려대 법학전문대학원 교수, 이은애 서울가정법원 수석부장판사(현 헌법재판관)와 나를 공개 추천했다. 그러나 유남석 원장이 임명되었다.

2018년 5월 대한변협은 2018년 8월 2일 퇴임하는 고영한·김신·김창석 대법관의 후임으로 9명의 후보를 공개추천했다. 나와 김선수(현 대법관)·최은순·황적화 변호사, 노태악(현 대법관)·한승 법원장, 노정희 고법부장판사(현 대법관), 조홍식·이선희 교수 9명이 추천되었다.

그동안 후보가 되었지만 계속해서 고배를 마셨던 터다. 누구는 탄핵에서 공을 세우지 않았냐고 넌지시 내 표정을 살피기도 했다. 그러나 인사는 인사권자의 마음이니 모든 것을 맡길 수밖에 없는 법.

언론에서는 사법부의 수장부터 헌법재판소장까지 코드인사를 하고 있다고 내리 보도하고 있었다. 이번에도 어김없을 것이다. 진보 성향으로 분류되는 우리법연구회 및 국제인권법연구회 회장 출신 김명수 대법원장은 진보 성향의 노동법 전문 김선수 변호사를 선택할 가능성이 높다. 대한변협과 참여연대 등으로부터 계속 대법관 후보 추천을 받아온 훌륭한 분이었다. 사법시험 수석 합격에다가 민변 회장 출신 김선수 변호사는 통합진보당 정당 해산 사건에 통진당 측 대리를 맡은 유명 변호사였다.

대법원이야말로 우리 사회에서 최후로 남을 보수의 지지대가 되어야 한다고 배웠다. 법은 사회공동체가 지켜나가야 할 원칙과 규칙을 마지막으로 판단해주는 곳이라고 선배들에게 들어왔다. 사회의 통상적 규칙보다 앞서는 것은 예술이나 입법부에서 해야 할 일인 것이다. 그러나 이미 판세는 뒤집어져 있었다.

대법관 인사에서 떨어질 공산이 크다. 어떻게 할 것인가.

후보 추천에 동의하면 주위 법조 동료들은 '아직도 미련한 꿈을 못 버렸어?' 하고 야유를 보내겠지. '이 정국이 어떤 정국인데, 누울 곳을 알고 발을 뻗어야지!' 하고 조롱을 쏟아낼 지도 모른다.

대법원에서 걸려온 전화기를 물끄러미 내려다보았다. 창 밖은 봄빛이 축복처럼 내려앉아 있었다.

나는 책상 위를 깨끗하게 청소하기 시작했다. 서랍을 열어 버릴 서류들을 쓰레기통에 집어넣었다. 창틀 옆에 놓아둔 베 고니아에 물을 주었다. 그러고 나서 나는 천천히 전화 버튼 을 누르기 시작했다.

그 후 2019년 2월 대한변협은 4월 18일 임기를 마치는 조 용호·서기석 헌법재판관의 후임 후보로, 변호사로는 나와 함께 강신섭·김용헌·전현정 변호사, 교수로는 김하열·황도 수 교수를 공개 추천했으나 누구도 되지 않았다.

당시 대한변협의 보도자료는 이랬다.

황정근 변호사는 1989년 서울민사지방법원 판사를 시작 으로 15년간 판사로 근무했다. 1996년 법원행정처 송무심의 관으로 근무하면서 영장실질심사제 도입과 시행 관련 실무 작업을 담당하기도 했다. 박근혜 전 대통령 탄핵심판사건에 서 국회 소추위원단 측 수석대리인을 맡아 박 전 대통령 탄 핵심판 사건에서 명확하고 논리적인 변론을 펼쳐 높게 평가 받았다.

대한변협은 서울지방변호사회의 추천을 받았는데, 서울변호사회가 대한변협에 추천할 때 나에 대한 추천서 내용은 이렇다.

황정근 변호사(57세 사법연수원 15기)는 제25회 사법시험을 합격했고, 서울민사지방법원 판사로 임관한 이래 법원행정처 송무심의관, 서울고법 판사, 대법원 부장재판연구관 등으로 15년간 재직한 후 2004년 개업하여 현재 법무법인 소백 대표변호사로 활동하고 있다. 재조와 재야를 두루 경험하여 균형 잡힌 시각을 가지고 있고, 헌법재판관에게 요구되는 높은 수준의 헌법 지식을 갖추고 있다. 법원행정처 송무심의관으로서 영장실질심사제 시행에 있어 실무 작업을 담당하는 과정에서 높은 인권 의식으로 국민의 기본권 보장을 위해 노력했고 영장실질심사제도 초기 정착에 기여했다. 법률전문지 편집위원 논설위원으로서 활발한 기고와 저작 활동을 통해 법률문화 발전 및 법률제도 개선을 위해 노력하였다. 헌법재판소의 박근혜 대통령 탄핵심판 사건에서 국회 대리인단의 총괄팀장(대표대리인)을 맡아 공정하고 신속한 파면 선고를 이끌어내는 데 큰 활약을 하였다. 선거법 및 정치관계법 전문가로서 실력과 인품으로 볼 때 헌법재판관으로서의 충분한 자질을 갖추었다. 2017년 대한변호사협회에서 헌법재판관 후보로 추천하였다.

과분한 칭찬이다.

술좌석이 무르익어가고 있었다. 왁자지껄한 서초동 법원 뒷골목 술집. 모두 감색 양복을 입은 법조인들투성이였다. 아니면 브로커거나.

법대 동기들 몇몇과 술잔을 돌리고 있었다. 삼겹살을 다 먹고 김치를 넣은 볶음밥이 익어가는 중이다. 그때 법대 동기인 모 판사가 내게 말했다. 이미 혀가 꼬부라져 있었다.

"이미 법원을 나간 사람이 왜 법원에 다시 들어오려 하는 거야? 그건 상도덕에 어긋나지 않아? 암, 그렇고말고. 그리고 김앤장 출신은 절대 안 돼."

"……."

목에 뭔가 걸린 듯했다. 침이 넘어가지 않았다. 생선 가시가 걸린 듯 목 안이 꽉 조여왔다.

갑자기 땀이 뻘뻘 났다. 그것은 세상에 대한 진땀이었다. 발을 헛디뎌 지하세계로 한없이 빨려 들어가는 듯한 창피함이 몰려들었다. 아내의 말이 맞았다. 욕망이 같은 사람끼리는 진정한 친구가 되기 어려운 건가.

로펌에 가서 경제적 혜택을 받았다. 그러면서 대법관 자리까지 탐낸다는 것은 법원에 남아 있던 사람에 대한 예의가 아닐 수 있다. 그러면서 나 스스로 대법원도 다양한 외부적

실무 경험을 가진 법조인을 영입해야 한다며 합리화를 해오고 있었다. 결국 그것은 내 중심의 편의주의적 논리였을까.

잔뜩 주눅이 들어 있는데 휴대폰이 울렸다. 번호를 보고 가슴이 철썩 내려앉았다. 고기 굽는 냄새, 김치 냄새, 술 냄새가 엉킬 대로 엉킨 술집을 빠져나왔다. 가게 앞 모서리에 서서 조심스럽게 전화를 받았다.

"인사총괄심의관입니다. 이틀 뒤까지 제출한 서류 중 보완 서류를 더 제출해주십시오. 자세한 건 이메일로 보내겠습니다."

"앗, 네!"

나는 꾸벅 인사를 하며 전화를 끊었다. 술집 유리창 너머를 흘낏 보았다. 법대 동기들은 불기운인지 술기운인지 얼굴이 시뻘겋게 돼 있었다. 술잔을 들이키고 있었다. 다시 들어가야 하나? 문득 나의 욕망이 추해 보였다. 하지만 그 욕망의 목소리는 너무 강해 거역할 수도 없었다. 그것을 애써 숨기려는 것 또한 나 자신에 대한 위선일 것이다.

"여보, 당신 마치 1970년대 서울대 교수 같아."

"뭐가? 왜?"

통명스럽게 대꾸하며 침대에서 일어났다. 눈꺼풀이 무거웠다. 눈이 잘 떠지질 않았다.

"그때 서울대 교수들이 대통령이 자길 장관 임명할까 봐 전화 기다리느라 전화통 옆에 딱 붙어 있었다잖아. 그래서 잠도 못 자고 밥도 못 먹고 외출도 못 나갔대."

"지금이 1970년대야? 핸드폰이 있는데……."

소리를 버럭 질렀다. 신경이 뾰족해진 유리 조각처럼 튀었다. 예민할 대로 예민해 있었다.

"지금 당신 모습을 봐!"

아내의 말을 듣고 고개를 돌렸다. 침대 옆 화장대 거울에 내 모습이 비쳤다.

사실이었다, 아내의 말은. 창백한 낯빛에 눈은 벌겋게 충혈되어 있었다. 몇 날 며칠 잠을 못 자고 노심초사한 결과였다. 온 신경이 엿가락처럼 불안정하게 제멋대로 휘어지고 있었다. 과연 내가 발탁이 될까, 설마 내가 되겠어? 밤새도록 OX게임을 하다 보면 멀리서 동이 터오고 있었다. 심신이 다 녹초였다.

"그치만, 이번 인사는 좀 다르지 않아? 심의관이 전활 해서 보충자료까지 보내달라고 하잖아. 그러니까……."

"그러니까 뭐?"

"나를 좀 더 집중적으로 분석하겠다는 건……."

"분석하겠다는 건?"

"날 3배수 후보로 넣겠다는 의미 아닐까?"

"……."

아내는 말없이 빙긋 웃었다. 안방을 나갔다.

저 웃음은 뭐지? 그러니까 또 김칫국 마신다는 건가? '이 정권 분위기를 봐. 코드인사 할 게 뻔한데, 참 한심하다' 뭐 그런 뜻일까. 그 말 없는 웃음이 더 나를 쪼그라들게 했다. 이를 닦으며 거울에 비친 모습은 더 흉했다. 볼살이 쑥 들어가 있었다. 아내가 늘 농으로 하던 말대로였다. 북한에서 막 넘어온 인민군 소좌처럼 보였다.

아침밥을 먹으러 식탁 의자에 앉았다. 밥이 모래알처럼 깔깔했다. 젓가락을 놓았다. 싱크대 쪽에서 과일을 깎던 아내가 뒤를 힐끗 쳐다보았다. 앞치마에 손을 닦더니 사과 접시를 들고 식탁 위에 놓으며 말했다.

"돌아보면 좋은 게 좋은 것이 아닐 수도 있어. 나쁜 게 나쁜 게 아닐 수도 있어. 그래서 삶은 동그란 길인지 몰라. 너무 조급하게 생각하지 마."

"뭐야? 꽤 시적인데?"

"당연하지. 내가 시 전공 교수잖아……. 박노해 시야."

"……."

"어떤 경우에도 너 자신을 잃지 마라. 어떤 경우에도 인간의 위엄을 잃지 마라."

"그것도 박노해 시야?"

"응……. 천국의 기쁨도 짧아. 지옥의 고통도 짧아. 긴 호흡으로 봐봐. 당신은 최악의 경우에도 최선을 다해서 살아왔 잖아. 자기 자신에게 떳떳하면 된 거야."

그러면서 손가락으로 하트를 그려 보였다. '맨날 킬킬대며 놀리던 아내가 약 먹었나?' 하는 생각이 들었다. 닭살이 돋 으려 했다. 나는 어색한 웃음을 지어 보였다.

"아, 김칫국 좀 그만 마셔!"

아내가 참다못해 소리쳤다. 그럼 그렇지. 자리에서 일어났 다. 뒤에서 아내가 약 먹기 전으로 돌아갔는지 소리를 꽥꽥 질러대기 시작했다.

"아, 근데……, 사과는 먹고 가!"

딸애는 잔뜩 텐션이 업되어 있었다.

자신이 맡은 강제추행 사건이 무죄가 선고되었다. 변호사 가 되어 단독으로 맡은 첫 사건이었다. 그래서 기쁨이 컸다. 외과의사라면 성공적인 첫 수술을 한 경우랄까. 성희롱으로 고소된 남학생이 딸애의 의뢰인이었다. 성희롱을 했다는 시 점에서 한참 몇 달이 지나고 고소가 이루어졌다. 성희롱의 정황도 애매했다. 여학생이 남학생에게 자신의 숙소로 가자 고 먼저 제안을 한 것이다. 남자의 경우, 그것은 어떤 신호로 받아들인다. 여학생은 남학생과 자신의 숙소로 들어갈 때의 마음과 몇 달이 지난 후의 마음이 달라졌던 게 분명했다.

마침 제약회사를 다니는 아들이 주임으로 승진했다고 했다. 평소 때 비싸서 잘 가지 않던 한우집엘 갔다. 축하 겸, 소금구이 부일갈비집에 온 식구가 모였다.

지글지글 고기가 익어갔다. 깻잎에다 고기 한 점, 파채, 편마늘, 쌈장을 놓고 싸서 먹기 시작했다. 역시 고기는 부일갈비였다. 제약회사 영업사원답게 아들이 소맥을 말았다. 축하한다며 건배를 하려 했다. 그때였다. 어디선가 뉴스가 흘러나왔다. 식당 벽에 붙어 있던 TV였다.

"국회는 26일 본회의를 열고 노정희·이동원·김선수 대법관 후보자의 임명동의안을 가결했습니다. 투표 결과 노정희 후보자에 대한 임명동의안은……."

티브이를 보고 있던 모든 식구들이 다 내게로 얼굴을 돌렸다. 그때 내가 얼굴을 일그러뜨렸던가. 스스로 표정관리를 하려고 안간힘을 썼는지도 모른다.

아내가 찬찬한 눈빛으로 나를 쳐다보고 있었다. 나는 고개를 숙였다.

불판에서는 고기가 지글지글 소리 내며 구워지고 있었다.

대법관 후보 탈락. 이미 어느 정도는 예상했던 바였다.

돌아보면 좋은 게 좋은 것이 아니고, 돌아보면 나쁜 게 나쁜 게 아닌 것일 수 있다. 삶은 동그란 길이니까. 돌아가다

보면 다 길이니까.

침을 꿀꺽 삼켰다.

나는 아들이 말아준 소맥을 높이 들고 큰 소리로 외쳤다.

"건배!"

내가 생각하는 나라

탄핵 재판이 끝난 지 3년이 흘렀다.

그사이에 내 신분에도 변화가 생겼다. 법무법인을 만들었다. '법무법인 소백'.

딸과 사위가 변호사가 되어 함께 법인을 만들 수 있었다. 소백은 내 고향의 산 이름. 나를 낳고 키워낸 소백산. 소백은 원래 사람을 살리는 산이라는 뜻을 품고 있다. 사람을 살리는 법, 사람을 풍요롭게 하는 법치주의, 그것이 내가 꿈꾸는 법의 세계다.

2015년에 김앤장을 나온 후 그사이 많은 정치자금법 사건, 선거법 사건을 맡아왔다.

2014년 지방선거에서 당선된 권선택 대전시장, 조희연 서울시 교육감, 나용찬 괴산군수, 박영순 구리시장, 신현국 문경시장, 이병선 속초시장, 이승훈 청주시장, 이홍기 거창군

수, 현삼식 양주시장, 2016년 제20대 국회의원 총선에서 당
선된 권석창·권성동·김진태·박성중·박재호·박찬우·엄용
수·유동수·이완영·이철규·최명길 의원, 2018년 지방선거
에서 당선된 원희룡 제주도지사, 이재명 경기도지사, 김진하
양양군수, 박일호 밀양시장, 이경일 고성군수, 이선두 의령
군수, 이재수 춘천시장, 이항로 진안군수, 최문순 화천군수.
  그 외에도 조합장 사건, 성추행 사건, 이혼 사건, 기업 사
건 등을 맡아왔다.

  한번은 부천에서 서울로 오는 전철을 탄 적이 있다. 기미
가 잔뜩 긴 젊은 만삭의 임신부였다. 그녀는 세탁소에서 막
빌려 입은 듯한 양복을 입은 남자와 팔짱을 긴 채 나란히 앉
아 있었다. 부부처럼 보였다. 남편은 이제 서울로 취업 면접
을 가는 듯 보였다. 서로에게 용기를 주듯 빙긋 웃었다. 약간
의 긴장감도 함께 감돌았다. 이번에 애도 태어나는데, 꼭 취
업에 붙어야 할 텐데 하는 소망의 눈빛이었다. 도란도란 이
야기를 주고받는 정다움을 전철 유리창 너머 햇살이 비춰주
고 있었다.

  한번은 시골길로 향하는 버스 안에서 경운기를 보았다. 구
겨진 종이처럼 얼굴 주름이 가득한 할머니와 할아버지였다.
할머니는 경운기 뒤에 타고 있었다. 할아버지는 탈탈탈 경운

기를 운전하고 있었다. 그러면서 도란도란 둘이 나누는 대화. 주름진 얼굴 사이로 살짝 미소가 번졌던가. 햇살이 비춰주었던가.

어쩌면 법은 그런 햇살 같은 게 아닌가 하는 생각.

그러니까, 법은 사랑이 아닐까 하는 생각.

우리가 사랑을 떠나 살 수 없듯이 이 땅에 태어난 이상 단한순간도 법을 떠나 살 수 없다. 우리는 태어나서부터 출생신고를 하고 죽을 때도 사망신고를 한다.

우리를 울게도 하고 웃게도 하는 것이 법이다.

오든(W. H. Auden)의 시 「법은 사랑처럼」에서 시인은 "법은 아침, 저녁 인사, 우리의 옷이고 우리의 운명이고 우리의 자랑이고 우리의 사랑"이라고 노래한다.

내가 생각하는 나라는 '정의가 지켜지고 국민 모두가 균형된 복지와 인권으로 정당한 권리를 누리는 나라'라는 추상적인 문장으로 이 책을 마무리하고 싶진 않다. 삶이 불가피하게 고난일 수밖에 없다는 지루한 말을 반복하고 싶진 않다.

하지만 법은 그 고난 속의 눈물을 닦아주는 최후의 일인이되고 싶을 뿐이다. 법에도 눈물이 있지 않느냐고 하소연을한다. 진정서를 낸다. 죄를 뉘우치는 회개의 눈물을 흘린다. 피고인이 구속되면 온 가족들은 법정에서 눈물을 흘린다. 반면 그 범죄로 인해 피해자들은 피눈물을 흘린다.

법은 맺힌 눈물과 한과 아픔을 헤아려주고 어루만져주어야 한다.

남의 눈물을 닦아주려면 나도 함께 눈물을 흘릴 줄 알아야 한다. 따뜻한 마음으로 상대의 마음을 읽어주어야 한다. 그래야 그 상대가 흘리는 눈물의 의미를 헤아릴 수 있으니까.

그렇게 해서 내가 생각하는 나라는,

국민을 무서워하고 국민의 삶을 돌아보고 살림살이에 동지가 되어주는 나라,

법으로 권력을 통제하고 법으로써 올바른 절차와 정당한 판단을 내려주는 나라,

그래서 사랑처럼 법이 넘쳐나고 법을 즐거워할 수 있는 나라였으면 좋겠다.

많은 정치인들과 법률가들이 좀 더 겸허하고 낮은 자세로 '법과 정의'를 찾아가는 나라였음 좋겠다.

'누구에게나 행복한 세상'이 되었으면 좋겠다.

그러기 위해서는, 대한민국은 새로워져야 한다, 대한민국은 이제 달라져야 한다, 대한민국은 좀 더 밝아져야 한다. 대한민국은 보다 깨끗해져야 한다.

새·달·밝·깨.

이 남자를 조심하세요

이 남자, 황. 정. 근.

이 남자를 조심하세요
무서운 남자거든요
한번 한다고 작정하면, 멈추는 법이 없습니다
곰처럼 우직하게 밀고 나가는 뚝심은 아무도 못 말립니다

이 남자를 조심하세요
따뜻한 남자거든요
얼핏 차가운 줄 알고 방심하다가
인간적 온기에 녹아 정신이 혼미해지기도 합니다

이 남자를 조심하세요
참 멋있는 남자거든요
감색 양복에 단정한 와이셔츠
햇빛 소년처럼 활짝 웃을 때는 매력 덩어리, 그 자체입니다

이 남자를 조심하세요
질투 나는 남자거든요
남자든 여자든 이 사람 매력에 한번 빠지면
우기고 생뚱맞아도 미워할 수가 없습니다
무슨 짓을 해도 용서받으니 질투 날 수밖에요

이 남자를 조심하세요
대단한 사람입니다
대한민국 국민을 위해 일하겠다
법조계에 투신한 지 삼십오 년
역사의식과 사명감으로 똘똘 뭉친
실력가거든요
독서력과 메모로 이 시대를 고민하는
불굴의 사나이. 그가 장차
어떤 일을 하게 될지 궁금하기만 한 사나이랍니다

이 남자……

참 욕심이 많은 남자입니다
혼자 힘으로 이만한 일을 이루고도
아직 한 게 없다고 겸손해하는 욕심쟁이입니다
항상 새로운 아이디어가 솟아나는 샘물 같은 남자
무슨 문제든 해결하는 해결사, 그러면서
이상과 꿈을 향해 도전을 멈추지 않는 이상주의 행동가입
니다

반듯하게 자란 두 자녀와 그럭저럭 괜찮은 마누라를
안팎으로 지원하고도 그들의 잠재력을 끌어내기 위해
온몸을 던지는 적극적 희생의 밀알 같은 사람입니다

이 남자를 생각하면
가슴 가득 뿌듯하게 고마움이 솟구치는 것은
열세 살 어린 나이에 부모 형제를 떠나
타지로 나와 눈칫밥 먹어가며
자기 홀로 공부한 투지의 소년,
그 한 작은 소년의 열정과 헌신의 불꽃이 보이기 때문입
니다
그 불꽃이 온갖 고난의 모서리를 태우고 다듬어
이제 한 가정의 건강한 역사를 새로 써가고 있으니까요

이 남자, 참 닮고 싶은 사람입니다
하나의 게으른 틈도 허용하지 않고
아버지로, 남편으로, 장남으로, 판사로, 변호사로, 대한의
남아로
온 힘을 다해 살아왔기에 빛이 나는 사람입니다

이 사람, 황정근,
당신의 노고와 열정에 경의와 감사의 마음을 전합니다
내 남편, 내 남자, 내 사람, 내 사랑
여보, 당신을 참으로 존경합니다
그리고, 감사합니다

2020년 2월 3일

황정근의 생일을 맞아
아내 김용희 드림